小说眼·看中国
丛书

不娶你娶谁

逝去年代的爱情故事

秦　岭_著

山西出版传媒集团
北岳文艺出版社
BEIYUE LITERATURE & ART PUBLISHING HOUSE

图书在版编目（CIP）数据

不娶你娶谁 / 秦岭著. — 太原：北岳文艺出版社，
2016.7（2023.9重印）
ISBN 978-7-5378-4813-8

Ⅰ. ①不… Ⅱ. ①秦… Ⅲ. ①中篇小说－小说集－中国－当代
②短篇小说－小说集－中国－当代 Ⅳ. ①I247.7

中国版本图书馆 CIP 数据核字(2016)第 135296号

书　　名：不娶你娶谁
著　　者：秦　岭
策　　划：续小强
责任编辑：李建华
装帧设计：张永文
印装监制：郭　勇

出版发行：山西出版传媒集团·北岳文艺出版社
地　　址：山西省太原市并州南路 57 号
邮　　编：030012
电　　话：0351－5628696（发行部）
0351－5628688（总编办）
0351－5628692（综合项目部）
传　　真：0351－5628680
网　　址：http://www.bywy.com
E － mail：bywycbs@163.com
印刷装订：山西万佳印业有限公司

开　　本：890mm×1240mm　1/32
字　　数：239 千字
印　　张：9.875
版　　次：2023年6月第 1 版
印　　次：2023年9月山西第 2 次印刷
书　　号：ISBN 978-7-5378-4813-8
定　　价：55.00元

别开生面的小说叙事

（序）

_ 杨显惠 _

我读小说，会谨慎选择，不光因为时间和精力。我看重优秀小说传递的文学精神、社会价值和反思方式。这些，比小说技术更要来得不易，也是不能轻易学来的。中外经典小说的经验提醒我们，好小说，好在哪里。

秦岭的小说好，有文坛乃至社会对他的关注做证明，我无须在学术层面多言。六年前在中国作协召开的秦岭小说研讨会上，有人认为秦岭小说的贡献首先在于提供了许多有认识价值的元素，这是个不低的评价，仅这一点，已经说明了秦岭小说的品质。大约在十年前，我曾经给秦岭的小说集《绣花鞋垫》写过序，吸引我的是小说中那种既新鲜又沧桑的异质气息。我所指的新鲜，是因为他切入问题的方式与众不同；我所指的沧桑，是因为小说里有对历史和世事的洞察。他明白自己该与中外小说的经验和方法比照什么，同时又不会被某一阶段的流行和媚俗所左右，他善于用历史眼光判断现实，用自己的方式表达对中国乡村的感受，他笔下的乡村由于与历史、民族、社会、文化的关联性而笼罩着一种精神气场。不是随便哪位作家的作品，会有这种气场存在。前些年，他出版了长篇小说《皇粮钟》《在水一方》《断裂》等几本书，发表了《借命时代的家乡》《杀威棒》《弃婴》《不娶你娶谁》《父亲之死》《烧水做饭的女人》等一批引起关注的中短篇小说。他稳中求变，又有坚守。学界认为，秦岭是一位不可多得的思想型小说家，我认为是有道理的。

如今，到了《风雪凌晨的一声狗叫》《阴阳界》《女人和狐狸的一个上午》《流淌在祖院的时光》《幻想症》《寻找》，我发现秦岭已经不是十年前的那个秦岭了，他思想飞翔的半径以及考察世事的范围辽远了许多，技术和语言也愈发变得圆熟老到了。明显的是，十年前那种信马由缰的叙事风格，如今多了几分节制和对品相的把握。选入本集子的小说，多被《小说选刊》《小说月报》《中篇小说选刊》《作品与争鸣》等转载，有几篇我曾在《文艺争鸣》《小说评论》《文艺报》等报刊中论及。有人说《风雪凌晨的一声狗叫》是我国第一部公开反映计划生育的中篇小说，我非常认同。长期以来，我和所有的人一样，都关注计划生育背景下中国农村社会的现实，也在期待有朝一日会有计划生育题材的小说横空出世。我曾多次动员秦岭把这个题材表现出来，因为他不仅在甘肃天水的基层工作过，还作为工作组成员直接参与过计划生育工作。这次，秦岭满足了我们，他的视角洞穿了计划生育本身，有非常开阔、纵深的延伸面。《不娶你娶谁》曾被专家誉为《绣花鞋垫》的姊妹篇，校长为了从根本上解决教师娶妻难的问题，放任男教师引诱女学生。逻辑与反逻辑，使这篇小说具备了同类题材无法替代的强大现实冲击力。《父亲之死》借助县长的一个小小手术，把当下社会的官民阶层界限、人与人的贵贱落差、干部与群众的矛盾描写得惟妙惟肖，独树一帜。《烧水做饭的女人》写了一位为乡村小学的师生烧水做饭的女人花儿的故事，她为了确保丈夫能够教书育人，不得不像基层权力彻底妥协。记得这篇发表于十年前的小说，曾在《作品与争鸣》等报刊引起争论，我认为，小说需要对社会的触动和撞击，秦岭的一些小说之所以能够引起各界的关注，就在于他别开生面的表达。

前不久，秦岭发表于《人民文学》的短篇名作《女人和狐狸的一个上午》，被学者认为是 2014 年度最好的短篇小说之一，并已翻译成英文、日文介绍到国外。《杀威棒》也被学者认为是 2011 年度最具历史反思意味的小说，我看绝非过誉。值得一提的是，他最近刚刚发表的两个短篇《寻找》和《幻想症》，故事背景在天水，但写的却是当年被贴上“机会主义”“逃跑主义”等种种标签的西路军流落人员。秦岭巧妙地把他们的命运与天水农民的命运结合起来，就成了不一样的《寻找》和《幻想症》。都说这一题材不好些，但秦岭不信这个邪。我欣赏这一血性。作家，没有血性不行。

在国外，优秀的小说往往是政治、经济、文化、军事领域的学者、当事人或者具有社会观察力的普通公民写出来的。当我们以文学的名义仰视人家的时候，别忘了作家这个名号也许只是一个副产品。在这一点上，秦岭是明智的。他不断地在检讨自己，否定过去。他的双眼不会轻易被蒙蔽，历史的镜子，永远被他牢牢攥在手里。

有一年在北京，来访的欧洲某国学者告诉我：“好作家是可以成为社会代言人的，但在你们有些作家的嘴里，谈文学天花乱坠，谈到社会，就语无伦次，好像作家与社会无关似的。”我当即搬出了秦岭。那天下午，大家在感受了秦岭的《杀威棒》和《摸蛋的男孩》之后，立即与秦岭一起进入了深层次的社会话题。

最终的结论顺理成章地由社会回归到了文学：秦岭，是个懂小说的中国作家。

2016 年 7 月

目录

不娶你娶谁

1

鸡叫了。鸡是气急败坏地立在崖畔上叫头遍的，有些声嘶力竭。但尖山的夜仍然像坚柔而又膻气味儿十足的老羊皮一样覆盖着羸弱的黎明。赵五常就是这时从学生作文本里发现这张纸条的。纸条准确地说是一封求爱信。纸条的主人是“三好生”刘甜叶。赵五常的心绪变得纷杂而零乱，后面的学生作文批改起来就有些跑神，脑子和窗外的夜一样有些沉重和灰暗。觉是没法睡了，不是亢奋，而是烦躁。

求爱信一笔一画写得很工整，赵五常职业性地马上想到了批改优秀作文常用的评语：开门见山，直抒胸臆——这应该更像一篇生动的书信体作文。赵五常当然不可能从批改作文的角度给这封信写段批语或者打个最高分，他亮清这封信对自己、对刘甜叶意味着啥。赵五常只是怔了一会儿，但并没有觉得有什么突然。尖山中学的老师和学生结婚成为两口子的，已经不止一对两对了。代理老师刘栋梁纠缠刘甜叶已有两年多了，而刘甜叶最终却把求爱信写给了他赵五常。

找刘甜叶当老婆无疑是最佳选择，但是共产党员赵五常是不可能找学生当老婆的，他决定好好做一做刘甜叶的思想工作。这事情必须高度保密，尤其不能让校长孙留根察觉。明明是刘甜叶主动的，但是别人肯定认为是他赵五常下的手。谁不晓得如今尖山中学的光棍们为了找个优秀的老婆，都快要急成精神病。找一般化的老婆山里多的是，但找优秀老婆只能从山里的最高学府里筛。找老婆不等于找母猪，是找家呢。刘甜叶是尖山中学师生暗地里公认的校花，全乡的未婚男青年都盯着，其中不乏腰缠万贯的包工头。刘甜叶竟主动追求一个没权没钱的穷教师。

进教室前，他擦了擦额头的汗珠，使劲夹了夹臂弯的教材和教棍，这才气沉丹田地上了讲台。教案是早就备好了的，但一张嘴就乱了套，课是咋讲的全忘记了。唯一没忘记的，是坐在下面第五排的刘甜叶。

临下课的时候，他鼓足勇气说，刘甜叶同学，晚自习后，把同学们的作业敛一下，送到我宿舍来。说完径自匆匆出了教室，钻进了宿舍。

报告——晚自习后，门口传来了学生腔。

赵五常软软地说，进来！赶紧把虚掩的门开了。

刘甜叶进来，随手小心翼翼地把门掩了，把学生作业本码在桌上，然后勾着头，两手在前面缠来搅去，目视脚尖不作声。

赵五常赶紧把凳子挪到刘甜叶的屁股后面，叠声说坐，坐，坐坐坐，坐。

刘甜叶半个屁股搭在上面，说，赵老师，您看了？仍没抬头，却打眼飞快地瞟了赵五常一眼。双颊羞得熊熊燃烧。

赵五常惶恐地说，看了，看了看了看了，不错，写得真不错！

啥不错，你当是作文了？

赵五常脸一下红了，说，看你说的，那么重要的事情，我咋能当作文呢？我十分相信你的感情是真挚的，我十分理解你的感情。

我不是随便的。

这个，我的明白，我的明白。

刘甜叶噗嗤笑了，赵老师，怎么变成日本鬼子的腔调了。

赵五常哈哈哈地乐了。这一乐，气氛就像放了屁的肚囊一样宽舒了好多。赵五常说，只是……恋爱是男女青年从年龄到思想都成熟后的必由之路，比如我和我女朋友处对象时，都已经二十岁了，大学生谈恋爱不同于你们中学生，并没有人反对。

如果不是为了开导刘甜叶，赵五常实在不情愿重提那次失败的恋情。当年的女友李媛莉是他在省教育学院的同学，如果不是因为他执意要来尖山，李媛莉就不会和他分手。李媛莉的大（西北方言，指父亲）是教育局局长，所以李媛丽毕业留城几乎是天经地义的事情。而赵五常非但没有随李媛莉进城，而且连本该去的城郊中学也没去，义无反顾地主动申请来到了尖山。城郊中学位于赵五常现在的家乡城关镇。城关镇属于城乡接合部，不城也不乡，比城里差，却比乡里强。地都是水浇地，种了菜，还可以到城里去卖。从根子上说，尖山，是赵五常的老家。

刘甜叶说，赵老师，您不是不晓得，我们初三补习班的学生，为了考中专，大多数补习了三四年，大都二十多岁了。您如果没有这个意思，就直说，我经受得住这个打击。纠缠我的男人太多了，有城里、乡上的干部，有乡地毯厂的经理，有包工头，我都不同意。您给我当了四年班主任，是唯一没向我求过婚的男教师，但是在我心中，恰恰就有你一个人。刘甜叶像是给双方找台阶似的又赶紧补充，您如果没有这个意思，全当我没写那个条子，行不？

冷汗像蚂蚁一样从赵五常的毛孔里窜出来。在学生面前过于失态就说不过去了，他鼓足勇气说，刘甜叶同学，你现在各科成绩都是补习班的第一名，而且各方面条件都不错，考上中专，日子亮堂着呢。找我这样的窝囊废，是断你的路啊。

刘甜叶猛抬头，涕泪涟涟，说，赵老师，如果您仅仅是为了我的前程，那等于您白说，因为我在纸条上已经给您说了，如今大中专院校吃人连骨头都不吐，那里不是咱穷人去的地方。赵老师您也是农村出身，比我更亮清。

赵五常阵脚大乱。他这才发现自己原先准备的一大套应对措施在刘甜叶面前不堪一击。他赶紧从晾绳上取下毛巾，递给刘甜叶。刘甜叶接过毛巾，却并没擦眼泪，顺手一扬又搭回晾绳上，自个儿用袖口擦了，说，真不好意思，赵老师我太难为您了。说着话，再次用袖口拭干了眼角的泪迹，目视赵五常，似乎要给赵五常一张笑脸，还没绽放开来，又有哭相挂在眼睑和鼻翼周围。

赵五常像个迟钝的类人猿，两手揉搓在一起，像揉搓一根火绳。

刘甜叶夺门而出。步履几乎跌跌撞撞。一出门，却倏然回头，食指搭在嘴边嘘了一声，蹑手蹑脚地朝女生宿舍方隐遁而去。

赵五常这才发现对面黑乎乎的菜地里，有一个闪闪烁烁燃烧得很旺盛的火苗，那是旱烟锅里劣质烟丝燃烧的光亮。光亮映照着一张焦虑、忧患、布满沧桑的一如老树皮一样脸。是校长孙留根。

赵五常的心猛地一跳。坏了坏了，难道，校长注意到他和刘甜叶了？

这又是个难熬的长夜。赵五常的眼睛熬成了死羊眼，索性翻身起来备教案，但脑子里像是灌了猫尿，黏得扯不开撕不开，只好又躺回床上。幽暗的日光灯下，扑入眼帘的是对面墙上悬挂的一幅二尺宽的书法横幅。横幅上只有两个字：五常。

这是他考上省教育学院那年大亲自为他写的。那时他还叫小名赵银子。大说，你考上大学了，按古来的说法就是考上当朝进士了，这是咱门里族人脸上争光的事情。我哪怕寻吃讨要也要把你供给成才，成为国家用得上的人。你走大地方了，得改改名字了，银子太俗气了，咱不图金啊银啊的，当朝进士图三纲五常呢，如今社会不兴三纲了，但五常还是要兴的，你就叫五常吧。

他就叫五常了。

妈死得早。妈死得很窝囊，是误把除草剂当调料下到锅里了。吃完，往地头送饭，中途发作，忙挣扎着赶回家，砸了锅，才没有毒着爷俩。妈死后，大挑着货郎担离开尖山，凭着牛一样的韧劲和野猪一样的耐力，用走村串户的机会，赖在人家小学校门口学会了几个字，长了见识，最终在城关镇扎下了根。大至今还在用拣来的毛笔练字，字练得很臭，却练得很专心。为了练好五常这两个字，大从小学生那里要来字帖，专挑五字和常字练，练了足有两个月。赵五常大学毕业那年，大郑重其事地和他谈话。

娃如今有出息了，娃要记着是啥地方人。

娃我记着呢，尖山的，咱的祖坟还在那里呢。赵五常当然不敢说是城关镇的。说文雅点，城关镇只是第二故乡。

你说，你毕业后想去哪达？一双老眼布满期待。

赵五常使劲咽了一口唾沫，说，尖山。

好好好！我娃不愧是文化人。我啥话也不说了。去尖山，把我那两个字带上。字不好，丢你的人，但我的意思在里头。

赵五常点着头。头像硕大的碾子，死沉。他不是不想去尖山，而是有一个人绝对不会同意他去尖山，当然更不可能随他去尖山。谁？李媛莉。

呜嗷——

夜猫子的叫声把夜斩为两段。一架被岁月压弯的腰身和一张被风雨剥蚀得不成样子的脸浮现眼前。赵五常轻吟，大——我的大——枕头被泪膨胀成了猪尿泡。

2

全体教职员工七十几号人一阵骚动。这骚动源于孙留根的重要讲话。周末下午本该是教职员工思想、业务交流会，但孙留根改成了思想作风整顿会。他强调，今后，谁再和女学生的关系过于密切，一律不能评优秀教师和优秀班主任，谁把女生发展成为自己的老婆，我就把谁送到县教育局。孙留根讲话的时候，脸色很难看，像是壁虎钻进了裤裆。

校长的矛头其实已经很明确，是针对剩下的光棍。这一下弄得刘栋梁和赵五常两个光棍脸上都有些挂不住。

刘根水、王三求、严壮求等几位前些年在学生中找了老婆的，脸上的表情就有意思了，基本上是一种投机成功者面对公众的惬意、得意和释然。刘根水的老婆是学生王爱香，王三求的老婆是学生张翠屏，严壮求的老婆是学生孙塞花。王爱香如今在镇子上开了个小饭店，每月比刘根水赚得多了；张翠屏在镇上开了个小卖部，端的是老板的架子；孙塞花被乡政府聘去搞保险，每月票子数得哗哗哗的。反正女学生已成了自己炕头上的大活人，多数已经大腿一撇下了崽，成了众人艳羡的三口之家。如果说校长这是敲山震虎，他们这拨投机成功者就是山，而现有的光棍就是虎，敲山是次要的，而震虎是主要的。应了乡政府领导在村干部会上的说辞：早动手，早部署，早见效。谁让你们晚那么几步呢。

会后，孙留根不咸不淡地到赵五常宿舍走了一遭，口气意味深长，赵老师，我决不会让老师找学生当老婆的事情在我们尖山重演的。

赵五常突然感到有些别扭、恼火和憋气。既然事情已经挑明了，还不如打开窗子说亮话，校长，有件事情，我想给您汇报一下。

校长佯装不知，啥汇报的，用不着这么客气，是教学上的事情吧，又有啥新教法了？

不是新教法的事。

那咋了？

我们补习班的学习委员刘甜叶同学给了我一封信，是求爱信。

求爱信？校长伪装出十足的惊讶，像是沙漠里发现了喷泉。

是求爱信。我给刘甜叶同学做了半晚上的思想工作也没做通，想请您出面，帮助刘甜叶继续做做思想工作。

校长两眼放光，这次是真激动了。紧紧握住赵五常的手，说，赵老师，会上我讲的，你别多想，你的政治思想觉悟高，党性观念强，组织上是放心的。校长脸上有些红，这红既可以理解为兴奋，也可以理解为惭愧。你放心，刘甜叶那边，我去做思想工作。说着把目光移向墙上的横幅，用钦佩的、崇敬的、欣赏的目光久久仰视，喃喃感慨：你大，真是个好大啊！

赵五常软软地笑了，表情像阴天陷进山坳里的病日头。

孙留根确实伤透了脑筋。这几年教师的地位在村民心目中越来越糟糕，主要原因有两个，一个是教师娶学生的太多，另一个是乡上经常组织教师挨家挨户到村民家收税费，弄坏了教师的名声。这几年，常有学习不错，准确地说长得不错的女学生被迫转到了邻乡的上窑中学、红坡中学和杏树湾中学。一开始一阵风似的呼啦啦转了很多，后来大多数又陆陆续续转回来了。不去不晓得，一去吓一跳。上窑、红坡和杏树湾的形势也好不到哪里去，光棍们也同样急红了眼。女学生们只好打起铺盖，收拾好锅碗瓢盆，灰头灰脸地重新转回尖山的初三补习班。也有没回来的，不用说被那边的光棍们笑纳成老婆了。尖山的师生就说起了荤话：肥水不流外人田，好不容易培养出来的老婆坯子，居然给人家上窑、红坡、杏树湾的光棍扶贫了。

连自己的宝贵女儿也差点未能幸免。

前年，孙留根从初三补习班就读的女儿孙玉梅的书包里发现了历史老师王三求的求爱信。那时王三求还未和张翠屏同学结婚。孙留根本来要处理王三求的，准备把王三求的事情报到教育局，但是考虑到信是写给自己的女儿的，报上去双方脸上都不好看，只好挥泪斩马谡，一狠心把女儿打发回家了。

她就哭着回家了。

再后来女儿就去县里一家宾馆打工当了服务员。女儿不得不去城里当服务员。尖山这一带坡陡、路陡、田陡，大多数重体力活，尤其是使唤牲口、赶远集、背、拉、顶、驮、举、运，都得男娃扛着，女娃根本靠不上。玉梅刚出生那阵，孙留根与老婆商量再生一个男娃，但正好赶上计划生育，自己是共产党员，又是地区、县教育系统的先进，就动员老婆等公社手术队进村后搞个结扎。老婆当时就傻了眼，说，你响应国家的政策，我不拖你的后腿。跟了你这么多年，我也不是没有提高思想觉悟，传宗接代的观念我可以不要，但是，你难道不亮清？今后咱没个男娃，赶牲灵的事情谁干？碾场的事情谁干？扛麻袋的事情谁干？谁家欺负咱，咱连个出面山吼几声的都没有，还有……

孙留根抢了话头，死撑着面子说，我不也是个男人嘛！我边教学，边挤出时间回来干活。这话与其说是在给老婆做工作，不如说同时给自己打气。

老婆啜泣了，没个男娃，将来，谁养活咱……

孙留根说，咱招个上门女婿。

老婆鼻涕一大把眼泪一小把，老天爷呀！我这辈子……话说了一半就瘫软在地，差点咽了气。孙留根和玉梅手忙脚乱把老婆送到了村保健站，老婆暂时是缓过来了，但几年后还是永远离开了他们父女。那年孙留根正在学校抓期中考试，玉梅也要小学升初中。老婆一个人赶着牲口去二十里外的鱼脊梁。牲口驮着两大口袋粪肥。鱼脊梁很陡，累得人和牲口都喘粗气。牲口爬着爬着就使了性子，一松胯把口袋掀了下来。老婆的眼泪就下来了，骂，你这畜生，是欺我没男娃呢。眼巴巴盯着眼前这一百五十多斤重的口袋愣了一会儿神，终于绞尽脑汁想了个穷办法，她先是用力把口袋连滚带掀就势弄到一个坡顶，然后把肩膀靠上去，顺坡把口袋扒拉到肩上。这一扛，就听见浑身的骨头都在叭叭作响。但她没泄气，颤悠悠扛着口袋往牲口背上搬，但牲口扭扭捏捏就是不配合。老婆气急了，拿鞭子抽了牲口几下。牲口勃然大怒，后蹄子一扬——就这一扬蹄，女人连同口袋一起翻落山崖。人们赶到的时候，老婆的身子被沉重的口袋压着，口里直冒血沫。临咽气只说了一句话，玉梅不嫁……要招……招……

女儿去城里打工前，孙留根语重心长地说，如今山外情况复杂，女孩儿家，多留心！你长这么大了，该找婆家了，你的事情你自己做主，大我不干涉。能在城里找一个婆家，更……好。

大，我想好了，去城里，见点世面，学点手艺，再回来，我不忘记我妈临死前的话，我坚决不到城里找婆家。

孙留根的两张老嘴皮忽闪忽闪了几下，没蹦出一个字。女儿学习很一般，女儿学习不能不一般。孙留根每天忙教育教学一摊子活，忙着应付乡政府的摊派，忙着应付为老师跑工资跑福利，女儿的学习从来就没关心过。女儿退学后。他的心像猫抓似的。这辈子对不起的有三件事，一件是学校的名声太糟糕，另一件是老婆跟着他没享过一天福，最后一件是把女儿耽搁了。

而女儿被耽搁，仅仅是为了逃避被老师追到手。

如今学校的两个光棍中，有可能追学生的大概就是刘栋梁了。

刘栋梁自费上过地区教育学院政教系，是代理老师，不占正式编制，教育教学水平很一般，收留他来尖山的原因有两个，一来他大——刘全富是村长，面子上实在过不去；二来尖山中学确实需要教师，于是对刘栋梁这样的二百五，也就只好笑纳了。赵五常不同于刘栋梁，赵五常是省教育学院毕业的正式大学生，在校期间是学生会的干部，还是全校为数不多的学生党员之一，他是专门打报告、写申请来到了故乡尖山，为此还听说和女友在大学门口上演了一曲《让我再看你一眼》。

刘栋梁啊刘栋梁，你个狗日的刘栋梁，你可千万别撞在我的枪口上啊！孙留根亮清，刘栋梁这个年龄，像驴一样正在发情期，能坐怀不乱？穷乡僻壤的尖山，出不了柳下惠的，何况，女学生们是坐在自己课桌后边的凳子上，而不是坐在男老师的怀里。

3

治病治根，拢人拢心。孙留根琢磨着得给赵五常和刘栋梁分别找个女人，这是问题的关键。他亮清农村大学生的婚姻是最不好摆弄的。

山里的女职工比金丝猴还难见到，找村姑又不现实。这几年乡财政紧张，乡上发了文，要求教师必须协助乡上深入各村各户收税费，弄得教师在乡亲那里没有一点脸面。教师和乡干部掺和在一起，农民一眼就能分辨出来。乡干部是背着手的，嘴里叼着香烟，但教师没这个派，鞍前马后像个阉割了的太监，一副垂头丧气、生不逢时的样子。

不想了不想了，不能再往下想了，燃眉之急是做好刘甜叶的思想工作。

于是孙留根对刘甜叶说：刘甜叶同学，努力吧，你一定能考上中专。很有前途啊！说完，连自己都觉得太有些索然无味，只好补充说，但是你放心，至于将来的学费问题，这几年我们都在和乡政府争取呢，建议成立我乡贫困大中专学生基金，凡是考中专缴纳不起学费的，可以通过基金提供补助。

刘甜叶说，校长，我晓得您这是宽我的心，基金的事，我们当学生的早就听说了，也期盼了好多年了，但是您努力了这么多年，乡上都叫苦叫穷没答应。明年，难道他们板上钉钉就能答应吗?

孙留根被问住了。

这几年他都是以基金为诱惑给穷学生们打气，气是给学生打足了，但凡是考上中专的，连一分钱的基金都见不到，自己等于给学生上演了一场场画饼充饥、望梅止渴的幽默剧。有不少学生一接到录取通知书和收费单，先是猛一高兴，后是猛一败兴，最后失魂落魄地攥起镢头回到田间地头，抡圆了膀子，一股子冲天怨气都冲这个偌大的地球挖下去，恨不得挖穿了，钻到对面去，看看那边的世界到底咋样。想到这里，孙留根血往上涌，看来他这程咬金的三板斧在刘甜叶这里彻底失灵了。他牙关一咬，说，刘甜叶同学，请放心！明年争取不来基金，我孙留根就回家务农，不在这搭为人师表了，我去县里举报他们，乡上一辆一辆的超标豪华越野小轿车，一辆好几十万呢，我就不信挤不出培养人才的钱。

刘甜叶热泪盈眶，说，校长，那不把乡上的领导同志得罪了吗？为我们这些穷学生，您不值啊！

校长心头一震，说，值，咋不值？咱这里为啥这么穷，就是因为缺乏人才啊！我不能听着群众骂我们，不能看着我们含辛茹苦培养的人才痛哭流涕地回来修地球啊。说着话，孙留根眼里也是一团雾状，视野里的整个世界，仿佛是一块湿淋淋的尿布。

刘甜叶说，校长，如果能争取来基金，为了您，为了学校，我暂时就不嫁人了，我要为您和学校争口气，考上中专，到城里去上学，学成后，再回到咱乡里，为咱老百姓办事。请您放心。

校长突然仰天大笑，胡子拉碴的布满皱纹的一张老树皮脸，乐成了凄风苦雨中摇曳的破菊花。

中午，乡政府在镇上一家酒店宴请收税费的全体教师。喝酒是讲究路数的。乡长甄建国是远近闻名的酒坛子，自始至终笑眯眯地给大家敬酒。明眼人不难看出，他敬酒的对象主要有两种人，一种是收税、收费获得乡上表彰的双料先进个人，譬如刘栋梁。刘栋梁收税费时敢于向老百姓下硬手，税费数额一直稳居前列。甄建国对刘栋梁的敬酒就有犒劳的性质。另一种就是赵五常这种人，用一首流行歌曲形容叫心太软，一看见农户家干瘪的粮袋和失学的娃娃，鼻子就有些发酸，收税费的力度就大打了折扣，弄得乡领导心里很不暖和。甄建国对赵五常的敬酒就有惩戒的意味。甄建国向赵五常频频敬酒，让你连菜都来不及夹一口，先用烈酒灌个饱。

赵五常亮清乡领导们在借机调教他，只有忍气吞声，加上心中老有求爱信这档子事，一开杯就灌得酩酊大醉，被人扶回学校睡了。恍惚中，仿佛回到了留下他美好青春时光的教育学院，那梧桐树下一对柔情蜜意的身影，分明就是他和李媛莉。突然，一身婚纱的李媛莉飘然而至在了尖山中学门口，亭亭玉立，仪态万方，明眸皓齿间，仍然是对他的无限眷恋和痴情。整个尖山都沸腾了，师生们涌上前来，欣赏着这个来自城市的温柔多情的白雪公主。赵五常好不自豪，他兴奋地张开臂膀扑上去，却感觉有些硌得慌，就像拥住的不是身材娇好的心上人，而是一个三棱暴翘的根雕。

一睁眼，发现抱住的是校长孙留根。孙留根在床前陪他呢。赵五常不好意思地憨笑了。这笑，其实是一种哭样。

校长说，我听见你梦中媛莉长媛莉短的，是你原先的恋人吧。过去的就过去了，你放心，你工作出色，人品又好，爱情的事情嘛……这个……这个……面包会有的，一切都会有的。

由于税费和工资是挂钩的，所以赵五常的工资经常缺胳膊少腿儿拿不全。孙留根私下承诺，赵老师，你放心，缺胳膊少腿儿的那块，我给你补上。回头悄悄用学校卖树苗的钱给赵五常补发了。学校在南山上有一片勤工俭学基地，栽的都是树苗，卖的钱主要是添补教学用品。

4

刘甜叶有校长和班主任赵五常的悉心呵护，这就等于在刘栋梁和刘甜叶之间设置了一道天然屏障，这使刘栋梁心里窝了一肚子火，但却不好发作。两年来，自己在刘甜叶身上付出的努力，等于全让校长和赵五常搅和了，这无论如何使他心不甘。好在失去一个刘甜叶，并不意味着失去所有的女生。也就是说，有女生，就有未来的老婆在里边。

他把目光锁定了另一个女生，这个女生叫苟鲜鲜。至于行动方案，无论如何也应该更隐蔽、小心、稳妥一些。

他盯住苟鲜鲜是审时度势地分析了形势和客观条件后做出的重大决策。苟鲜鲜同学学习属于中间水平，在初三补习了三年也长进不大，思维习惯、学习方法像老羊皮一样没有一点可塑性，这种学生说不上好，也说不上差，好在苟鲜鲜长得还算凑合，尽管不像刘甜叶那么长得惹眼，却也不难看。

有天刘栋梁正在教室里讲政治课。他讲的是《法律常识》。突然觉得肚子有些发胀下坠的感觉，才想起一早到现在忘了去茅厕，想忍一忍，感觉身不由己，只好对同学们说，刚才我讲的这个问题是一个社会主义法律和社会主义道德的关系问题，留给大家思考一下，我回头再提问。

一下把同学们的心提到了嗓子眼儿。

刘栋梁则紧绷着屁股去了茅厕，经过操场的时候，他一眼看见初三补习班在上体育课，苟鲜鲜就在其中。苟鲜鲜在上午的阳光里，像一株清爽、光鲜的嫩玉米。刘栋梁不由舌头底下有些发黏，但不好意思傻看，从容不迫、目不斜视、大义凛然地进了茅厕。

进了茅厕，刘栋梁却并不急着蹲坑，一点手忙脚乱解裤带大鸣大放一番的意思都没有，而是把眼睛贴在破墙洞上，猴急得往外看。脚踮那么高，脖子像鸭子似的伸得老长。目光像探照灯似的追随着苟鲜鲜在操场上的身姿。

——刘栋梁根本就没察觉茅坑一隅，蹲着赵五常。

赵五常早就蹲在那里稀里哗啦地痛快呢。

赵五常敏锐地意识到了什么，看来刘栋梁这个骚货，表面上答应不从学生中找老婆，心里头的花花肠子多着呢，他肯定是躲在这里偷看女生呢。赵五常有些恶心，仿佛被下边上来的沼气熏了，想吐，但忍住了，就憋足了劲，“啪——”终于挤出了一个臭屁，这屁嘹亮、沉闷而短促，就像是猎枪突然走了火。

面墙而立的刘栋梁浑身一激灵，触电似的回过身子，脸“腾”地就红到了耳根，说，哎呀！赵老师，我是在观察咱茅厕的砖墙呢，年久失修，千疮百孔，也该修一修了。其实茅厕和教室一样，也存在一个安全问题。说着话，从上衣兜里摸出香烟，点着两支，一支自己抽，另一支往赵五常嘴里塞。

赵五常本想拒绝，但一来两手夹在腿弯里腾不出，二来香烟已经着了，再拒绝就过了，只好拿嘴叼了。刘栋梁早已三两下解了裤带，在一旁蹲了。嘴上啥也顾不上说，下面却热闹，噼里啪啦没完没了，像是堵了多年的化粪池突然被捅开了。

等刘栋梁那边停顿了，赵五常不动声色地说，刘老师这么关心学校建设，精神可嘉啊！像入党积极分子的表现。说着嘴一松，故意让香烟掉进坑里，起了身。出去的时候，见刘栋梁仍蹲在那里，早就不用劲了，连尿水的声响都没有了，只有嘴里的香烟燃烧得很旺，烟味和臭气夹裹着往上升腾。就知道刘栋梁在那里干蹲着，说不定在等待时机图谋什么呢。

赵五常故意在茅厕外逗留了一瞬，又悄然折回来，果然见刘栋梁又贴在墙上了，这次比前次还要狼狈，两手提着裤子，两个黑灰的大屁股颤悠悠地袒露着。

赵五常说，我来看看有啥东西掉了没有。

刘栋梁慌忙提了裤子。

你慌什么？我又不是女的，下面和你不一样吗？

刘栋梁的话中带刺了，说，你走路连声音都没有，我还真以为是哪位女教师呢，男茅厕进来女教师，我能不慌吗？我可不想让女人看了咱身上的宝啊！

咱那破玩意儿还算宝啊。真是宝的话，咱就不会当光棍了。

我可没你那么自卑，我只坚信一条，有宝，就必有要宝之人。

赵五常不想再搭腔。再次出去的时候，体育老师正在组织同学练习双杠，五十多名同学排着队分列双杠两边。

赵五常琢磨，刘栋梁在偷看谁呢？刘甜叶他是没指望了。他盯上的肯定同样是漂亮点的，班上看着秀气的女学生还真有那么几个：苟鲜鲜、邓美桃、李双艳、王画画……

赵五常决不能容忍刘栋梁在他的班里找老婆。他留意了一下，发现苟鲜鲜每天中午在学生食堂吃过午饭，就鬼使神差地去了刘栋梁的宿舍。再后来，上课时发现苟鲜鲜老是勾着头看些杂七杂八的课外书，他突击检查了一下，都是《初刻拍案惊奇》《二刻拍案惊奇》等古代白话小说，而且还是原本，不是删节本。都是刘栋梁枕头边的书。

赵五常有些恶心，这狗日的刘栋梁，给人家中学生看这种书，谁不晓得这些未曾删节的小说有相当一些章节描写的尽是男女床上的事情。赵五常不好对苟鲜鲜表明态度。而是绕着弯儿说，苟鲜鲜同学，下学期就要中考了，你晓得肩上的担子有多重吗？

苟鲜鲜的脸唰地红了。起立，低头，说，赵老师，我晓得。

既然晓得，为啥上课还三心二意的，看这种杂七杂八的书。

苟鲜鲜：……

赵五常估计刘栋梁和苟鲜鲜的关系比他预计的要严重得多。他头皮一阵发麻，心急火燎地找校长汇报了。校长说，事不宜迟，你先别声张，我找刘栋梁这狗日的摸摸情况。

赵五常担心地说，校长，苟鲜鲜的前途固然重要，但您也得从大局着想啊，刘栋梁他大——刘全富是村长，不好惹的，你不是没有教训。

校长说，为了刹住这个歪风，我把这把老骨头舍出去了。

在刘栋梁的事情上，校长是谨慎的，他不能不谨慎。如果说刘栋梁是丸药，可并不好服用。逼急了刘全富这个土皇上，学校的正常教育教学秩序和日常生活就有可能受到影响。

这样的教训其实已经不少了。尖山中学的生活用电和村里走的是同一片线路。有次学生正在上晚自习，突然间电就停了，整个校园一片漆黑，正是临考的当口，有些同学都急得哭了，以为是整个尖山都停了，摸出校门一看，才知道只停了学校的，村里家家户户的灯照样亮着，就觉得奇怪。还有一次，下午课外活动的时候，学校大扫除。那时旱情不如现在这么厉害，村头的井里尚有点水。学生们去井里打水，却发现井口上了锁，一打听才知道，村里有了新规定，为了节约用水，打水只能是上午。学校就感到事情有些难办，学校的大扫除，总不能挪到上午吧。这样接二连三发生了一些稀奇事，学校就感到啥地方不对劲了，后来才搞明白，这是刘全富使坏呢。

刘全富使坏是有根由的。那年刘全富家的大母猪窜到学校的菜地里，不到几分钟就把刚出苞的白菜连拱带啃糟蹋了几十棵。几位老师发现后，用教鞭把大母猪教训了几下，理所当然地在大母猪身上留下了几道青印子。大母猪逃出菜地的时候，跌首顿足，摇头摆尾，嗷嗷乱叫，一副气急败坏的样子，像一个调皮捣蛋不服管教的差学生。师生们都把头伸出窗外看热闹，都很开心。停电的事，就发生在第二天晚上。至于给井口上锁的事，则是因为前年刘全富找校长，希望给刘栋梁报个县级的优秀班主任，为将来变成正式老师垫个底，校长当然没答应。当天下午，井口就上锁了。只是从那以后，校长再也没搭理过刘栋梁，弄得刘栋梁老是挺不起腰身。刘栋梁早就向组织递交了入党申请书，但孙留根总是语重心长地说，好！年轻人就得向组织靠拢，主动接受党组织的考验。考验了三年了，连个预备都没批。

孙留根专门找刘栋梁谈话。他没有直切主题，而是采取了初二语文文言文部分里《触龙说赵太后》中的方法，先扬后抑，刘老师，最近，学生反映，你在教学上还是有长进的。

刘栋梁没想到校长原来是要表扬他，局促地一个憨笑，说，谢谢校长的表扬，也谢谢同学们，我水平不如人家正式毕业的，如果说有一点点进步的话，离不开校长您的言传身教、广大教职员工的支持和帮助，也离不开同学们的密切配合啊！

校长说，事业上有所发展，个人的事情也该上心考虑考虑了。都老大不小的人了，你今年该二十七了吧？

刘栋梁说，按虚数，今年都二十八了。

校长带着挖苦的口气说，我就很纳闷，你一个大专文化，你大还是个村长，家庭环境不错，你咋就不在乡政府、七站八所里恋一个女干部呢。

刘栋梁说，校长，您都是尖山的老前辈了，咋不晓得如今谈恋爱的行情，都市场经济了，啥都在变啊！人家有工作的女青年，都挤破头往县城里、往城郊调，谁还往咱这鬼不下蛋的地方扎根。说到这里，刘栋梁又不失时机地说，何况，我才是个代理，还不是正式的。乘机提醒自己申报转正的事情。

校长说，那就在村里找一个中意的，最好是心灵手巧的，有手艺的，理发啊裁缝啊啥的，将来让老婆临街开个店，好过日子。

刘栋梁亮清校长这是一层一层套他的话呢，索性来了个死猪不怕开水烫，说，校长，您别说了，我晓得您今天是要说啥，我是和苟鲜鲜搞上了。

校长的脸拉了下来，问，当真?

当真。

你们，时间多长了?

半年多了，我都这把年纪了，不能没有老婆啊，我将来一定对苟鲜鲜好，我不是害苟鲜鲜，我和我大商量了，将来跑后门送苟鲜鲜去乡政府当半脱产的计划生育专干。

不行，坚决不行，我可是有言在先的，你如果不马上和苟鲜鲜断了关系，我就把你的事情摆到教育局的桌面上。

刘栋梁突然挤出了几滴泪水，说，校长，现在有些晚了，我和苟鲜鲜，已经……睡了。

这是校长最想晓得的，也是不愿听到的。他脸色铁青，整个一张脸像冬日里打卷的枯菜叶。

啪!

一个巴掌扇在了刘栋梁的脸上，你……你这个狗日的。我要告你个强奸罪。

刘栋梁没有反抗，捂着脸嗫嚅着，你打我，我认了，但是我对苟鲜鲜，不是强……强奸……奸，真的不是，是双方自愿的，没犯法，只是犯着咱尖山中学的规矩了，只要我和苟鲜鲜结婚，只要你把事情不捅到教育局，你咋处理都行。

5

几个不眠之夜后，孙留根终于下决心去县里的人才招聘大会上看看，也许能招聘几个教学骨干来，这样就可以让刘栋梁滚蛋了。这几年，业务骨干流失严重，能在一线独当一面的骨干越来越少。要处理刘栋梁，必须得保证教学不受影响。

他明知人才招聘那玩意儿对尖山根本行不通，从来没把这想法给别人透露，免得人家说你癞蛤蟆想吃天鹅肉，也不撒泡尿把自己照照。但是人才市场毕竟打破了传统的用人机制，这点诱惑还是潜意识里牵动着他的神经，为了彻底死了这个心，同时为了能奇迹般找到第二个、第三个、第四个赵五常，他有次去县里开校长会的时候，专门偷偷到人才市场去了一趟。

挂着胸牌的工作人员大概把他当作目不识丁的农民了，断然挡住了他，说，喂！你走错道了吧。这里是人才招聘现场，你以为是赶集呐。

孙留根窘了一瞬，眨眼间就撒了个谎，我……我来找我女儿。

找女儿？

对对对，找女儿。我女儿是名牌大学毕业的，在这里应聘呢。我找她有事。

哦，原来这样，真了不起！如今农民家长能花四五万元供给一个女大学生真了不起，如果不是乡镇企业家，那肯定就是村干部。你，是村长吧？

我……对，是村长。

怪不得呢。喽，去那边买张票，就可以进去。说着话，几个工作人员挤眉弄眼，表情揶揄而暧昧。

里面场面之火爆，孙留根是始料未及的。招聘方大都是企事业单位。教育系统的招聘现场，招聘方大都是县里的几所重点中学和教研机构，前来求职的师范类大学生人头攒动，数都数不过来，如果随便拉扯一位往尖山一搁，那可就是香饽饽。

除他以外，没有一个农村校长来这里现眼的。孙留根耳朵里灌满了天之骄子们的牢骚：只知道大学生在省城找不到工作，没想到这破小城市大学生就业也这么紧张！看来我四年师范院校白上了，几万学费打水漂了。

看这阵势，只有去农村学校了，和农民伯伯一起教书育人了。

听说偏远乡村的中小学还靠民办支撑着呢。有个叫尖山的中学听说过没有？教师结构属于正式、代理、民办混合的杂牌军，工资不是拖就是欠，连老婆都找不上。

去尖山，还不如把大学毕业证仍进厕所，去深圳的哪个酒店当保安。不是我思想境界不高，是我没有勇气打光棍啊！去尖山，除非那里有爱情。

……

一看这阵势，孙留根缩缩脖子，从后门落荒而逃，连头都不敢回。

刘栋梁这样的半桶水也只能当一桶水来用了。半桶水也是水，半桶水比空桶强。

校长实在咽不下这口恶气。

他悲哀地意识到，刘栋梁和苟鲜鲜将有可能在自己的眼皮底下结婚、建立家庭、生儿育女。孙留根的脸涨得通红，红得有些发烧的感觉，仿佛挨了刘栋梁的几巴掌，刘栋梁当然不敢打他，但他却像挨打似的感觉到了疼痛，这打，不挨也挨了，不痛也痛了，而且鬼晓得还要痛多久。

有可能，赵五常就是最后一个光棍了。他突然觉得实在对不起赵五常。

6

大红的灯笼，大红的剪纸，大红的对联。刘栋梁和苟鲜鲜结婚时，学城里人的样子，颇为时尚地给每位教职员工送了请柬。请柬上的邀请用语隽永潇洒，端正大方，一看就不是他刘栋梁的墨宝，肯定是找班里的学生帮的忙，刘栋梁的字不像手写的倒像脚蹬的，挂在黑板上常被学生私下戏称屎壳郎拉稀。但这并不防碍面子上同学们还得尊尊敬敬称他刘老师。请柬使每个教职员工都很尴尬。因为校长放出了话，谁参加刘栋梁的婚礼，谁就给我滚蛋，爱去哪里高就，就去哪里高就。

此时此刻的刘栋梁，正网络了村里的一帮哥们和要好的几个学生忙着收拾新房呢。结婚那天，院中大摆宴席，乡政府的领导和干部都来捧场，全村的男女老少也来了，这使婚礼平添了几分高贵和档次。但是，最该来的尖山中学却没有来一人，这就使婚礼尴尬得有些不同寻常。

栋梁，你的同事啥时候来？村人问。

学校组织单元考试呢，老师们都在监考呢。刘栋梁说。

又问，再忙也得派个代表来啊，食堂做饭、敲钟的职工也监考啊？来个看门的也不是不行啊！

村人的这些议论，像无情的刷子，使刘栋梁脸上涂抹了一层铁青。而苟鲜鲜的脸蛋红成了柿子，眼泪一直在眼眶里打旋儿。晚上闹完洞房，曲终人散，刘栋梁看着光晕中平添了几份俏丽的苟鲜鲜，心想这是人生一大乐事，应该抛却所有的烦恼，把气氛弄滋润一些，于是强打精神，暗自憋足了劲，想和苟鲜鲜把火炕上的段子弄得花样翻新、异彩纷呈一些，但苟鲜鲜却十分认真地扭捏起来。

刘栋梁就开玩笑，苟鲜鲜同学，今天老师要和你正式上炕了，你清高啥呢？咱俩又不是没上过炕。

苟鲜鲜责备地说，啥清高啊，我都两个多月没来那个了，八成是怀上了。

刘栋梁忽而就明白了，心想，苟鲜鲜真是一片神奇而肥沃的水浇地。哪次种上的，早说不清了。不管是哪次，刘栋梁最难以忘记的是和苟鲜鲜的第一次。

那一次他是处心积虑要把苟鲜鲜拿下的。因为和刘甜叶的教训已经够惨痛，他不想在苟鲜鲜的事情上战线太长，免得夜长梦多。半年的交往，他知道把苟鲜鲜撩拨得差不多了，于是那天在宿舍给苟鲜鲜辅导《法律常识》的时候，说，都快国庆节了，听说各班都要出节目呢，我教你跳个舞吧。

苟鲜鲜说，行，好，长这么大都没跳过舞呢。

于是两人在宿舍跳起来了。跳舞就得搂肩搭背，就得四目相对，就得旋转磨合。台灯的光线温和而暧昧。刘栋梁就搂紧了苟鲜鲜。苟鲜鲜心想，搂就搂吧，反正自从给刘老师默许当老婆以来，搂搂抱抱已是家常便饭了。但这次刘栋梁不仅是搂，而且在苟鲜鲜觉得浑身有些燥热的时候，顺势把苟鲜鲜搂到了床上。苟鲜鲜觉得刘栋梁的动作有些过头，就边挣扎边说，刘老师，我害怕。

刘栋梁喘着粗气说，鲜鲜，我爱你都爱到这份上了，你还不给我一次机会。

苟鲜鲜说，哪怕爱到啥份上，也不能随便上炕……哦……你这里是床……上床啊，那是结婚时候的事情。

刘栋梁不好再强迫，但眼睛一眨巴，泪水突然像喷泉似的喷涌而出，哽咽着说，鲜鲜，我对你这么好，你也不理解我，我一个当老师的，在你心目中还算个人嘛。

苟鲜鲜见刘老师流下了男儿泪，自己的泪也就下来了，说，其他事情我都可以依你，唯独这事情得缓一缓，这不是小事情，这事情大着呢。

刘栋梁却没接这个话题，突然换了个苟鲜鲜丝毫没有一点心理准备的话题，说，听说今年乡上要招一个半脱产的女性计划生育专干，我和我大商量了，把这个指标给你弄来。

苟鲜鲜边挣扎边说，刘老师你不要说大话了，我一个中学生，又没学过结扎手术，咋当计划生育专干？

刘栋梁乐了，说，你以为计划生育专干就是搞结扎啊。结扎是计划生育手术队的事情，你将来当专干，就是专门搞计划生育工作的干部，就是背着两手或者把两手搁在裤兜里看别人结扎、放环、人流、引产的那种。

听得苟鲜鲜皱了一下眉头，说，我一个没结过婚的人，干那种事情，真害怕。

用不着害怕的，你没看见那些在各村蹲点的乡干部，都是刚分配的学生娃呢，有几个是结了婚的。

但是人家都是正式的，而我去了才是半脱产的，多低人一等啊。

半脱产熬到了头，也能变成正式的呢。就像我现在是个代理老师，如果在前几年，像我这么高的学历早该转正了，从目前山区教师队伍的现状看，转正也只是个时间问题，山区留不住人，就得靠我们这些人来撑着。将来我转正了，就托人调到城里去，你也就可以调到城里哪个部门当干部了。

苟鲜鲜眼睛里呈现了几分光彩和亮色，挣扎就有些半退半就，说，你要说话算数，像我这种人，真的能去乡政府当计划生育专干？

刘栋梁的回答等于概括了一个大前提，这个前提是用半开玩笑半耍赖的口气说的，这只能等咱俩结婚以后。

刘栋梁明显感觉到，怀抱里的苟鲜鲜，已不是半退半就，而是忸怩起来了，这一忸怩，就像盆子里的面儿遇到了水，黏糊得分不清水也分不清面了，只等抻成兰州拉面。兰州拉面有粗、韭叶、细、二细、毛细之说。苟鲜鲜这盆面已稀软得有些精到，可以由着刘栋梁随便抻了。

苟鲜鲜软了，刘栋梁却硬了。彼此没有了矜持和迟疑，事态的进展就有些信马由缰。有了第一次，两人便都尝出了甜头，后来苟鲜鲜每次来刘栋梁宿舍，基本连作业本都不带了，主要内容就是上床迎接挑战。

今天是两人大喜的日子，同事们却没有一个来捧场的，这就使刘栋梁气不打一处来，一骨噜从苟鲜鲜身上下来，四仰八叉，一声大吼，孙留根——我日你妈——尖山中学的王八蛋们，我日你八辈女人——

苟鲜鲜赶紧捂了刘栋梁的嘴，说，刘老师，我都叫你刘老师了。你咋这么不文明呢，像没受过高等教育似的。

刘栋梁把苟鲜鲜的手拨开，吼，啥屁高等教育，我首先是农民，其次才是知识分子。

苟鲜鲜又捂了他的嘴，别吵吵了，书上说了，吵吵闹闹对胎儿不好。

刘栋梁这才止了声，把耳朵帖在苟鲜鲜的肚皮上，得意地说，反正，我刘栋梁结婚了，我是胜利者。

苟鲜鲜厌恶地闭了眼。

7

学校的教职员工食堂撤销了，只保留了学生食堂。教职员工食堂不得不撤销。教职员工食堂曾经很红火过一阵子，那时光棍多，有些离家远的教职员工也在食堂吃饭，把个做饭的大师傅忙得不亦乐乎。而今在食堂吃饭的教职员工只剩下一个人，而且是唯一的光棍赵五常。

老师们朝他开玩笑，赵老师这是享受的国家总统级待遇，有专门的大师傅做饭呢。管后勤的吴主任面有难色地征求赵五常的意见，教职员工食堂本来开支成本就很大，如今大师傅专为你一个人做饭，你是不是考虑不在教职员工食堂吃饭……当然，我们也不难为你的。

赵五常做出大度的样子说，没事的，我去学生食堂吃饭，也不是不可以。

学生食堂就餐得排队。队很长。这是晚饭时分，赵五常站在学生中间，一手拿饭盒和碗，一手拿学生专用饭票，像羊群里的一头瘦骆驼。羊和骆驼在一起，彼此都感觉不自在，学生总是朝赵五常礼貌，推让着把赵五常往打饭窗口前请，而赵五常明白此时此刻的角色，和学生一样是个普通的食客而已，容不得半点特殊化，就努力坚持着排队的规矩，这就使排在前面的学生娃很尴尬。

赵五常更尴尬。

斜对面就是教职员工的家属区。说是家属区，其实都是原来的教职员工宿舍里增加了各自的配偶和子女而已。稀稀疏疏的洋槐树之间，两排低矮的破平房被袅袅炊烟和浮泛的饭菜香味儿缭绕着、夹裹着。洋槐树上做窝的喜鹊受不了这来自人间的烟火，叽叽喳喳地飞往校园外的农田里。家家户户门前的泥坯土灶前，简易吹风机把煤火吹得很旺。王爱香、张翠屏、孙塞花、王画眉等老婆们隔着锅台，又是炒，又是煎，又是蒸，又是煮，云蒸霞蔚，蔚为壮观。不能不说这是一种家的气息、家的活力和魅力。男教师们则蹲在门前的木桩上，有拉二胡的，有吹口琴的，有吼秦腔的，好不热闹。

有个民办教师鼓了腮帮唱陇原小调《想亲亲》：

想亲亲想得我肝花花碎哩，
三天不见亲亲我坐不住哩，
酥手手做饭饭我一旁看哩，
家模家样的日子神仙叹哩

校长骂，张求娃你当个民办就不知云里雾里了，这里好歹也是个教书育人的地方，这里干净着呢。要唱就唱《五十六个民族五十六枝花》，你要是再唱骚歌，回家守着你媳妇的炕头唱去。

哈哈哈。惹得众师生都笑了。

赵五常没笑，不但没笑，泪珠儿差点就滚下来了，自己的家在哪里？给自己做饭的女人在哪里啊?!

有个学生过来拉他的衣袖，说，赵老师，孙校长让我来请您，请您到他家吃饭。说是家，其实没有老婆的家充其量是个半拉子的家，何况连女儿都不在身边。孙校长比较忙，常有一个堂侄女送饭。

赵五常明白孙校长之所以不好意思亲自来，是担心在学生面前弄得太尴尬，影响不好，就悄声说，转告校长，谢谢了，在学生食堂也很方便，没事的。

学生娃走了，又来了一个学生娃，说，赵老师，后勤上的吴主任请您到他家吃饭。

赵五常只得又应付一番，转告吴主任，谢谢了，在学生食堂也很方便，没事的。

赵五常终于蹭到了窗口。大师傅微微怔了一下，但没说啥话，只是给他打饭的时候，多舀了半碗米汤。赵五常最不希望别人怜悯，他觉得自己像一个乞丐。

吃饭的时候，他把自己关在宿舍里。

门外传来刘栋梁的声音，声音很大，有点喊的意思，张老师——贾老师——于老师——过来过来都过来，尝尝我老婆鲜鲜做的猪肉炖粉条。

唯独没喊他赵五常。这恰恰说明是专门喊给他赵五常听的。

又是刘栋梁的喊声，鲜鲜，昨天做了啥好吃的，我忘了。

昨天是鸡蛋煎饼杏仁汤，那么好吃，你咋就忘了。荀鲜鲜答。

哈哈哈，我是吃晕头了。明天你准备做啥呢?

明天做羊肉烩面片，行吗?

行啊行啊！羊肉烩面片讲究色香味俱全，你多准备些香菜、大蒜和嫩葱，咱两口子美美吃一顿。

……

宿舍，赵五常狠狠地把饭盒和碗筷摔在了地上。清淡的辣子炒洋芋片，稀稀拉拉撒了一地。他一屁股瘫在床上，眼里像要冒火，但火还没冒出来，就被泪腺里滚滚的潮水湮灭了。水与火在眼眶里不交融地抵抗着。

孙校长和吴主任推门进来。孙校长拣拾着饭盒和摔碎了的碗渣，吴主任收拾满地的洋芋片。

赵五常不好意思地说，是不小心，撒了。

孙校长说，别委屈自己了，去我那里吃吧，我让侄女多送一份。

吴主任说，和我家搭伙吧。

赵五常当然不答应，一个大男人如果在别人家里蹭饭吃，那就更被人当戏看了。

孙校长和吴主任出门的时候，都有些挪不动腿。孙校长两手紧紧握着赵五常的左手，吴主任紧紧握着赵五常的右手。松开手的时候，月亮已经爬在洋槐树梢头，把不清不白的光晕撒满整个大山和校园。

又进来了一个人，是个女人。是苟鲜鲜。赵五常本来就对苟鲜鲜很生气，而今深更半夜的，又有些纳闷。赵五常话中就带了刺儿，苟鲜鲜，你如今已经不是我的学生了，还有啥问题需要问吗?

苟鲜鲜眼圈陡然一红，说，赵老师，我是给您道歉来的。

道歉？道啥歉。赵五常本来想说你两口子不在门口表演双簧就不错了，但他把这句话咽了，没吐出来。

苟鲜鲜说，今天晚饭时候，刘栋梁在门外口口声声问我做饭的事情，最初我没在意，就如实搭腔了，我根本就不晓得他在欺负您呢，后来听见您宿舍有啥东西给摔了，把他狗日的乐得连嘴里的饭都喷出来了。他以为他赢人了，但把我气坏了。苟鲜鲜有些哽咽，我如今把他看透了。

赵五常一时不知道说啥才好，接受苟鲜鲜的道歉，显得自己太没有肚量；不接受苟鲜鲜的道歉，又负了苟鲜鲜一番诚意。他只好说，没事的，苟鲜鲜，谢谢你，好好过你的日子吧，以后的日子，还长着呢。

苟鲜鲜说，其实，我不是在过日子，说成混日子还差不多，嫁给刘栋梁这个狗日的，全当是配个对儿，和咱乡下人给猪啊狗啊驴啊配对差不了多少，您不见咱山里人的婚姻，有多少是有感情基础的，更别提书里说的啥爱情了，讲究爱情的人，谁还往山里钻。

赵五常一时无言以对，但他决不能在曾经的学生面前显得过于窘迫，就说，一切，向前看吧。又有些说教了。

苟鲜鲜的话题仍然继续着，说，不过，如果说爱，我还真爱过。

赵五常怔了一下，说，难道……不是刘栋梁老师。

当然，绝不是他。但是，我曾经爱过的人，我却不配人家，所以从来没有张过口。

哦……赵五常突然觉得面对别人的老婆，自己的学生，这话题扯得有些远，而且有些离谱，坚决不能再深入下去了，就打圆场，说，你都是结婚的人了，有些压心窝子话，最好别给别人说，因为并不是啥话都可以说出来的，有些话，就得藏在心灵深处，比如你曾经的爱。赵五常想，苟鲜鲜还能爱谁呢？乡政府的光棍早就没有了；乡农机站的光棍年龄太小，都是刚出校门的中专生；乡邮电所、税务所、工商所的小青年据说早在高中时就有目标了……她苟鲜鲜还能爱上谁呢？该想的都像过筛子似的筛了一遍，就是没想到他自己。

苟鲜鲜说，赵老师，您说的对，有些话，是得藏在心灵深处，让它在心里渐渐发霉、腐烂直至蒸发掉，否则就是自己折磨自己，自己作践自己了，您说是吗？

是是是，人就得想开一些。

苟鲜鲜就要走了，临出门，又抛下一句话，赵老师，在我们学生心目中您是好人，我真希望您有幸福的未来。您不能没有爱情，不能没有婚姻，不能没有幸福啊，如果在学生中找，就……就……就找刘甜叶吧，她是我们公认的好姐姐。

赵五常苦笑一声，礼貌地挥挥手，说，走吧，早点休息。

但苟鲜鲜最后甩下的这句话，却使他的脑海再次喧嚣起来，他觉得自己就像一个浑身被浇了煤油的老鼠，被点着了，瞬间成了一个燃烧的火球，在众目睽睽之下，无处可逃，盲无目的地乱窜。

8

赵五常像一片落叶似的在残阳的余晖里飘出校园，失魂落魄地在山道上游走。月亮升起的时候，他像一个木桩子似的伫立在族人的坟地。面对清冷月色下族人和妈妈的坟头，他无话可说。这个周末，赵五常回家的心情有些灰暗。

见到大的时候，大正在废报纸上练毛笔字。他就默默地站在身后。见五常来了，大手忙脚乱地把报纸揉搓成一团。但五常还是看见了，他看见报纸上除了五常两个字，还有两个字：爱情。

赵五常只觉得心头一震，一滴泪珠嘟噜一下悬挂在了杂草一样的睫毛上。大说，娃儿啊，大我思前想后多少遍了，这辈子害了咱娃的，不是别人，是我。

赵五常的泪终于从睫毛上滚落到了嘴边，说，大，不是你，不是你，真的不是的，是娃我没出息。

我不该用五常这两个字来给娃定身子，我不该给我娃取这个名字，不该给娃写那幅字……

大，你别说了，你没错。

不该不该实不该啊！我是心比天高，反倒把娃弄得命比纸薄。

大，你永远是对的，如果不是因为您心比天高，娃我就考不上大学，当不上人民教师了，如果不是您，如今你的娃兴许和村里的伙伴一样，面朝黄土背朝天呢。

老天爷呀！大突然跌首顿足，胡子抖动着，大晓得，娃是给我宽心呢，大是错了错了实错了，看来咱当农民的，老天注定就得当文盲，当睁眼瞎。学几个字，学点文化，归根到底就把自个儿害了。

大两手攥住毛笔两端，憋足了劲，抬膝盖猛一磕，只听“咔嚓”

一声，一支用了多年的心爱之物断为两截。细丝一样的竹刺儿扎破手掌，鲜血像密密麻麻的红线虫儿，顷刻浸透了皮肤纹络中深藏的泥土。

大——我的好大大——赵五常紧紧握住大殷红的手。父子俩像是拧着一件洗完的掉色的衣服。两只血手变成了四只血手。

鲜血，滴滴答答。

答答滴滴的，是鲜血。

晚上父子俩同睡一炕。大又开了腔，还是回来吧！来咱镇上。我打听了，咱镇上缺一个写材料的。你文章写得那么好，准行！

赵五常：……

当上镇干部，不是为了让你的腰杆子有多么硬，不是的。当上镇干部，好找媳妇。

赵五常：……

赵五常心里亮清，大其实打心眼里看不起镇政府的那帮干部，他最看得起的就是教师。赵五常上初中时大就给他敲打，考学就考个培养老师的学校，当个老师，教咱山里娃多识几个字。

赵五常苦着脸说，大，我听你的，回学校后，我给组织汇报一下。说完脑子瞬间一片空白。他舍不得他那帮学生，这是真的。如果撇了那些学生进镇政府，他心里真有些割舍不下。

返校那天，大破天荒把他送到村口，一双昏花的老眼久久地注视着他这个光棍儿子。

山风“呜呜呜”地吹着，旋起的黄土和沙尘肆无忌惮地落在大和赵五常的身上。

大的山羊胡子一抖一抖的，一句话也说不出来。

大后来还是说话了，如果组织上同意你离开尖山，就回来，回来时，去你妈的坟上看看，给她磕个头，告个别。

行。

告诉你妈，娃啥时娶上老婆，再去尖山看她。

行。

赵五常心里就像堵了一面厚厚的墙，一出镇子，泪水就“哗”地流了个满胸。

9

孙留根找乡政府申请贫困学生基金的事情。乡长甄建国苦笑一声，说，孙校长，你又来事了。孙留根说，又来事了。

这当口，我晓得你是为啥而来，精神可嘉啊，孙校长。

孙留根说，晓得就好，成立贫困学生基金会的事情，今年如果兑现不了，我就要给乡上难堪了。你一年推一年，看你能推到啥时候。

甄建国乐了，说，孙校长，不是我推。你作为咱乡的人大代表，乡财政的底子你是清楚的，典型的吃饭财政，入不敷出，这是我们贫困地区的通病，哪还有资金成立基金，即便是有，我们也不敢率先出这个风头。出这个风头，就把兄弟乡镇弄被动了，那还不被兄弟乡镇的同志骂死咱。官场上的事情，你又不是不晓得。

但是，我调查了，咱乡上光超标车就有好几辆呢，随便卖掉一辆，够全校贫困生的所有学费了。

孙校长，这就是您的观念问题了，现在是市场经济，都在招商引资呢，哪个乡镇没有几辆像样的车，这叫硬环境啊，对上级和客商迎来送往，总不能用破吉普吧。您也看出来了，各乡的车都超标，但县里并没有把这事情摆在桌面上下硬手，你甭看上面关于整顿车辆的文件像催岳飞回朝的十二道金牌似的，都是给百姓看的，文件和具体的操作不是一会事情。

好，那我就把事情摆到纪检委的桌面上去。说着从兜里拿出了一份举报信，“啪”地压在桌面上，举报信上写的是尖山乡政府车辆超标的情况。

甄建国脸色骤变，说，你……你咋能这样？

实在对不起，今年乡上如果成立不了基金，我就要发挥我这个乡人大代表的职权，把举报信甩到县纪检委的桌面上。我实在没法给我们的学生们交代了。

甄建国突然来了硬的，孙留根，我看你是吃了豹子胆了，你别以为你是乡人大代表，就可以张口乱咬人了，你脑子要清醒，你这人大代表的资格，还是乡上给你弄的，如果不是因为人大代表比例中必须有教育系统的份额，我们说啥也不能让你这种忘恩负义之人混进人大代表的队伍里。

孙留根也硬了，甄建国，你脑子也要清醒，你这破乡长还是我们这些代表选的，你敢在我面前张牙舞爪，我就和其他代表联名，通过县人大，按法律程序把你罢免了，告诉你，我有这个权力。

甄建国：……

甄建国没想到这个平时见了乡干部唯唯诺诺的孙留根会硬到这种程度，就像冻僵的蛇与到春风突然就舒展开来了，而且一舒展开来就昂起脖子，瞅准攻击对象吐信子。

甄建国突然有些软，他似乎第一次意识到面前站着的，是尖山一带德高望重的最大的知识分子，是宪法赋予某种权力的人大代表，是一个个性近乎偏执的中学校长。自己当副乡长、乡长这么多年，每天走村串户，潜意识里其实早就把孙留根这种人的能量忽略了，今天孙留根这么一亮相，他才认认真真琢磨权力这个东西真有些幽默。

只能软了。乡长有些坐不住，从沙发上欠起身子，给孙留根递上香烟，砌了茶水，喟然长叹一声，孙校长，我这当乡长的，当得好苦哇。

其实乡领导的苦处，孙留根不是不清楚，这几年和乡上打交道，啥世事都看出来了，乡领导在老百姓那里背了那么多的黑锅，能全部怪乡干部吗？譬如上面紧锣密鼓地给乡上压经济指标，这等于逼着乡上造假了；有些村连温饱问题都解决不了，抢劫偷盗成风，还非得评什么星级文明户，最让农民痛心疾首的是报纸上天天在呼吁关注“三农”问题，喊着吵着要减轻农民负担，事实上是越减越多……乡干部也多是农民出身。农民的泪水流在脸上，乡干部的泪水咽在肚里。

孙留根说，反正，你的苦处是你的苦处，而我的苦处，事关全乡教育事业大局，基金的事，你成立也好，不成立也罢，反正纪检委我是去定了。

甄建国的眼圈突然就红了，说，孙校长，你也明白，如今的事情一摆上桌面，就正儿八经起来了，没有任何后路。你的心情我十分理解，我甄建国也是农民的儿子，我也不是不晓得我们的学生娃的情况，但这事情不是我甄建国能解决了的。你告去吧！肯定能告赢，让组织部门把我撤了得了，大不了，我回家务农。说真的，这个破乡长，我早就不想干了。

孙留根没想到平时在老百姓面前像头公牛似的乡长，心理也是如此的脆弱，而且这种脆弱不是因为舍不得头上的乌纱帽，而是因为对现实的无奈、困惑和迷茫。孙留根的心像灌了铅块似的有些沉，他突然觉得手头这份举报信的分量实在太轻，甚至没有什么意义，告倒甄建国，来个王建国、张建国、赵建国，事情难道能解决得了？

孙留根的眼圈也红了，说，甄乡长，我们农村学生娃的命，咋就这么苦哇！

甄建国说，何止农村学生娃的命苦，如今城市学生娃的命也甜不到哪里去，我看了一份内参，近年各省市的公安端了一些洗浴中心、发廊和夜总会，里面卖淫的小姐有相当一部分是大中专院校的学生，这些女学生大都父母下岗，属于弱势群体，没有任何经济来源，靠啥交纳高昂的学费？只能开发自身资源了。

啥资源？

你这么大学问，怎么连这个都听不出来，除了身体，还有啥嘛。

孙留根：……

说句掏心窝的话，话丑理端，听说你女儿在县里打工，咱山里女娃在城里无依无靠，你千万马虎不得，马虎不得啊，我的老孙，我的孙校长啊！

孙留根：……

孙留根的心紧缩了一下。最近女儿每回来一次，他总觉得女儿有一种说不出来的变化。女儿懂事，晓得回到山里不能在乡亲面前太花哨。那么这种变化在哪里，他实在说不上来，只是觉得女儿身在城里，有所变化是理所当然的事情，于是根本没有上心。甄建国的话，使他突然产生了一种恐惧感，玉梅，我的娃，我的好女儿！大相信娃，相信玉梅你。

孙留根把举报信伸到了炉子上。目光呆滞，面如死灰。举报信悄无声息地燃烧起来了，火苗迅速地覆盖了孙留根的手，他也没把手抽回来。空气中弥漫着一股刺鼻的糊焦味，那是满手背的杂毛化为灰烬的味道。

甄建国抓住孙留根滚烫的手，一句话也说不出来。

我还想写个东西，是给教育局的。孙留根像是喃喃自语。

甄建国迷惑不解。

是辞职报告。孙留根说。

甄建国激动地说，不行啊孙校长，尖山中学靠你撑着，换了其他人，学校就散架了。你可千万不能撂摊子，尖山需要你，尖山的学生需要你，尖山的父老乡亲需要你。说句高调子的话，农村的教育事业需要你，科教兴乡需要你，广大农民群众致富奔小康需要你啊！咱，受党的教育和培养可不是一年两年了，咱得有起码的思想觉悟！

孙留根怔住了，他恍惚觉得乡长的口气有些怪，就说，甄乡长，你是在故意戏弄我，还是教育我啊。

甄建国说，不是我教育你，是你今天镇住了我。真的！我们的干部如果都像您对待学生那样为老百姓着想，这个社会就不会有那么多的矛盾和不公了。

孙留根苦笑一声，今天，我等于白来了。

甄建国说，没白来。我想好了，尖山那个狗日的村长刘全富为了给儿媳妇荀鲜鲜弄个计划生育专干，到我这里跑了九趟了。前几天乡党委刚刚个别通了气，准备让荀鲜鲜当半脱产的专干。好在还没上党委会，我现在不想把指标给荀鲜鲜了。

孙留根说，哪给谁？

甄建国说，给你女儿。让你女儿回来吧！到乡上来工作。你女儿退学的事情，我们心里都很清楚，你是挥泪斩马谡呢。你就这一个亲骨肉，回来，回来好！招个上门女婿，把家撑起来。

孙留根当场就愣住了，掏出烟锅，吸了足有三大口，说，甄乡长，我女儿工作的事情固然重要，能在您这里谋点差事当然是烧高香了，但我今天可不是为女儿的事情来的。一口烟喷出来，整个屋子都云遮雾罩。

甄建国说，这个我清楚，你是为了尖山中学的学生娃来的。要不是你感动了我，这个指标我还真有点舍不得给你，你晓得不？就这一个指标，除了尖山外，光上磨村、张家窑、刘家坪、马家大庄、吴坡梁就有十多个初中生在那里候着呢，还有高中文化的，而且都是托村委会的头儿给乡上说的情。

孙留根说，那你给刘全富父子咋交代？

甄建国说，这个你放心，现如今的事情说圆就圆，说扁就扁，看咋样个说法。进乡政府就得按党的干部政策办事。择优录用嘛！拿出这个，他刘全富父子还有啥说的。

孙留根是甄建国喊来司机送回家的。

盘山公路七拐八拐，拐得孙留根心里翻江倒海，头大得像要爆裂了。女儿的事情倒是有着落了，还算不虚此行，这是他始料未及的。——但是，刘甜叶怎么办？他可是给刘甜叶许了诺的。

孙留根吐了。

10

长痛不如短痛，短痛不如马上就痛。孙留根决定趁早把争取基金失利的事情给刘甜叶解释一下。如果等刘甜叶考上中专再解释，对刘甜叶的打击就更大了，那种打击有可能就是致命的。他两次把刘甜叶叫到校长办公室，张了几次口，话倒是说了不少，但话题却始终绕不到基金的事情上来，只好说了些时间紧迫形势逼人要好好努力勤奋学习争取考上中专之类的鼓励话。

全是废话。

刘甜叶感动地点着头，说，请校长放心，我一定能考上的。最近的测验考试，我又拿了个第一，比第二名丘苹果高出二十分呢。

孙留根的心像是被什么东西揪住了。拍拍刘甜叶的肩膀，说，好好好，有你这份自信，我当校长的，就知足了。

孙留根决定请班主任赵五常出面给刘甜叶谈，一想实在不妥。和刘甜叶谈话简直是折阳寿的事情，自己都年过半百的棺材瓤子了，折阳寿就折阳寿，绝对不能再折磨赵五常了。

于是第三次把刘甜叶叫到了办公室。

甜叶，有件事我实在张不了口。孙留根把刘甜叶叫成甜叶，取掉了姓。平时他叫女儿是这么叫的。

刘甜叶微微一怔，说，啥事嘛，校长。

孙留根，我对不住你，甜叶。

还未等刘甜叶反应过来，孙留根猛一闭眼，紧接着说，基金的事情，又黄了。孙留根的语调像是得了严重的哮喘，气喘吁吁，结结巴巴，甜叶……甜叶……你……早点回家吧！中专……别考了……早回家……帮你大帮你妈去地里薅草，今年天旱，小麦的收成，还靠你呢。

啊！刘甜叶一屁股就瘫在了地上。泪如泉涌。

孙留根赶紧抢步上前，却怎么也扶不起来。刘甜叶软成了一堆稀泥，像是天塌了地陷了，日子没过了。泪水刹那间湮湿了衣裤，嗓子眼里“哇呜哇呜”地哽咽，却哭出大声来。

孙留根也一屁股软到了地上，像只喝了灭鼠药的老猫。

刘甜叶见状，支撑起身子，回头扶孙留根。

此时的孙留根全然没了堂堂一校之长的威严和自尊，一歪身子，把头倚在凳子上哽咽。浑浊的鼻涕吊了二尺半，像两截颤悠悠的软粉条。

刘甜叶反而有些吓着了。刘甜叶不知从哪里来了一股劲，她倔强地站起身子，而且把孙留根连抱带扶到了破沙发上，说，校长，您的大恩大德我这辈子报不了，下辈子报。但是，我不想现在回家，我想把这学期上完，而且要参加中专考试。

孙留根注视着刘甜叶。

刘甜叶说，我如果现在回家，赵老师会伤心的，作为班主任，他为了我考中专，付出了很多很多，我不能再让他伤心。因此，基金的事情，请您一定保密，别让任何人晓得，更别让赵老师晓得。

孙留根的嘴角翕动着，剧烈地翕动着，拉扯着一脸的老皮。

刘甜叶继续说，我一定能考上中专的，但我可以不去报到，我要拿着中专录取通知书回家，我要把录取通知书在我家的祖坟上烧成灰，我要让祖宗晓得，我刘甜叶是有出息的，我没给他们丢脸。我之所以上不了中专，因为我是农民的女儿，贫困农民的女儿。

孙留根：……

刘甜叶说，真的，别让赵老师晓得，行吗？

孙留根早已泣不成声。

11

又一届初三补习班就要毕业了。往年，每放飞一届学生，赵五常心里就像秋日里红透了的高粱一样盈实，觉出了作为一名乡村教师的自豪和骄傲。而这次，他感到了难以言说的困惑。赵五常终于鼓足勇气对校长说，校长，最近有句话，我在舌头底下压了几个星期了，说不出来。

有啥说不出来的，咱又不是外人。

我不想在尖山干了。

孙留根惊得张大了嘴，仿佛一口吞进去了一个乒乓球，真的？

没假。

孙留根说，这话从你嘴里说出来，我都不敢相信我的耳朵了。说着抬起头，目视被烟熏火燎成的灰呼呼的土墙。他在搜寻赵五常的大写的那两个字，却意外地发现那地方早已是一片空白，是那种曾经遮住了烟火和岁月侵袭的灰白。孙留根脸上的表情复杂地有些痉挛，说，你把你大给你写的字取下来了？

赵五常苦苦地笑了，他并没有接过这个话题，继续表明自己的去向，我想调到我们那边的镇政府。

真的？

真的。

孙留根其实啥都明白了。张了张嘴，却一个字也没说上来，他觉得此时此刻面对赵五常，不仅话不好说，连喘气都需要勇气了。多年来，赵五常的婚姻问题，像蜘蛛网上的一根柔软、纤弱的细丝，一直在孙留根心里紧紧地绷着，绷得很悬乎很脆弱很无助，绷得他呼吸困难心头发紧。前不久，他听说后梁那边好不容易来了个新的女民办教师，他翻山越岭去了一趟，才知早被乡税务所的小毕追上了，听说小毕光每个月的补助就相当于一个具有中级职称教师的月工资。

孙留根足足吸了一锅烟，沉了足有一刻钟，像是下了死决心似的说：赵老师，还是找一个学生吧。

学生？

学生。

真是学生？

真的。

校长，这话可不是我说的。

赵老师，事到如今，我啥也不说了，真的啥也不说了。让刘甜叶给你当老婆吧。她聪明能干，将来在镇上可以干点啥。其实说这话的前提首先应该交代一下基金的事情，但孙留根怕赵五常接受不了，基金两个字在舌根下弹不出来。

赵五常，你是说，让我找学生，而且找的是刘甜叶？

孙留根说，对，对对。她心里本身就有你，你是知道的。

赵五常哭笑不得地说，校长，都到这份上了，你还开玩笑。

没开玩笑，一点也没。

刘甜叶的前途远大，你又不是不晓得。

但是，尖山离不开你……我们把最好的学生给你当媳妇，你……能不能……留下。

孙留根鼻涕和眼泪同时下来了。

赵五常的脸变得像死过一回。

赵五常沉默了半晌，才有气无力地说，那……就挑一个学习最差的，考学连一点指望都没有的，以不耽搁人家的前途为原则。

赵五常脑子里把班上的差等生排了个队，心想就挑倒数第一名吧。但是倒数第一名是个男生。那就倒数第二吧，倒数第二幸好是个女生，这是个最让他头痛的女生，但他实在不忍心往倒数第二之前考虑，就毫不犹豫地说，那，就刘晓庆吧。

刘晓庆这个名字，不仅尖山人晓得，全县乃至全国人都晓得。刘晓庆是一位很漂亮的电影明星。当然赵五常说的刘晓庆不是电影明星刘晓庆，赵五常这辈子从没想过和电影明星刘晓庆在感情上有啥缘分。赵五常说的刘晓庆是他班上的一位女生，这位刘晓庆同学学习差，纪律差，劳动差，卫生差，用学生评价她的话就是长得像个烂萝卜，而且满脸麻子，同学取了个外号叫麻脸女侠。刘晓庆同学之所以叫刘晓庆，据说是二十年前的夜晚接生婆往出来捣鼓刘晓庆时，村里麦场上正好放电影《小花》，刘晓庆大看了后，觉得这么漂亮的女人真是没见过，名字也喜庆，好在自家也姓刘，就把刘晓庆这个名字顺茬给女儿移过来了，盼望着闺女能长好看点，结果女儿长成了反角演员葛存壮。

孙留根大吃一惊，说，刘晓庆？不行！绝对不行！那不把你坑了。刘晓庆同学各方面都不行，你这是爱情扶贫啊。要找就找一个能干的，将来能找份体面工作的。

赵五常坚持说，就刘晓庆同学吧。

孙留根生气了，说，还陈冲、巩丽呢，拉倒吧你！依我看，就刘甜叶吧。事已至此，孙留根觉得该到摊牌的时候了，就长叹一口气，唉！从乡上没争取来贫困学生基金。

赵五常果然惊讶地有些不知所措，脸色蜡黄地像死去还没活过来，表情定格成了泥塑样儿，好长时间才悠悠地吐了一口气，像是被阎王跟前的小鬼遣返回来了，脸上仍然显现着浓重的阴郁和凝滞，嘴皮翻了一下说，基金，没争取来？

没。

没，我也不能趁火打劫啊。

基金尽管没争取来，但是促成了一件好事。

啥事？

乡上今年要招一个半脱产的计划生育专干，我考虑到刘甜叶各方面都很优秀，就推荐了她，乡上也答应了。你娶了她，就是正儿八经的双职工了。

这话一半真一半假，这话等于再次出卖了自己的女儿孙玉梅。

等于第二次挥泪斩马谡。

话说到这里，孙留根觉得身子有些发飘，整个身子仅剩下了一个站立着的干瘪的皮囊，里面的骨肉血水熔化成液体蒸发了，仿佛是从头顶蒸发的，头已经晕得天旋地转。女儿，自己的心头肉，还要被斩几次啊！

赵五常：……您容我再考虑一下，这事情来得太快，太突然了。

这有啥考虑的，天上掉腊肉的好事呢，我提前祝贺你。孙留根在脸上弄出了夸张的笑容，还嘀嘀嘀地笑了。笑得很爽朗的样子。

赵五常：……没想到，最终，还是找了自己的学生。

到时候，我亲自主持你们的婚礼，全体教职员工全部参加。孙留根带着嗔怪和责备的口气说，你大的那幅书法作品，你撂在了哪里？孙留根把那幅字说成了书法作品。

赵五常从打点好的箱子里面把那幅字取出来了。

孙留根说，来，给我当个下手，我亲自把它挂在原来的位置上。

赵五常说，您那么大年纪了，还是我来吧。

孙留根说，不，坚决不！我来。说着扯过凳子，颤巍巍地把自己的瘦身子挪上去。

赵五常全神贯注地把扶着凳子。孙留根的动作很仔细，很小心，很谨慎。终于挂好了。挂得很端正，很到位，与留在墙上的灰白底子严丝合缝。凳子其实很结实，很稳，但孙留根却从凳子上扑通一声栽了下来，脸上的老皮也擦破了。

12

盒子！孙留根发现了一个神秘的小盒子，是一盒安全套。孙留根是在女儿孙玉梅的小包里发现的。他是第一次偷看女儿的私物。女儿回来一次很不容易，得坐几个小时的长途汽车，但女儿差不多每周都要回来，回来就到地里干些力所能及的农活或者给他缝缝补补。孙留根晓得女儿放不下的就是他这个大。每次女儿从城里回来，总是把那个小包掖进她的抽屉里。甄乡长那天的一席话，鬼使神差似的使他的探究欲望越来越强烈，成为脑海中挥之不去的一块阴影。那天女儿一下地，他就舍下老脸拉开了抽屉……

甄乡长的话，果然应验了。关好抽屉，孙留根眼前一阵发黑，是那种伸手不见五指的漆黑，他赶紧把身子挪到椅子上坐了，他庆幸没有跌倒。跌倒，就有可能再也起不来了。但是孙留根感觉到自己的胸口并没有冒火，也许是胸口早就没有可燃物了。他突然泪水倾盆，倾盆的泪水浇灌着他干涸的胸口。

女儿从地里回来了，说，大，你眼圈咋这么红，像哭过似的。

孙留根说，是……是……是哭过。

女儿惊问，咋了？

孙留根说，大……大是高兴地哭呢。

有啥好事啊？至于让您激动成这样。

孙留根说，玉梅，告诉你一个好消息。

啥好消息？

赵五常老师就要结婚了。找的媳妇你晓得是谁吗？是你第一年上初三时的同学刘甜叶。

女儿略为迟疑了一下，说，好！

孙留根听得出女儿说得很勉强。女儿忌讳男光棍和女学生的话题。但是女儿马上又补充了几句，太好了，真是太好了！一副兴冲冲的样子。孙留根晓得女儿意识到了什么，强装笑颜宽他的心。她根本就没有问问一贯坚决反对老师找学生当老婆的大，为啥突然转了向，支持起赵五常和刘甜叶来。

女儿不但没问，而且主动提出，大，到时候，我给甜叶妹妹当伴娘吧！

孙留根说，……行，好，当完伴娘，我娃不要到城里干了，回来！我这辈子哪怕倾家荡产，也要给我娃找一份工作……我……我只有你一个女儿，大要对得住你。

女儿显然对这句话没有任何的思想准备，说，大，我懂你的意思，我一定回来，我自己给您找一个上门的姑爷，但是，我想挣些钱后再回来。

孙留根说，大不是这个意思，大没有这么自私，大的意思是……打工不是长久之计，人的一生，长着呢。这几年，大只顾了学校这摊子活，对娃上心不够，你回来后，大即便拼了老命，也要多给娃上心……

女儿却故意引开了话题，说，大，赵老师和甜叶的关系现在进展到啥地步了。

孙留根说，我已经给刘甜叶同学挑明了，估计现在两人正在接触呢。

孙留根说得没错，赵五常和刘甜叶正在接触着呢。

赵五常那天走进教室的时候，心里莫可名状地有些紧张，说不上是沉重、别扭还是亢奋。他努力强迫自己从容起来，尽量保持平时的心态，但越是努力，越是不自在，脸上像喝过酒似的有点烧。毫不夸张地说，刘甜叶那眉眼、那顾盼、那神态、那韵致、那气质才像电影明星刘晓庆。这个发现使他有点紧张，甚至有点不知所措。他觉得自己明显有些失态了，这节课实在没法讲了，就让同学们仔细阅读课文，自己踱到教室后面，检查后墙上“学习园地”中的学生作文。一节课四十五分钟，而这节课感觉上足有四百五十分钟。

下课铃声响起的时候，他转身蹬上讲台，面向大家，郑重地说，同学们，我们现在上课！

赵五常把下课说成了上课。

哗……

学生们的哄笑声像泄洪似的。只有刘甜叶没笑，以学生干部特有的职业目光，责备地环视着前后左右。

赵五常愣了一下，脸唰地红到了耳根。但他无论如何也得让自己体面地下台，就开了个玩笑，说，主要是同学们贴在‘学习园地’上的作文进步很快，我读得进入了状态，有些入迷，所以失了口。——好，今天的课就上到这里，下课！

起立。班长发出了口令。同学们从座位上弹了起来，七长八短像旷野中的高粱。

后来刘甜叶就成了赵五常宿舍的常客，有人看见刘甜叶手里经常拿着一本《农村计划生育工作手册》，在赵五常宿舍出出进进。宿舍里的情况正在发生着变化，有次赵五常摸了刘甜叶的手，刘甜叶低着头不说话，脸上灿若桃花。赵五常又拥抱了她，刘甜叶颤颤地说，老师！

赵五常说，别叫我老师叫我赵五常。

刘甜叶说，我不好意思叫。

赵五常说，你叫！你不叫，我脸上下不来。

刘甜叶就叫，五常。接着又叫了一个字，常。

赵五常激动地把刘甜叶拥入怀里，喃喃地说，甜叶，我的甜叶！

至此，尖山中学的最后一份婚姻产生了。按照校长孙留根的说法，婚礼将由校委会组织，他亲自主持，要举办得像模像样。结婚仪式就定在尖山中学，专门腾出一间教室，宴席由食堂负责，不仅全体教职员工都得参加，而且还请乡上领导和派出所的同志们也参加。学校还准备到城里租一辆大轿子车，把新郎官的父老乡亲都接过来。这当然是好事情。

结婚那天，伴娘并不是孙玉梅。孙留根最终没有让自己的女儿当伴娘。

婚礼宴席上，有个女人里里外外忙得不可开交，一会儿教室，一会儿食堂。是苟鲜鲜。苟鲜鲜今天始终是笑着的，笑容很灿烂。但明眼人不难察觉，苟鲜鲜的眼睛有些红肿，至少昨晚上曾经哭过。只是校园内老槐树上的花喜鹊，在枝条上跳来闪去很热闹，叽叽喳喳，喳喳叽叽，说不上是天真还是兴奋。

（原载《天津文学》2005 年第 4 期，转载《中篇小说选刊》2005 年第 3 期）

父亲之死

1

父亲死了，我的县长父亲死了。

我和我母亲的眼眶里本来早已蓄满了悲痛的泪水，但是面对突如其来、铺天盖地、巨浪排空的有关父亲事迹的宣传和巨大荣誉，我们都懵了，甚至有些不知所措。我们适可而止地、恰到好处地终止了眼泪的流淌。既然父亲的死有着如此深邃而特殊的意义，我们悲痛欲绝的样子显然与父亲的荣誉不协调。母亲像电影里的革命妈妈那样对我说："孩子，我们必须坚强起来。"

母亲的这句话，很快又被写进了宣传材料和新闻通讯里，成为死者家属的一种姿态和崇高。

用县委、县政府联合下发的《关于向领导干部的楷模秦百源同志学习的决定》以及县委书记邱伯伯在悼词中的话说，就是秦百源同志的死，使清谷县政府班子失去了一位好班长、好兄长，使全县各级党政领导和全体干部失去了一位好领导，使清谷县六十万城乡人民失去了一位好朋友，使秦百源同志的亲属们失去了一位好儿子、好丈夫、好父亲。秦百源同志虽然离开了我们，但是他的精神已经成为我们广大干部群众取之不尽、用之不竭的宝贵财富。关于父亲的精神，组织上总结了八种，譬如他廉洁奉公，服务群众，是广大党员干部的楷模，等等等等，不一而足。

父亲的死，在我们全县、全地区乃至全省影响很大。

关于父亲的死，所有的宣传品中频率最多的一句话，就是父亲是几十年如一日，常年带病坚持工作，积劳而死的。这句话其实是一个很让我们感到温暖而又舒服的结论，这样的结论让我们心里感到妥帖而踏实。作为一个思想尚未成熟起来的少年，我的思想境界肯定和大人是有距离的。每每想到父亲的死，我的大脑就有些膨胀，有一种要炸裂的感觉，大脑的屏幕上充斥着一望无际的白色，这样的白色翻卷着、扩散着，像幔帐一样吞没了太阳和苍穹，吸纳了山野、村庄和河谷，使整个世界像铅球一样沉入到了巨大的棉絮之中，天地之间呈现出一种巨大的空洞感和虚无感。那是一场大雪灾的景象，雪灾在我们西部高寒阴湿地区几乎年年都要肆虐一番，但是那年的大雪灾实在太罕见了，用广播、报纸上的话说，那是一场几十年未遇的大雪灾。

父亲就是在那场大雪灾中离开这个世界的。

那场大雪整整下了七天七夜。用老家尖山乡老百姓的话说，那哪是下啊，简直就是成千上万的人站在天边，一筐一筐地往下倒。雪片儿都不像雪片儿了，密匝匝的，席子一样。我想起了我们课文里李白描写大雪的一句诗“燕山雪花大如席”。这里不是燕山，是陇山。

据说落雪当天，父亲就被迫躺在了尖山乡卫生院的病床上。乡卫生院的条件实在太简陋了，作为全县最偏远的乡卫生院，条件不可能不简陋。火炉子烧得很旺，激烈的火舌吞噬和消灭着从门缝儿里冲进来的寒流和冷气。乡卫生院的头头和有关部门的领导都不说话，眉头都紧锁着，围在火炉子旁边采暖。窗外，风像鬼一样地刮着，雪下得也像鬼，没完没了。透过镶着一半玻璃糊着一半报纸的窗子，能看到对面的山山卯卯已被大雪吞噬得隐匿了原形，整个世界纯净得有些虚假、夸张。所有的树冠都被银装素裹了，只剩下隐约可见的长长短短的树干，像没有燃烧完的香蜡，死寂般地在寒风和大雪中伫立着。父亲紧紧地捂着腹部，豆大的汗珠在前额、两鬓上翻滚，父亲问："可以走了吗?"

见父亲醒过来了，所有人都围了上来。父亲的秘书小苟叔叔赶紧说："放心吧！秦县长，县委邱书记刚才来了电话，已经指示县第一人民医院做好了一切手术准备，您一出山，马上实施手术。"

"那，什么时候才能出山呢?"

"雪稍一停，就马上出山。"

"气象预报怎么说的，这雪，到底什么时候停呢?"

苟叔叔窘了一下，但是脸上照样显得平静而稳定，这是秘书特有的沉稳和老练。苟叔叔说："县里在电话中说，通过向气象部门了解，这雪下不长，马上就会停的。"

父亲"哦"了一声，什么都不再说。他实在是太疼了，用前额紧紧地抵着床头，牙齿咬得嘎巴嘎巴作响，又像是昏迷过去了。院长赶紧亲自上阵，给父亲注射了止痛药。

大家都理解了苟秘书的用心。雪，看样子一天半天是停不了了，气象部门不可能糊涂到如此混蛋的地步，既然县里已经做好了一切准备，那么，违心的欺骗就是对父亲最具实效的安慰。

父亲那次是去几个偏远乡镇检查群众冬季生活安排和慰问困难家

庭的。父亲总是这样，每年元旦前，他都要亲自出马，带上农业局、农牧局、水利局、民政局、扶贫办等涉农部门的领导，到一些最贫困的乡镇跑一跑，这样他才踏实一些。我们老家尖山乡是全县最偏远的一个乡，山高，路远，沟深，他更是要去的。记得有一年冬天农民开山采石毁坏了盘山公路，父亲的车队受阻，父亲本来执意要步行到几个乡走走，但是考虑到部门领导中有几位已经年过半百，陪着他累坏了身子骨就得不偿失了，只好折了回来。我们家的那个年过得一塌糊涂，父亲长吁短叹，烟不离口。母亲知道他牵挂着老家的那些山民，就说："过完了年，你再去看看不就得了。"父亲说："过完年我再去看他们，有什么意义，我放心不下的就是他们的年啊！"我家过年没有在县政府的家属楼里，而是提前搬到了县政府招待所，父亲这样做的目的，是为了躲那些以拜年为名义前来行贿的人。父亲刚当上县长那年的春节，前来拜年的人拎着大包小包，络绎不绝，几乎踏破了门槛。过了正月十五，我听见父亲对母亲说："他妈的，一个春节就收了八十万元，这帮狗日的把我看成什么人了，我偷偷交给扶贫办算了。"母亲说："你为什么不交给纪检委呢？"父亲说："你简直是女人见识，交给纪检委，我红了，但那些行贿的都黑了，我工作上还得靠那帮王八蛋呢。"正月里的招待所本来就很清冷，与外面的爆竹声声和烟花四起形成强烈反差，而父亲的情绪使我们的年更加黯淡而无聊。我那时就想，父亲当什么破县长啊，不如当乡长时让我们快活。

这次，父亲的车队利用四天时间，昼行夜宿，一连跑了银岭、卧驴梁、东柯寨、九十里铺等七个偏远乡，最后才到了尖山乡。父亲有个习惯，不管是下乡检查三秋生产、夏粮征收、农田基建、访贫问苦还是号称天下第一难的刮宫引产，他总是要去尖山看看，这让尖山乡的父老乡亲感激涕零："咱尖山，几千年就出了一个县太爷啊……"

车队尚在九十里铺乡的时候，雪就已经下起来了。按当时的现实情况，完全可以打道回府的，当时民政局局长就提醒父亲："秦县长，是不是可以回县里，雪如果下傻了，封了山，我们就都回不去了。"

这样的教训不是没有过，经常有这样的事情：有些部门深入到路陡坡大的偏远乡检查工作，一旦大雪封了山，再牛的小车也趴在那里动不了窝，只好让乡干部陪着打打猎，或者玩玩麻将，等待天晴了，雪化了，路面全裸了再打道回府。

父亲当时迟疑了一下，说："那——是不是尖山乡可以不去了？"

对父亲提出的这个问题，基层部门的同志一时不好回答，都知道尖山对于父亲来说意味着什么，再说老天爷的事情孰能料得，谁也不敢打保票这雪到底能否下到足以封山的程度。即便封山了又当如何？他秦县长能在这里忍受期待冰雪融化的煎熬，做下属的何尝忍受不得？万一回不了，到这山野雪乡打打猎、搓搓麻将倒也难得一番休闲，于是民政局局长就说："尖山是必须去的，只有到了偏远的乡，我们才算不虚此行啊。"

父亲笑了。父亲的微笑中夹杂着农民式的揶揄和得意。父亲本来就是一脸的农民相，如果不是高大的身材、庄重的表情和被工作历练出来的高贵气质，告诉人们这是一位气度不凡的县级领导干部，单凭一张被风刀霜剑镂刻而成的布满沟壑田垄的大黑脸，混在赶集的山民中很难辨得他是什么身份。父亲给各位丢了一支红塔山，说："再委屈同志们一下，跑完尖山，咱们连夜往回撤，年轻的同志回家就可以抱媳妇了。"

说得大家都乐了。父亲也乐，但是父亲的笑容中已经有了应付和表演的成分，有细微的汗珠从他的鼻翼上爬出来。有些心细的部门头头就觉得当时父亲有些不对劲，但是谁也不可能钻到父亲的肚子里探询究竟。

当时，父亲的阑尾炎已经复发了。

2

在我的记忆中，父亲第一次发现自己患上阑尾炎是在当上副县长那年。那天他陪同县里请来的香港客商喝酒，香港客商比猴子还精，非要把父亲灌倒不可。既然客人有这个看笑话的愿望，为了全县的招商引资工作，父亲忍辱负重地大醉了一场，当天晚上肚子就疼了一夜，第二天又不疼了，母亲催他到医院看看，父亲说："估计是阑尾炎，重度的得做手术呢，看来我这是轻度的，疼一疼也就过去了。"母亲说："什么病都得早治，到医院住一段时间吧。"父亲说："你说得倒好听，县里工作这么忙，你给我时间啊?!"母亲只好哑了口。从那以后，父亲的公文包里就带了止痛药，随时犯病随时吃。即便是风尘仆仆到北京、省城争取项目、资金，也是药不离身。那年他到省城参加全省"十佳县长"颁奖大会，面对省上领导、各大新闻媒体和上千听众，他的发言照样铿锵有力、抑扬顿挫，博得了全场最为热烈的掌声。返回的时候，陪同的邱书记见他大拇指上贴着创可贴，就问："秦县长你大拇指怎么了?"父亲说："没什么，磕的。"其实是发言的时候，为了抵抗从腹部蔓延上来的疼痛，他用中指和食指死死地掐着大拇指，把大拇指掐出了两个血坑。

雪花飘飘，北风萧萧。

那天，车队到了尖山，在乡党委书记、乡长的陪同下，父亲他们顶风冒雪、马不停蹄地跑了三个行政村和自然村，准备再跑第四个的时候，才发现老天爷的脸色非比寻常，大雪在西北风鬼一样"呜哇——呜哇——”的吼叫中，由最初的像鹅毛一样飘飘洒洒，开始连成片儿、抱成团儿往下砸了，后来简直就像是狂轰滥炸，树枝断裂的“咔嚓”声，柴火棚子坍塌的“哗啦”声此起彼伏，不绝于耳。

乡长紧急建议：“秦县长，赶紧返回尖山乡乡政府吧，老天爷这嘴脸，我长这么大第一次见呢，再迟一步，别说去县里，估计连乡政府都回不了。”

大家的心都有些发紧。小苟秘书提议：“既然这样，秦县长来尖山一趟不容易，是不是安排秦县长到老家石磨村看看二老，顺便休息一下。”

小苟叔叔最清楚我们的家底儿，我爷爷和奶奶一直在石磨村养老，平时由伯父秦万源照顾。爷爷和奶奶只有头痛脑热到城里来看病，才到我们家住一天两天，然后就急着要走。我爷爷常对我奶奶说：“百源太忙，干的是全县的大事，咱不要打扰。”有次这话让我父亲听见了，一个大男人，躲在厕所哽咽了半天，出来后还对二老赔着笑，但我分明发现父亲的大黑脸被酸咸的泪液酱过，眼睛也有些红肿。爷爷和奶奶都老了，眼睛干瘪得像葡萄干儿，当然不可能察觉父亲脸上有什么阴晴变化。父亲派车相送，爷爷和奶奶一口回绝：“别丢人了，车是公家的，又不是咱家的，车到了石磨，让村人看见了，还不把你骂死。”

这就是我的爷爷和奶奶。在老家，爷爷和奶奶堪当村人的楷模。

这时候，父亲的脸色已经被阑尾炎折磨得有些蜡黄，他苦着脸，说：“让其他同志赶紧返回乡政府，把我就近送到尖山卫生院，我的阑尾炎又犯了，让大夫给我打一针再说。”说完就陷入了半昏迷状态。

像病猫子一样在大雪中沉睡的卫生院，在迷茫的雪幕里“呼啦啦”进来了七八辆小车，又从小车里下来了那么多体体面面的干部模样的人，把整个的卫生院都惊醒了，未来得及伸一个懒腰，院长、大夫和护士就匆忙套上脏兮兮的白大褂，像地洞里的田鼠一样探头探脑地从各间房子里蹭出来。在突如其来的二十多位不速之客中，卫生院的人首先认出了父亲和乡政府的领导。大家都有些发愣，更有点犯傻。

乡长呵斥院长："还愣着干什么？快看看秦县长的病情。"

既然是给县长看病，当然得院长亲自上阵。父亲被安排在了最好的房间。院长是后沟村的，早年是赤脚医生，后来在地区卫生学校进修了个中专文凭，熬着熬着就转正了，算是个吃皇粮的公家人。同样的尖山人，他比父亲混得差远了。父亲这么大的官落难到乡一级卫生院，他既感到惊讶，也感到无比的荣耀。他给父亲检查得很仔细，一遍又一遍地查，最后说："阑尾炎犯得不轻，估计得马上做手术了。"他顿了一下，对旁边的一个大夫说，"快把小刘叫来。"

小刘大夫很快就从宿舍钻了出来。小刘快速地对父亲做了检查，就马上下了结论："得马上动手术。现在动手术还来得及，再耽搁的话，后果不堪设想。"

也就是说，小刘大夫和院长的诊断结论是完全一致的。

院长就对小刘说："待秦县长醒过来，征求一下他的意见，如果秦县长同意，就由你亲自主刀吧。他可是我们尖山走出去的县太爷啊！"

"啊！"

"啊啊！"

"啊啊啊！"

这一连串的感叹词基本上是同时从在场的部门和乡政府领导的口里发出来的。这一连串的感叹词中包含的意思实在很多，不仅仅因为父亲的病情到了非得做手术的地步，有些意思是无法当着院方的面表达的，而且这些只可意会不可言传的意思直到父亲去世也没有摆到桌面上来，但是这样的意思谁都心知肚明，比领会上级文件还要认识明确，领悟深刻。譬如父亲贵为一县之长，怎么能在条件如此简陋的农村卫生院做手术呢？即便手术成功了，面子上又怎能过得去？再退一步，万一出了问题怎么办？何况，有这么多手眼通天的部门领导、乡政府领导在场，眼看着县长在一个小小的农村卫生院遭刀钳之苦，谁的脸上也挂不住，谁都有责任和能力把县长火速送到城里去，享受县城最好的专家的治疗和手术。更何况，父亲得的才是个阑尾炎，阑尾炎嘛，大不了的事儿。

当然，谁也不好把这层意思说出来。

关于我们老家卫生院的手术技术，有许多例子使人会联系到恐怖和荒诞。由于条件艰苦留不住人才，掌手术刀的都是一些粗手粗脚的“二杆子”：本来切除的是发炎的胆囊，却把人家的胆管给消灭了；本来划拉的是多余的阴茎包皮，却把人家龟头上的海面体拉破了；本来切除的是痔疮，却把人家的肛门旋大了；本来缝合的是皮肤创伤，却把纱布留在了里面；本来……却……许多经典幽默，像口头文学似的在民间广为流传，直听得农民伯伯毛发直竖，一进卫生院就像是进了屠宰场，但是，既然身体的零部件坏了，不去卫生院修理再去哪里呢？而县城的医院路途遥远不说，光那比乡卫生院要翻几番的红包关，就会吓出尿来。我爷爷曾得过胸膜炎，为了省钱，想在卫生院做手术，那时父亲已经是尖山的乡长了，在乡下好歹也算是个手眼通天的大官了。父亲连忙与县卫生局局长联系了，把爷爷送到城里做的手术，手术很顺利，爷爷不久就出院了，而且可以赶着驴子吼秦腔，爷爷一直感慨：“幸亏去的是城里医院，如果是在咱乡里做手术，我这把老骨头大概就折腾散架了。”此事爷爷吊在嘴头唠叨了好几年，大体意思是本不想沾父亲的光，到底还是沾了，沾父亲的光就是沾国家的光，心里总是亏得要命，但是这样的光似乎不沾还真不行，不沾，就有可能把老骨头撂在卫生院。从那以后，每当听说邻里邻村的乡亲得病死在卫生院，用爷爷的话说心里老是愧得慌，自己仿佛是白白拣了一条老命，那意思，就像自己背着家乡人做了见不得人的事情。

父亲曾经感叹："如果全县的农村卫生院建设搞上去，咱农民就算是烧高香了。"我那时才注意到，凡是我们老家的亲戚和父亲的故友，看病做手术，都被父亲安排到了城里来。父亲曾不无遗憾地对母亲说："咱当了城里人，亲戚故友进城还有个落脚点。那些在城里根本就没有任何落脚点的乡亲，该多难啊！"

那天，大家的一片"啊"声，院长其实已经悟出什么来了，他的脸突然就涨得通红，就说："要不，各位赶紧给县里打电话，征求一下组织上和秦县长家属的意见。"然后吩咐护士："继续给秦县长注射止痛药。"

还没等领导们搭腔，小刘大夫就忍耐不住了，说："来不及了，来不及了啊！再拖延下去，就有可能出大问题的。"

苟秘书赶紧直接给县委邱书记打了电话。

邱书记那边说："考虑到乡卫生院的条件，出于对秦县长安全的考虑，最好让秦县长到县里来做手术。当然，你得征求一下秦县长的个人意见。"

也许是止痛药的作用，父亲当时清醒了许多。苟秘书把院方的诊断结果和邱书记的意见给父亲汇报了。父亲沉了一会儿，谁也不知道父亲当时真正的想法是什么，他先是环顾一周，看了一眼守候在周围的同志们，目光似乎不经意地在斑驳脱离的墙皮、残缺不全的医疗设施上停留了一瞬，当目光和当年的赤脚医生对接上时，父亲客气地朝他点了点头，然后说："大家都不要陪我了，都去乡政府休息，我这里，留小苟一个人就够了。"

小刘大夫催问："秦县长，您谈谈您的意见，您如果同意，我们马上给你手术，千万不能再拖延了。"

父亲居然没有正面回答这个问题，他和蔼地和小刘大夫握了手，说："还能撑一阵子，还是出山以后再说吧，在这里手术，这么多人都陪着我，问心有愧啊，再说，政府那边还有许多事情需要做，不能让这么多同志为了我耗在这里。"

父亲的这些话，后来曾被许多宣传资料广为采用，借以烘托父亲的高大形象。其实这些话后面隐藏着什么信息，大概连傻子都能猜出来的，只不过谁也没有挑破这层比窗户纸还要轻薄的东西，假设父亲换句话"作为堂堂一县之长，我不能把命丢在你这破烂不堪的卫生院啊！"故事的性质整个就变了，谁敢保证，父亲不是这么想的呢？

"县长，秦县长……"当时小刘还要固执地阐述自己的观点。现在想来小刘这个大学生的智商比我这个中学生强不了多少，现场的大多数人呈现失语状态的时候，他却要偏偏固执己见。小刘大夫终于被院长叫出去了。

小刘是尖山卫生院的一个特殊人物。他还真是个人物呢！

那几年，我尽管每年都要去石磨村看望爷爷和奶奶，却很少去过卫生院，所以一直没有见过这个叫刘铸的年轻大夫。据说刘铸毕业于省城医科大学，在校期间还是个学生会主席，是大学校园里为数不多的学生党员，那年毕业分配，凭他的政治素质和专业技术，完全可以留在省城的，他却响应号召主动要求到条件最艰苦的地区奉献五年。在全省各地卫生部门给他提供的农村贫困地区卫生院名单中，他看中了条件最差的尖山乡卫生院。他一到尖山，就像草鸡群中进来了一只凤凰，成为尖山卫生院的一张王牌，不到两年，经他做过的手术就突破了百例，而且从来没有闪过手，像阑尾炎这样的手术，更是他的拿手绝活。以往四村八邻的老百姓染上非得动刀子的病，如果不是等死，就得不惜一切代价往城里跑，自从来了刘铸，就都奔他的一把刀来了，特别是那些接受结扎手术的年轻妇女，都希望挨刘铸的一刀。妇女中早就疯传开了，说是小刘大夫的开刀结扎手术不同于卫生院的其他大夫，小刘大夫下手轻，速度快，刀口小，缝合严，扎绑输卵管就像巧女人绣花似的。一时弄得土著的大夫都很尴尬。

大城市里来的小刘，处处与众不同。人们经常看到刘铸一早起来，穿着一身山里并不多见的藏蓝色运动衣，迈着只有大城市青年人才有的轻盈步履，踩着早晨细碎明丽的阳光，到后面山坡上跑步。他还经常和驻乡七站八所的小干部一样，逢集的时候，拎着一个小兜，买一些鸡蛋啊韭菜啊菠菜啊洋芋啊什么的，回去自个儿做饭。山里人就感慨："听说这年轻人是自愿到咱尖山来的，这是咱尖山的福分啊，他如果把根扎在咱这里就好了。"

人们更对小刘大夫高看一眼的是，现如今从城里到乡下的医院，动个鸡屁股大的手术，都得给大夫、麻醉师、护士塞红包的，但是小刘大夫做了那么多的手术，坚决不收红包。

3

第二天，雪不但没有像小苟秘书转承气象预报中的那样有停止的迹象，反而更大了。父亲一晚上睡得比较含糊，止痛药的劲一过，就醒来了。天未亮时再次服了止痛药，才又迷糊了一阵，睁开眼，父亲的第一反应就是爬在窗口看外面的天气，当他看到雪花肆无忌惮的样子，他的眉头锁成了铁疙瘩。

院子里的雪并不怎么厚，显然是院方组织职工清扫了几遍，清扫完的雪像小山一样堆积了好几处，比停在那里的两排小车还要高出许多。不同颜色的小车躲藏在雪堆之间，偶尔露脖子露脸，像冻傻了的乌龟。父亲索性裹了大衣，由小荀秘书搀扶着走出了房间，到大门口一看，雪早已达一尺半厚了，远处的崖畔、峁梁早就被积雪湮没得无踪无影，天地间被大雪连接到了一起，看不见天尽头，看不见地尽头。

父亲久久地发怔。雪花无情地砸落在他的眉毛上，嘴唇上。父亲半闭的眼睛里跳跃着一种对鬼天气的无奈和无端的愤懑。

各级领导同志也默默地伫立雪中，跟在父亲身后，谁也不说话，也不知道该说什么。大家的眼睛都有些红肿，昨夜为了守候父亲，院长搞了几副麻将，让大家搓了整整一夜。

据说当时父亲长长地叹了一口气，而且轻轻地摇了摇头。叹气与摇头，显然是对严酷现实的某种妥协，意味着父亲决意要在尖山做手术了。在事关生命的紧要关头，他显然已经没有了选择的余地。

现在回头看，如果当时立即做手术，事态肯定又是另外一个样子。

卫生院的电话就在这个时候响了，是县委邱书记亲自打来的，小荀秘书要去接，父亲挡了，非要亲自去接。邱书记在电话中说，县里派往尖山的救护车还没有走到九十里铺就深陷在雪地里了，县委已经给沿途各乡下发了紧急通知，动员沿线农民冒雪清理路面，边清边行车，力争在天黑之前，把父亲接到城里来。

当时父亲沉了半晌，说："如果是为了我的手术，那沿途的农民可就遭罪了。"

邱书记那边说："但是，我们不忍心让你在卫生院做手术啊！老秦，你能坚持到天黑吗？"话说到这里，邱书记不忘补充一句，"当然，身体的事情，最好由你自己来做主。”

父亲迟疑了片刻，说：“我坚持一下吧。”

接完电话，父亲又回到院中。大家的目光都集中到父亲的脸上，想从他脸上得到某种信息，但是父亲始终一言不发，过了一阵，父亲扫了大家一眼，问：“孙乡长呢？孙乡长怎么不见了？”

有人说：“昨晚我们还一起打麻将呢，快凌晨的时候，乡上来了一个干部，把他叫走了，他只说乡上有急事需要处理，就匆忙赶到乡上去了。”

父亲其实已经明白了，乡长肯定是接到县里的通知，赶回乡政府部署清理路面的事情去了。父亲突然古怪地笑了，说：“其实，卫生院也好，城里的医院也罢，哪里做手术还不都一样。”

父亲的这句话，给在场的所有人留下了十分深刻的印象。大家一时很难理解父亲这句话的真正含义，如果真像父亲说的，那么问题其实就很简单了。从正面来理解，完全可以马上进入手术室接受手术的。问题是事情已经到了这个地步，父亲却偏偏说出这样话，很容易让人理解为未免有些虚伪和做作，也可以理解为是一种自嘲。当然理解终归是理解，理解不等于真正的答案。大家基本的判断是，父亲肯定不在这里做手术了。于是大家都随声附和着：“是啊是啊！从目前您的身体状态来看，您完全可以扛一扛的。”

现在来看，大家随声附和的背后，蕴藏着多少残酷的心态啊！事到如今，父亲如果在这里做手术，一旦出了问题，谁脸上都不好看，也就是说，在父亲生命的选择上，大家即便是明哲保身，也不愿落一身臊味。

父亲的嘴角只是笑了笑，没有再说什么。他那嘴角悬挂的笑意到底表达了什么浅显或者深刻的内容，谁也不得而知。

“长球儿——长球儿——”

突然传来一个患者的喊叫：“是长球儿吗？长球儿啊长球儿。”

喊叫声是从父亲所在病房的隔壁窗口传出来的。

声音很大，却有些嘶哑，那是吆喝惯了牲口，吼惯了山歌，又被吸进去的山风伤了声带才有的破锣一样的声音。这声音激动得有些发颤，挟裹着一股火热的激情和亢奋，却被早晨寒冷的西北风揉成碎片，在清冷的空气中打着旋儿，穿透每个人的耳膜。

大家的目光都集中到了那个破烂不堪的窗口。

窗口上镶嵌着一张老农的脸。

父亲的目光当时就直了。

父亲仿佛接收到了来自天籁的信号，喃喃低吟：“是把子，是赵把子，是赵把子喊我呢，嗨，这个赵把子啊，怎么在这里呢？”

那个叫赵把子的老农已经从病房里蹒跚地跑了出来，边颠簸边喊：“长球儿……哦哦哦……长……秦县长，秦县长，我是赵把子啊！”

父亲马上就主动把双手伸了过去。

那一瞬间，那个叫赵把子的一张病脸自个儿兀自“唰”地红了，而且一双又瘦又黑的长满老茧的手赶紧缩了回去，他显然为自己刚才的唐突而感到有些无地自容。院子里所有的目光都疑惑、惊讶地集中到他这个不速之客身上来了。赵把子一时窘迫地缩头缩脑。他大概突然意识到面对的是县长而不是村里的姚狗剩张毛子那帮哥们。他显然想躲起来的，但他僵硬的手已被父亲热情地握住了。父亲尽管被病魔折磨得有些萎靡，但作为县长的气质和神采并没减多少，西装革履，神态庄重，几根稀疏的头发高雅地搭在脑后，脸上的肌肉紧凑而润泽，一看就是个人物；而衣衫褴褛的赵把子显得要比父亲苍老许多，弯腰驼背，步态胆怯委琐，脸上的褶子像七沟八梁上贫瘠而稠密的层层梯田，身上裹着的破绿大衣，早被岁月和污渍弄得失去了本色。

父亲说：“赵把子，你怎么到这里来了？身体哪块地方有毛病了？”

“我得的是阑尾炎，你呢？”

父亲说：“嗬，太巧了，咱哥俩犯的一个病。”

“秦县长你也是阑尾炎？”

“是啊，阑尾炎。”

“嘿嘿，你说说病这个东西，咱老百姓得就得了，还让你们当官的得。”

父亲乐了，说“照你这么说，当官的难道就不是人了。”

听得大家都乐了。

赵把子说：“你这当县太爷的，怎么还到这乡卫生院看病啊？”

父亲平和地说：“看病嘛，哪里还不一样。”

赵把子脸上的皮肤有些收缩起来，显然从父亲的口气里听出了套话、官话的味道，眼皮一耷拉，语调里充满了伤感，把一张瘦嘴凑到父亲耳边，悄声说：“唉！阑尾炎是要动手术的，为了等手术，我都等了三天了。秦县长您这是等什么呢？您是县长，您还需要等？”

对于这个问题，父亲没有直接回答，也许一时还没有足以表达的答案。父亲的眉头轻轻地、却是紧紧地拧了一下，就不经意地放松了。不像是腹内的痛苦在眉头上的反应，像是某根神经被触动了。父亲突然“哈哈哈”地笑了，这一笑，就不经意地转移了话题，特意拉了赵把子一把，给大家介绍：“这是把子，赵把子，我们石磨村的，小时候我们一起放过羊呢。”介绍有些笼统，但是父亲拉赵把子的时候，显然是有方向性的，目标是院长。

赵把子摸摸后脑勺，低头，憨憨地笑着。

赵把子的眼睛翻起来，瞅一眼父亲，再瞅一眼院长。

父亲和赵把子异乎寻常地亲热和激动着。漫天的雪花，沸沸扬扬地覆盖到他们身上。周围的各级领导和大夫尽管都有些不知所措和莫名其妙，但都在凛冽的寒风中乖乖奉陪。

赵把子的手，始终被父亲紧紧地握着，只不过父亲后来变成了一只手，另一只手腾出来捂腹部了。其实当时赵把子的腹部也在疼，但他没敢腾出手来照顾腹部，也就是说，他始终是用两手握着父亲的手的。赵把子心里大概激动得发飘，有多少庄户人能摸到当今县太爷的手哇！

赵把子的皱纹和眉头上就情不自禁地跳跃着一种说不清楚的自豪感和优越感，仿佛是一种叫尊严的东西回归到肌肉和血脉中来了。但他还是诚惶诚恐地对父亲说："别抬举我了，您是县长，父母官，我是老百姓。"

父亲便显得有些不乐意："啥县长，父母官啊！你可不能这么叫我，你得叫我的小名，叫小名，我才舒服呢。"

赵把子窘迫地笑了，说："刚才从窗口瞅着你，瞅了半晌，才觉着没错，是你，本来想喊你秦县长的，头脑一热，啥都不知道了，就喊成你的小名了。"

父亲说："那你继续叫我的小名吧。"

赵把子连连摆手，说："不敢不敢了。"

父亲说："你就叫一个嘛。"

赵把子只好说："长……长……长球儿。"

父亲高兴地拍了赵把子一下，爽快地答，哎！

大家这才搞清楚，长球儿是我父亲的小名。大家都"哈哈哈哈"地笑了，笑得无所顾忌，前仰后合，连落在身上的雪都哗哗哗地往下掉。我也是从那次才知道父亲的小名叫长球儿的，我们老家尖山给娃儿取名很简单，大多是依据娃儿的特征，如大嘴子、满牙子、石墩子等等。球儿，指的是男子裤裆里那二两肉棍棍。父亲的小名之所以叫长球儿，与赵把子名字的含义和象征意味基本近似，寄托着长辈的某种希望和期待，那就是期盼着作为男人基本标志的裆部的那二两肉棍棍，长得更威猛、更雄健、更硕大一些，归根到底就是更像个男子汉。

父亲也开心地乐了，对赵把子说："咱哥俩还是有缘分啊，连犯病都是在同一个医院，而且还都是阑尾炎。"但刚笑了几声就哎哟一声蹲了下去，幸亏被大家扶住，大家这才像刚醒悟过来似的，七手八脚把父亲扶进了病房。

4

手术室马上忙乎开了，短暂的临战状态后，手术迅速开始了。

接受手术的不是父亲，而是赵把子伯伯。

赵把子当时就做了手术。而且赵把子的手术史无前例成了卫生院规格最高的一次，连院长、副院长都亲自陪着。主刀大夫也和赵把子预想的不一样，不是卞大夫，而是他渴望的小刘。

手术前，赵把子曾挣扎着冲出病房，闯进父亲的病房，紧紧握着父亲的手，说："秦县长，你的心意我领了，你不能把手术机会让给我啊！"

父亲先是略微一怔，就微笑了，说："把子，还是你先来吧。"

"你先来，我这把老骨头，能扛得住。"

"你能扛得住，我当然也能扛得住。"

"还是你先来吧，我这命，死了也是个贱鬼，你可是咱们的县长啊。"

父亲不再说什么，只是艰难地朝大夫和护士挥挥手。这是一种毅然决然的挥手，是那种决策型的挥手，是需要下级坚决贯彻执行的挥手。父亲举起的手刚刚回落到腹部，大家就连推带搡地把赵把子弄到手术室了。

赵把子的老泪沿父亲的病房一直撒到手术室，看见的人都说，当时赵把子的泪很汹涌，像是雨天房上的檐水，不断线地往地上倾泻。

在手术台，赵把子伯伯最后一次恳求院长："院长，先给秦县长做吧，我已经等了三天了，不在乎这一小会儿。秦县长是干大事情的大忙人，先给他做，我等一等，即便死了都无所谓的，秦县长可不能在咱这里有闪失啊。"

院长笑了。笑一般是有声有色的，但是院长的笑是那种无声，但却有色的笑。

院长的目光定定地停留在赵把子的眼睛上，嘴角挂着微微的笑容，亲切地说："秦县长的病和你的不一样。"

赵把子伯伯灰色的瞳仁里跳动着单纯的好奇："咋不一样啊？不都是阑尾炎吗？"

院长像一位慈祥而富有耐心的小学班主任，循循善诱："阑尾炎犯在不同的人身上，也有不同的表现，也就是说，秦县长的阑尾炎和你的阑尾炎也是不一样的，治疗的方式方法也就不一样。"

"那，秦县长的阑尾炎需要手术吗？"

"当然需要手术。"

"那，秦县长还等什么呢？"

院长说："不是等，是在观察。"又补充，"是术前观察。"

赵把子伯伯当然不懂什么叫术前观察。他被众大夫和护士小心翼翼地簇拥着做术前的一切准备工作。那一刻，赵把子伯伯什么话都说不出来，身前身后，身左身右，都是精力高度集中、态度十分和蔼的医务人员，这种意外的待遇，使赵把子伯伯的心剧烈地跳动起来。他后来形容当时的心情时说，他感觉到全身所有血管里的血液都像房檐上的雨水一样不可遏止地流淌，浑身滚烫地像是火炭在燃烧，能融化室外的冰雪。他打了一个意味深长的比方，说是自己就像一只在草原上迷失了方向的孤羊，被一群狼救了。他还说，仿佛有一种叫脸面的东西又回到他这张卑贱的老脸上了，山里人，有了脸面，才会有尊严。那一刻，医务人员簇拥着他，就像簇拥着一蓬高贵的鲜花。

赵把子的手术进行得十分顺利，不到一小时，发炎的阑尾就成功切除了。

显而易见，如果不是因为和父亲碰巧撞上，赵把子伯伯很难预料还得在卫生院等到何时，更难预料手术会是什么结果。现在可以断定，那天父亲在大雪中故意引逗赵把子叫他的小名，并高声大嗓地和赵把子打哈哈，显然有着表演的意味，父亲是故意表演给院方看的，让院方确认自己和赵把子非同小可的关系。在我的记忆中，父亲从来没有拿自己的小名取过乐，就他的稳重和素养，他也不会用近乎山民的心态当着基层领导同志的面荤素一番的。那天，父亲这一招果然奏效，卫生院从上到下，对赵把子的态度来了个翻天覆地的变化，对他手术的重视程度达到了顶峰，简直让赵把子有些受宠若惊了。

后来我曾听说，赵把子在做手术的前三天，曾胆怯地向院长提了个要求：“院长，能不能请小刘大夫给我做手术？”

提这个请求的时候，父亲他们还没有到达卫生院。

可以想象一个普通山民对卫生院提出这种要求会得到什么结果。院长的脸上本来就没有什么好表情，听了赵把子的话，当时就像结了厚厚一层冰，口气中带着刺骨的寒气，说：“我们卫生院会做手术的多了去了，你到卫生院来，是我们听你的呢，还是你听我们的?”

赵把子赶紧说：“当然得听你们的，我是个大老粗，不会说话，您就多担待吧。”说着，赶紧把香烟递上去，用火柴点燃了，凑到院长没有长胡子的光洁的嘴边。

赵把子就住下了。给赵把子指定的手术大夫姓卞，赵把子见过，是卞家嘴子村的。山民们对卫生院的所有大夫可以说了如指掌。卞大夫是搞计划生育的，做妇女的绝育手术还是可以的，做阑尾炎到底怎么样，赵把子心里一点谱都没有，但他大气也不敢喘一声，当天就打发看护他的女儿去山神庙上了香，还供奉了一只大公鸡。第二天，还不见大夫那边有什么动静，腹部已经疼得难以忍受了，就赶紧把事先准备好的红包拿了出来。红包一共准备了四份，他早就打听了，红包必须准备四份：院长一份，手术大夫一份，麻醉师一份，护士一份。每个红包其实就是一百元钱。

赵把子后来对我讲，当时，他分别给他们送红包的时候，有一种揪心的疼痛，手颤抖得厉害。为了做这个手术，他把还没有长大的猪提前买了，把准备过冬的胡麻油全买了，把唯一的一台黑白电视机低价处理了，还把女儿婆家那边送来的一千元彩礼也搭上了。推开院长室的时候，院长正蹲在火炉旁边看武侠小说。院长说：“老赵，咱都是庄户人出身，手头存点钱不容易，你咋能干这事情呢?”

那意思，好像他赵把子脑子进水了似的，硬要往卫生院里刮不正之风。赵把子知道院长这是屎拉到裤裆里外边充干净，就说：“院长，我的手术让你操心了，费心了，这点钱嘛，你不要嫌少，也就一百元。院长你可千万别嫌少啊。”

院长这才起了身，说：“老赵你真是见外了，你既然这样说了，那我就不见外了，但是以后别再这样了啊!”说着话，就把红包接过了。院长的脸皮开始有所松弛，每一层皱纹里都跳荡着不太纯粹的笑意，就像风中的柳梢搅动着水面，让涟漪一层一层地荡开去。

从院长室里出来，赵把子又分别敲开了手术大夫、麻醉师和护士的屋门。当把红包递给卞大夫的时候，赵把子分明看到卞大夫脸上的表情从头到尾几乎没有什么变化，就像一张枯朽的树皮，无论春风怎么吹拂，也返不了青。

当时赵把子就猜测，卞大夫如此地对他不屑，大概有两个原因，一个原因是嫌红包太少，另一个原因是当初自己对手术大夫挑肥拣瘦，伤了卞大夫的面子。这两个原因就像两个巨大的看不见的破洞，对于赵把子来说实在无法弥补，第一个破洞只能用增加红包的数量来弥补，但是手头实在拿不出多余的钱了；第二个原因却是拿钱也弥补不了的。当时赵把子伯伯的眼眶已经完全湿润，他想找个荫蔽的地方大哭一场，但是视野里除了两排破败的土坯房子，连个适合自己哭一场的地方都没有。突然想起刚刚去过一趟的厕所，觉得那地方不错，既然适合撒尿，也应该适合流泪的，就一头钻了进去。踏进厕所门槛的一刹那，鼻涕和眼泪就都下来了。赵把子觉得身子有些发软，就把整个的身子倚在脏兮兮的土墙上。鼻涕眼泪一砸到茅坑边的煤灰上，就结成了冰。赵把子伯伯突然觉得这种样子让人撞上实在有些丢人，就索性解了裤子，就坑蹲了下来，死死地勾了头，让鼻涕眼泪痛痛快快地砸在屎坑里。

手术一拖延就达三天之久，用赵把子伯伯的话说，如果不是因为我父亲，他那不值几个小钱的老命就有可能给卫生院交代了。

万事都讲个结果，赵把子手术的结果实在值得欣慰，手术不但做了，而且执刀的是小刘大夫。如果没有县长，院方能让小刘大夫给他做手术吗？

赵把子伯伯感到遗憾的是，红包给了卞大夫，简直是肉包子打狗。

5

手术后的几天，赵把子继续诚惶诚恐地接受着卫生院充满温馨和人性的护理。这是一种超乎赵把子意料的护理，这种护理都可以称之为呵护了。他被动地接受着，接受不等于享受，更像是难受，比难受还要难受的难受。这是一种待遇，这种待遇是因为他借了秦县长的势，这种突如其来的势，使他一如快要饿死的人突然看到了红烧肉，连咀嚼的勇气都没有。

旁边病房里就是父亲，父亲要等待观察多久呢？

父亲的病情，成为赵把子最大的疑问。

守候在父亲病房里的领导模样的人，常三三两两地到赵把子这边来，坐在赵把子的床边，陪赵把子说一些话。话都没有什么正经主题，都是一些不痛不痒、不咸不淡的话题，庄稼的收成、畜牧养殖、油盐酱醋、天气阴晴等等。有给他斟水的，有给他掖被子的，有给他剥香蕉皮的，有给他说宽心话的……赵把子知道这些都是陪父亲来农村检查工作的部门领导，官大着呢。人家问一句，赵把子就答一句，人家不问，赵把子就不敢轻易回答，生怕说错了、说多了、说歪了，丢秦县长的人。

当晚，小苟秘书拎着大大小小的、包装精美的礼品包摸进来了，说："秦县长让我把这些东西拎过来，给您补补身子。"说着弯腰挑起低垂的床单边儿，把礼品像砌砖似的码在下面，然后又把床单扯了扯，说，"都是乡上的同志送给秦县长的，别让外人看见，看见了，不太好。"

手术后的赵把子有些虚脱的感觉，就像被钉子钉在了床上，一句话也说不出来。赵把子除了嘴能动，那儿都动不了。嘴唇艰难地动了动，想说几句感谢的话，却不知怎么表达，只好说："长球儿，哦哦，不，秦县长，他的手术咋样？"

小苟秘书说："还没动手术，正在控制病情。"

赵把子说："为啥还不动手术？"

秘书小苟仿佛很难回答这句话，表情揶揄了一小会儿，说："他的病和你不一样！"答案和院长的没有什么两样。

赵把子也只好重复着不知说了多少遍的话："咋不一样，不都是阑尾炎嘛！我知道的，秦县长亲口告诉我的。"

秘书小苟只好说："他的手术这小卫生院做不了，得到城里的医院去做。"

赵把子紧张了，说："难道，他的病比我的重？"

小苟仿佛突然从多项选择题里找到了唯一准确、正确的答案，连声说："是是是，重重重！重着呢。"秘书说，"现在准备随时送出山，到县城的医院去动手术。目前，按照县委、县政府的通知精神，公路沿线各乡，正在组织上千名干部群众清理盘山公路上的积雪呢，从秦县长住到这里算起，已经清理了六天了，但老天爷和咱对着干，这边清，那边下，怎么清也清不退，小车试了几次，还是出不了山。"

有汗珠从赵把子的额头滚落下来。赵把子仿佛浑身的神经都绷紧了。

赵把子刚能下床的第一件事情，就是渴望到隔壁病房看看父亲，但病房门口早有几位干部把守，说："秦县长的病情现在是非常时期，已处于昏迷状态了，任何人都不能打扰。"

昏迷是事实。后来我才听说，就在赵把子做完手术的当天，父亲就彻底地昏迷了过去。经小刘大夫检查，认为是阑尾炎后期最容易产生的腹腔感染，而且属于重度的感染。这是个严重信号，弄不好，生命就搭进去了。而腹腔感染这样的手术，即便是在县医院，也很能保证成功率到底有几成，何况卫生院的技术和条件了。也就是说，从腹腔感染开始，父亲在卫生院失去了实施阑尾炎手术的一切机会。据说，当天，小刘就和院长吵了一架，战争的开头是由小刘的一句牢骚话引起的：

小刘说："我他妈的真不想干了。"

院长说："刘大夫你疯了？"

小刘说："我没疯，真正疯了的是你们。"

院长就把小刘拽进他的办公室里，没人知道他们后来吵了什么，但那种双方都在忍耐的、压抑的愤懑和怨气被锁在屋子里，反而像一颗积蓄能量的原子弹，让人感到有一种莫名其妙的恐怖。

赵把子执意要进去看父亲，并尽力阐述着自认为合理的理由："我和秦县长是从小玩大的，亲着呢。"

把守的干部说："知道知道，赵伯伯，你现在看他，等于刺激他，加重他的病情。"

这是个足以让赵把子理智起来的理由。赵把子在父亲的病房外边怔怔地待了好久，才心情沉重地回到自己的病房。

刚回到病房，赵把子迎面撞上了一张比较熟悉的微笑的脸。是院长。院长早就在里边等他了，朝他微微地笑着，一脸的和善与慈祥，像一束温暖的阳光。

赵把子惶恐地礼貌着："院长，您来了，快请坐！"

院长却不坐，不但不坐，而且脸上的微笑突然像霞光一样顿然隐去，留下被夜色笼罩的黑乎乎的层峦叠嶂。院长说："赵把子同志，你现在手术成功了，也快要出院了，我可要好好数落你几句了。”

赵把子有些迷糊，说：“我，啥地方不对了?”

院长说：“我把你给我们几位同志的红包带回来了，你这么做是很不对的嘛！这是不正之风嘛！手术前，为了不影响你的情绪，我们暂时收了，你这是诚心让我们医务工作者犯错误啊!”

院长的口气是那种只有代表组织时才有的口气，庄重而又严肃。赵把子仿佛是在面对一位秉公办事、坚持原则的可敬领导。

接着，院长还滔滔不绝地补充了一些人民医院为人民，救死扶伤是天职之类的话。

赵把子一下就不知所措了。

对于院长在对待红包问题上前后判若两人的态度，赵把子尽管一时有些纳闷儿，但是赵把子自我感觉脑子尚没有老化到进水的份上，他慌忙把红包挡了去，说：“院长，红包……红包……哦哦哦，不是红包，我这片心意，本来就不多，是诚心的，您可不能退我啊，我们庄户人，过苦日子少不得三灾八难，都靠您这救星呢。”

院长的表情更严肃了，把手搭在赵把子肩头，说了一句电视里报纸上常听常见的话：“老赵，人民医院人民办，办好医院为人民，你就别客气了。”说着，就把红包塞到了赵把子的枕头底下。

赵把子急了，说：“院长，不行啊！不行啊，院长。”

院长说：“老赵，就这样了，你如果再坚持，那就是太小瞧我们卫生院了。”

赵把子万万没想到送出去的红包会失而复得。但是赵把子马上就明白了是怎么回事，心里就感到恶心而又好笑，送红包前，他是了解了行情的，都说医院那帮白衣狼吃病人吃惯了，不打点无论如何是说不过去的，这都是明睁眼露的事情，躲不过也绕不过，还没听说哪个白衣狼把收进口袋的红包退给农民兄弟的事情。

如果当初不送红包，何止等待三天，最后恐怕就剩下僵硬的尸体了。

6

赵把子牢牢地记住了秘书小荀的那句话，公路沿线各乡正在清雪呢，都六天了。六天啊！我至今难以想象那是怎样的六天。如果真的有阴阳两界，父亲的身边是否早已围满了大鬼小鬼，一个个拿着刀斧剑戟，在摇旗呐喊，在大呼小叫，如果真是那样，那么，父亲的脖子上、脚上肯定还绑着沉重的铁链和镣铐的。可怜的父亲，处于高度昏迷状态的父亲，该忍受着怎样的折磨？

关于公路沿线几千人顶风冒雪清理路面的事情，赵把子能想象得出那将是多么壮观的场面。那样的场面，他可是几十年没见过了，他只在几十年前修陇海铁路时见过，那时，老百姓一动员就起来了，拼死拼活干一天也不愿下火线，为啥？大家心里有一团火，共产党把大家从苦难中解救了出来，就得凭一身的蛮力气来报答恩情，有些人就活活累死在工地上了，家属也不向政府讨价还价，那样的事情如今可是越来越少见了。几年前县里以以工代赈的方法动员群众修河堤，说好完工后按劳给群众发放救济粮的，结果迟迟没有兑现，等来的是一把白条子，后来才听说粮食被一个分管副县长和水利局局长倒卖了，尽管两个腐败分子后来被撤了职，但老百姓的心也伤得不轻。报纸上都说国家打击腐败分子的力度有多么多么大，为啥就抓不完呢？最终吃亏的永远是老百姓。这次县里又动员老百姓清理路面，如果不是为了秦县长，大家肯定早就怨声载道了。

赵把子想，换了他赵把子，如果不是为了秦县长，他早跑到远山里的哥们那里躲起来了。还清什么雪！当官的命就那么值钱，还要老百姓遭这洋罪。

赵把子给伺候他的女儿做了安排：“不要管我了，赶紧回家拿铁锨和扫帚，去清雪。”

女儿：“清雪？清哪里的雪？”

赵把子：“你没听说吗？几个乡的老百姓都在路上清雪呢，你也去清。”

女儿：“为什么啊，人家是沿线的农民，又没通知咱后山的。”

“让你去你就去，不是为别的，就是为了秦县长。”

“那……我走了，谁照顾你。”

“别管我，我死了都没事，可不能让秦县长这样的好人有闪失。”

“爹。你……”

“快滚。”

女儿走后，赵把子向秘书小荀问了一个问题：“清雪的乡亲干得卖力吗？”

秘书小荀的眼眶马上就湿润了，感动地说：“乡亲们挺好的，他们听说是为了抢救秦县长，有些村连妇女和孩子们都上阵了。县里最初把群众的觉悟估计得不足，以为阻力很大呢。”小荀突然意识到，面对赵把子这个地地道道的农民似乎有些漏嘴，就打住了。

“有阻力也不怪咱老百姓，主要是当官的里面坏蛋太多，伤咱老百姓的心了。”

小荀赶紧附和着：“是是是。”

“但是秦县长是好人，大大的好人，我如果不是开这一刀，第一个上阵。”

话说到这里，赵把子就感觉到自己的眼眶也有些发热，热过后，就发潮了。小苟出去后，他就跟着出来了。小苟敏感地回过头，说：“又想打扰秦县长?”

赵把子只好止了步，他把目光从小苟身上移到了父亲病房的门口。门口已经有很多人焦急地期待着什么，谁也不敢高声喧哗，千言万语都在中指和食指之间的烟头上燃烧成为灰烬。赵把子把目光又移向窗口。窗口前也有人，脸绷得很紧，紧张地注视着屋子里。屋子里静悄悄的，没有一点声音。据说当时屋子里只有院方的人和病床上的父亲。医生们束手无策地守护着父亲。父亲与其说是奄奄一息，不如说是坐以待毙了。

“扑通”一声。

这一声很响，是肉体和雪地撞击的声音，是赵把子朝父亲的病房跪下了。赵把子的双膝跪倒在故乡的土地上。赵把子情不自禁地喊了一声：“秦县长——我的秦长球儿啊——”

赵把子的喊声在这死寂的气氛中，一如空投了一颗炸弹。除了照样昏睡不醒如失去生命的石头一样的父亲，所有的人都被他的喊声惊呆了。目光由瞬间的惊恐变为谴责。

赵把子大概意识到了自己的失态招惹的祸端，磕下去的头始终没有抬起来，额和鼻子久久地深埋在雪地里，瘦削的肩膀和脊梁像筛子一样瑟瑟发抖。

赵把子那一声撕心裂肺地大喊，后来被许多人提起，认为那一声喊使大家的心情糟糕到了极点。后来，我一直在想，也只有赵把子，才能无所顾忌地喊出他发自肺腑的话。

7

我经常听人们提起那亘古未见的清雪场面，那是怎样的场面啊！公路沿线呼啦啦来了几千名农民。自从这条通往山外的盘山公路修建起来，还从来没有集中过这么多劳动力，而且是为了清理对于农民来说可清可不清的大雪。那几天的温度是零下二十多度。西北风一忽儿带着狼一样的呼啸从崖畔上、山卯上掠过，一忽儿又迅疾地钻进沟壑和洼地里，形成扯天扯地的龙卷风，把大雾一样的雪片、树枝、草皮抛向空中，与沸沸扬扬的飘落飞舞的雪花掺杂在一起，把时而苍白、时而灰暗的苍穹渲染得狼狈不堪。飓风承载着大雪和寒流，像利箭和刀子一样飞射、穿梭、袭击。劳动大军被包围、湮没在雪的海洋里，老远望去，像一溜在白色的荒漠里艰难蠕动的蚂蚁。

都是为了我的父亲，为了他们认为值得付出任何代价的活生生的一县之长。

劳动大军赶赴公路沿线的当天下午，沿途各乡的卫生院就开始增加新病号，有在清雪过程中累倒的，有冻坏的，有摔伤的……

没有一个退却的。

报纸上后来在宣传中说，广大群众身上表现出来的这种姿态和精神，足以惊天地，泣鬼神，只有在有关解放战争的影视片中见过。为了尽快推翻国民党反动政府的统治，人民群众自愿组织起来，支援前线。有位将军说过，著名的淮海战役，是人民群众用手推车推出来的。

我还想继续重复宣传资料中的话：秦百源同志是属于活在老百姓心中的那种人。

雪始终没有要停下来的迹象。人的力量在老天那里显得渺小而微弱。所谓人定胜天，本来就是虚无的说辞，人能胜过天吗？

赵把子出院的那天早晨，他还未起床，就听见院内人声嘈杂，他紧张地把目光投向窗外的雪幕。他看见，许多人拥着一副担架。担架上的父亲，包裹得很严实，至少也得有三四床厚棉被。担架由几个农民抬着，许多乡、村干部和大夫围在旁边忙活，一个个像雪人似的，风风火火地出了院子。雪太大，还没到院门口，所有的人就和雪融为一体了。

赵把子知道父亲被抬出去了，他失魂落魄地追了出去，一把拽住小刘大夫。

小刘大夫的脸始终阴沉着，怅然说："只能抬着出山了，否则，就来不及了。山路又陡又滑，最忌讳用担架的，但再也没有别的办法了。"

赵把子小心翼翼地问："该不会有什么事吧。"

小刘突然吼了一声："事情到这份上了能没有事吗？"小刘继续怒吼，"他如果不是县长的身份，屁事情都没有。"

院长的目光像从隧道里射来的利箭，从雪幕那边射过来。院长严厉地说："刘大夫，还不住嘴，你如果再发牢骚，你就别跟着去了。"

小刘大夫不满地瞪了院长一眼，随即也就哑了声。

赵把子就有些心惊胆战的感觉。担架队伍一出院门，就消失在雪幕中，眼前一片风雪茫茫。

赵把子出院回家的路上，几个村人用架子车拉着他，在没膝的积雪中艰难地往前拽。后来实在拽不动，就扛起来往前挪。狂风翻卷着雪花呜呜呜地吼叫着。村人却饶有兴趣地大声感慨着卫生院退掉赵把子红包的事情：

"把子哥，卫生院把红包退给咱庄稼汉，恐怕是破天荒头一遭吧？"

"把子叔，院长的脸皮简直比猪皮还厚啊，拿红包的时候是厚脸皮，退红包大时候也是厚脸皮。”

“把子老弟，这次如果不是秦县长，卫生院非得把你的瘦油榨干不可。把子老弟这次沾秦长球儿的光，可是沾大了。”

“归根到底，还是当官好啊！当官面子好大啊！”

而赵把子用破被子和盖在被子上的塑料布紧紧地捂了嘴脸，没有掺和大家的议论。但是后来他偷偷在被子里啜泣了，他努力强迫自己没有哭出声来。他是听到如下议论后才开始啜泣的。

有人说：“幸亏咱把子哥不是县长啊。”

“你这话咋讲?”

“如果把子哥是县长，他的手术就在这卫生院做不了。”

8

父亲不幸去世的消息第三天就在全县传开了，大概意思是几十位干部群众在没膝的积雪中，颠簸了一天一夜才把父亲送出了山，然后被等候在山外的救护车火速送到了城里医院，立即接受了地、县两级医学专家组的全力抢救。但是，一切太晚了，父亲的腹腔感染面积太大，许多脏器已经发生了病变，现代医学技术已经很难起到如何作用。抢救当然是全力的，但是父亲的眼睛一直没睁开过，很平静地死亡了，连一句遗言都没留下。

他死得不能不平静，从入住卫生院第三天腹腔感染化脓开始，就一直处于高度昏迷状态，他是在昏迷中死去的。

他死得平静并不等于死后就保持平静。

按理说，大凡常人，离不开生老病死，即便把官做到毛主席的位置，也有朝这个世界说再见的时候。父亲只不过是个县长。自解放以来，全县的领导干部退休了老去了死去了，一茬接着一茬，多了去了。但是父亲的死，却成为全县的一个重大事件。这一点我和母亲都始料未及，当然家乡的父老乡亲更没有想到，父亲的死，会成为一座丰碑，成为某种象征，而且成全了他生命的全部意义。

这源于父亲死亡的属性，或者说是结论，他被理所当然地定为以身殉职，再加上父亲生前在全省颇具影响的政绩，于是他那窝囊的死亡变得异乎寻常地悲壮，死亡的价值和意义远远超越了死亡本身，县里刚举办完追悼会，就在全县干部中发出了向领导干部的楷模秦百源同志学习的号召，先是全县上下学，紧接着全地区上下学，后来全省上下学。我的母亲——秦百源同志生前的妻子王桂花同志，还被聘为秦百源同志优秀事迹宣讲团的特殊成员，被各界请去做报告。在台上，母亲王桂花手捧宣传部门给她准备好的稿子，念得又激动又伤心，弄得台下的许多干部群众热泪盈眶。母亲那乡土味十足的普通话，给听众留下了真实而感人的印象。

母亲到处做报告的日子里，我们全家人的灵魂不知不觉中经受了一次突如其来的洗礼，失去亲人的阴霾刚刚笼罩在我们的心上，也就是说悲痛刚刚开始，就被一种激动取代了，我们甚至来不及品尝悲痛到底是什么感觉，就被鲜花和掌声搞得晕头转向。父亲的身体早就化做火葬场的青烟，飘散在空气中了，但我总感觉父亲活着，不是教科书中讲的某个英雄人物活在我们心中的意思，感觉他实实在在地活着，就在我们身边，朝我们颔首，朝我们微笑。家乡的长辈们常劝慰我们：走了的就让他走吧，该忘记的就要忘记，否则死了的不能瞑目，活着的也会身心疲惫。我知道这种劝慰出于好心。我想，如果说要求忘记逝者是对活者的安慰，彻底的淡忘才能使活着的人心安理得的话，那么，我们能忘记吗？电台、报纸、电视里，关于父亲事迹的宣传简直到了狂轰滥炸的地步，我们无时无刻不在感觉到父亲的存在。我恍惚感觉到，一个活生生的父亲逝去了，一个崭新的父亲又诞生了。

一开始，我们都提心吊胆地对尖山乡石磨村的爷爷和奶奶隐瞒着父亲的死讯。民间有句话，说是人一辈子最忌讳的是老来丧子，少年丧父，中年丧偶。这三样，我们全家都摊上了，如果说我和我的母亲及时从悲痛中走了出来，给外界树立了英雄家属“化悲痛为力量”的良好形象，那么爷爷和奶奶呢，他们能挺过来吗？在铺天盖地的宣传中，隐瞒是不切实际的。大概过了半个月，爷爷和奶奶已经从伯父和村里人那古怪的表情中意识到了什么，但无论如何也不会想到他们引以为自豪的宝贝儿子会撒手人寰。为了做好爷爷、奶奶的安抚、安慰工作，县里先是指示尖山乡领导亲自给爷爷、奶奶通报了父亲去世的情况，专门指派两名干部、一名医生在二老身边守候，防止发生意外。但是，不幸的事情还是发生了，听到父亲死亡的消息，爷爷和奶奶当场昏厥过去，像两堆泥一样被大家拾掇在炕上。第二天，县委邱书记亲自带领县委、人大、政府、政协四套班子全体成员以及县委办公室、政府办公室、组织部、宣传部、乡党委的领导驱车前往石磨村看望爷爷和奶奶，随行的还有电视台、报社的记者。那天母亲正在随秦百源同志事迹报告团在全省范围做巡回报告，我作为家属代表，就随邱书记他们去了石磨村。我万万没有想到，一进村子，我发现我的爷爷和奶奶竟是在大门口站着的，伯父和几个乡干部像忠实的侍从一样肃立在身后。两位老人拄着拐棍，站在猎猎的风中，阳光从山顶洒下来，两位老人饱经风霜的脸显得庄重而肃穆。那一刻，我突然想起了一个形容仁人志士才用的久违的词：青松。我真想扑上去，扑到老人的怀抱大哭一场，但是我没有，我的大脑已经理智到了邪乎的地步，我没有放任我感情的天性，我把所有的机会让给了领导们。

面对电视台记者的镜头，邱书记迈着优雅的步伐，迎了上去，紧紧握住了爷爷的手，说：“老人家，党和政府派我们看您来了。”然后又和奶奶、伯父握了手。

爷爷说：“谢谢党，谢谢组织。”

奶奶也说：“谢谢党，谢谢组织。”

在场的各级领导都先后和爷爷、奶奶握了手，这才一起进了院子。

大家把爷爷和奶奶搀扶到炕上坐了，邱书记的屁股也是坐在炕上的，一条腿耷拉在炕沿上，另一条腿绻回来，用手抱着，而其他领导有的坐在凳子上，大多数站着或蹲着。这样的场面电视里经常有，如果不是领导在访贫，那么必然是在问苦。此时，有资格说话的也就邱书记一个人，其他人都目不转睛、聚精会神地盯着炕上。我记得最清楚的邱书记的一句话是：“大伯大妈，百源走了，我们都是您的孩子。”

爷爷说：“百源死了，他死得值得，他九泉之下也该瞑目了。”

对话都是程式化了的，每当对话告一段落，场面就出奇地安静，静得有些可怕，仿佛是父亲的鬼魂把大家引到了另一个陌生的世界。后来邱书记说：“您二老好好保重身体，我们会随时来看望你们的。”然后和爷爷、奶奶握了手，这其实是要告辞的意思，于是，所有的领导都起身，一边和爷爷、奶奶道珍重，一边自觉地跟在邱书记后边，缓缓地走出屋子。

9

就在那一年，我高考落榜了。这是我预料之中的事情，不是说我不争气，我也明白笨鸟先飞的道理。我前面提到，在我的学习问题上，父亲从来没有抽出精力过问或者辅导过，他把所有的时间都用在了工作中，他的全部意义就是工作，我简直就是家中的一个摆设。我有时候故意逃学，甚至故意钻进街头的网吧里玩游戏机，一方面说明了我贪玩的天性，一方面其实也有对父亲抗议的意思。岁月真是飞快，一切都来不及仔细回味和忏悔，我的父亲就匆匆走了。

对于我的落榜，母亲早就有心理准备，她并没有责备我。但我知道母亲一定很着急，她不可能眼睁睁地看着我在家里待着。那几天，我发现母亲有些失魂落魄。

有一天，母亲刚刚送走前来采访的记者，顿时失态，她踉跄了几步，一头扎到沙发上，失声痛哭了起来。我知道母亲心里难受。那一瞬间，我觉得我长大了不少，我觉得我应该劝慰母亲，就像大人一样对母亲说："妈，您挺住吧，爸爸既然走了，就不再回来，不能把您的身子伤了。"

妈妈突然抬起头来，"呼"地起身，像是喝醉了酒，一张憔悴的脸有些变形。那一瞬间，母亲简直疯了。她朝正厅上方——父亲的遗像怒吼起来："你个千刀杀的，你不该把你的破命看那么重啊你，你把人家赵把子的命没当命，但是人家的手术成功了。你把你的破命当成个命，那你的命如今在哪里呢？你自己把你自己的命送了啊你，你以为我到处做报告心里舒服吗？我在为你这个千刀杀的圆场呢。你可把我们孤儿寡母害惨了呀……"吼到这里，就昏过去了。

我当时脑袋就大了，我从母亲的吼声中隐隐捕捉到了一些我无法理解的信息。燃眉之急是抢救母亲，我慌忙给政府医务室打电话。刚拎起话筒，母亲突然醒过来，她伸出枯瘦的手，示意我赶紧撂下话筒，气喘吁吁地说："你小子啊，还没成熟起来，快！快给我把话筒放下！"

我迟疑了一下，只好撂了话筒。

母亲说："刚才我对你爸爸说的话，是气话，千万不要给任何人说。听清楚了?"

我说："听清楚了。"

母亲又说："听明白了?"

我说："听明白。"

母亲说："唉，你还好意思说听明白，我看你这脑子永远也明白不了。"

我惶恐地抬头看着父亲的遗像。遗像中的父亲，面容慈祥，镇定，一双亲切而又深邃的目光闪耀着睿智的光芒。

乡亲们带来了一个消息：卫生院的小刘大夫辞职了。

我发现母亲的脸色瞬间就变得煞白，但表情却没有什么变化，说明她内心在努力克制，母亲十分镇静地问："小刘他去哪里了呢?"那口气，就像是在拉家常。

家乡人说："听说去了南方，他的许多同学在南方的大医院工作，现在都发了。"

大家就有一句没一句地议论着小刘如何有本事，甚至还很有见识地提到海阔凭鱼跃，天高任鸟飞之类的话。那口气，像颇有眼光的读书人说出来的话似的。

那天，新任县长专程来看望我们。新县长对母亲说："桂花同志，家里有什么困难，就别客气，给组织上提出来。"

母亲说："感谢组织的关怀，作为秦百源的妻子，我不能没有觉悟，我不想给组织添任何麻烦。但有一件事，我衷心希望组织支持一下，百源在九泉之下也能安息了，否则，他也不会瞑目的。"

新县长说："有什么事，您尽管说。"

母亲说："孩子高考落榜了，就业是个大问题，请组织上能不能在机关安排一下。"说到这里，母亲又不失时机地补充道："我知道现在进机关很不容易，连大学生都在排队呢。我没有那个意思，我的意思是让孩子走他父亲的那条道路。"

新县长显然不太明白母亲的意思，旁边有位干部赶紧解释说："秦县长刚参加工作时，是公社的通讯员。"

新县长顿了一下，说："桂花同志，放心吧！您提出的要求，组织上会重视的。让孩子走父亲走过的路，我认为这不单纯是个就业的问题，是您的一种境界，对您的这种境界，我个人表示钦佩。"

我的就业问题，就这样以追寻父亲足迹的名义，圆满解决了。后来我才明白，如今的通讯员早已今非昔比，和食堂的勤杂工、司炉工、理发工一样都属于合同制的工勤编，根本转不了干，合同期满，说解雇就解雇了。我明白，在父亲的光环映衬下，至少在目前，我这个合同制职工有着得天独厚的优势，不可能和那些勤杂工、司炉工、理发工相提并论，同日而语。但是，有个最浅显的道理我还是明白的，铁打的衙门流水的官，一朝天子一朝臣，父亲的光环迟早有暗淡下去的一天，到那时，谁还认得我是酒席上的哪盘凉菜？

多年以后，我的爷爷和奶奶都先后去世，地县两级政府把那个普通的农家院子重新进行了修葺，门口挂一牌，上书秦百源同志故居。院内堂屋，也挂一牌，上书秦百源同志事迹陈列室，里面陈列着父亲生前获得的一些荣誉证书、获奖证书、发表的调研报告以及用过的文具、衣服，还有大量的照片、书信等等。用宣传部门的话说，就是把秦县长几十年如一日全心全意为人民服务的无私奉献精神都体现出来了。修葺父亲故居的时候，全村的人都来义务投劳，没有一个人张口要报酬，一个个干得热火朝天，不叫苦，也不叫累，整整干了两个多月才完工。

赵把子自始至终没有参加劳动，据说，修葺故居的时候，赵把子远走临县，租了一辆三轮车拉活，两个月啊，少说也得挣千儿八百的。

提起赵把子，我和母亲都有些害怕。

（原载《文学界》2007年第11期，转载《小说月报》2008年第2期）

风雪凌晨的一声狗叫

1

那只狗从何而来，又从何而去，大概只有狗自己最清楚。要命的是狗在现场的突然现身——不！是现声，让一个女人跑了。那个翻墙跑掉的女人，是九十里铺乡尖山村的董爱翠，她一定带着爬上去、翻过去、跳下去的伤痛，钻进了上千家农户的汪洋大海里，像融入大海的一根绣花针儿。

狗急了才跳墙呢，但女人不是狗，女人一定是像狗一样急了。一个女人翻越那么高的土墙如果不是生命动力极限的奇迹使然，那么必然是借助外力攀爬上墙的，上不易，下更难，纵是一个粗壮的男人也得摔个驴啃泥、狗吃屎啥的。董爱翠居然能在我们布置下的天罗地网中金蝉脱壳，逃之夭夭，啥叫见鬼？这就是，大家都撞上了。其中到底有多少悬念和谜团，那是另一码事儿，重要的问题是董爱翠这一跑，让那次攻坚战构成了一个难以弥补的重大事件，像一件苦心经营的毛线活儿，快收尾了，却从根子上绽线了。

那次攻坚战的惨败，给全乡计划生育工作带来的重创和打击无疑是毁灭性的。乡长甄塬良的表现如丧考妣，有那么几天，他把自己关在办公室里，不吃饭，只喝闷酒，粗粗大大的黑汉，眼窝子外多了几道暗影儿。带路人邓友奎还专门赶到乡政府大院痛哭一场，边哭边吼："我跑冤枉路事小，害得突击队挨饿受冻了大半夜，我对不住大家对我的信任啊！"那种哭天抢地的意思完全是上坟的规格。但这里是乡政府，不是坟。邓友奎凄厉的哭声，顿时给松树遮蔽的大院笼了一片阴森。受惊的寒鸦掠过树梢，积雪成团成片凋零，落到地上，像死了一地的白鸽。

大家轮番劝勉，邓友奎反而哭得越发翻江倒海。有几位干部只好陪着抹起了眼泪，似乎是深受感染，似乎真的悲从中来。多数人陷入悲怆，便上升到了集体悲怆，谁也不好挂单。食堂的饭菜热了好几遍，没人去率先动筷子。书记邱敦仁只好动员大家："同志们不要难过，身体不要垮，计划生育是天下第一难事，不是一朝一夕的事情，其他几个村的结扎、引产、人流、取放环任务等着大伙儿呢。吃吧吃吧，现在最重要的任务是吃饭，吃饭是头等大事，也是政治任务。"带头拎起筷子，把饭盒敲得"叮叮"作响。见大家仍然没有动静，突然来了硬的："一个个都什么玩意儿，像炸过油条的乏油似的，还像不像九十里铺的干部？都他妈的给我振作起来！"

乡党委秘书小阎从办公室匆匆跑出来："邱书记，县计生委打来长途电话，要求严格执行一天一报制度，让我们报送尖山村攻坚战的信息呢。"

邱敦仁勾了小阎一眼，面无表情。小阎赶紧缩了回去。

我就觉得小阎这个干部确实差根弦儿。昨天下午他就让我不痛快了一回，当时他恳求我对他提前起草的尖山攻坚战信息初稿给予指导，态度当然是积极认真的，问题是他找错了对象。“秦组长是给县长当过秘书的人，请您给把把关，指指导导。”我扫了一眼初稿，觉得高度没上去，角度也平了些，而且还未卜先知地“圆满完成了任务”。迟疑了一瞬，没好立即答应。作为工作组组长，到基层好为人师、越俎代庖肯定不是好事，可是考虑到邱敦仁去了老家，似乎也有责任帮秘书一把，骨子里应该也有职业病在作祟吧，我只好妥协了：“好吧，我谈点个人理解，仅供你参考。”

小阎立即铺开纸张，一副嗷嗷待哺的意思。

“为了打好这次攻坚战，乡党委、政府按照全县计划生育工作会议精神，依据尖山村信息员提供的关于‘育龄妇女董爱翠现身尖山村’的重要信息……”

小阎却打断了我：“‘信息员’是不是改成线人更符合实际呢？我们一般讲线人。”

真是遇到猪脑子了，和猪脑子是无法讲大道理的。我点燃一支烟，斜扫了他一眼。这一斜一扫，胜过所有的传道授业解惑。小阎赶紧低下了头。我重点强调了以下几点：在工作原则和态度上，乡党委体现了“加强领导，周密部署，讲求实效，速战速决”和“箭在弦上，分秒必争”的特点；在组织措施和目标上，乡党委把尖山村攻坚战列为全乡春季攻势的重点战役之一，要求高度保密，明确分工，集中攻坚，切实达到拔掉“钉子户”、引导“观望户”、震慑“逃跑户”、奖励“积极户”的目的，推动全乡以查环、查孕、查病为主的“三查”和以结扎、引产、人流、放取环为主的“四术”任务的全面完成；在具体行动上，由乡政府、派出所、联防队、手术队、驻乡工作组的领导、干部组成突击队，在乡长甄塬良和工作组组长秦岭的带领下，在夜幕和风雪的掩护下……

“真是醍醐灌顶、点石成金啊！”小阎追问，“下来呢？”

“下来的事，明天凌晨才见分晓，我总不能瞎编吧。”

“秦组长真谨慎，结果肯定是大获全胜的，到时候，这将是我们九十里铺乡报送的最有分量和价值的信息，赫然入列县计生委《计划生育工作简报》。”

我幸亏没有编造那个似乎完全可以囊中取物的结果，纵然侥幸了一把，但事实上我给秘书口授的所谓“个人理解”，有点像未婚先孕，已够让我丢尽颜面，那不是小聪明是什么？用乡下人的话就是“两口子还没捣鼓哩就给娃取名哩”“八字没一撇哩就想给人算命哩”。泼出去的水已无法收回，不难判断别人对我的想法：轻浮、轻飘；草率、草莽……每想到那条半拉子信息，我耳热心跳，只有故作从容。

攻坚失败，是不是走漏了风声？谁也不敢妄下这个结论。泄露机密，纵有意无意，都涉及机要和保密的原则性问题。追根溯源，尖山村与突击队的每一个成员均没有沾亲带故村民，凡是稍有瓜葛的干部——包括常驻尖山村的包村乡干部也被安排到其他村抓规模养殖了，为了以防不测，行动直接由事先物色好的尖山村村民邓友奎带路。从得到情报到决策乃至行动，前后也就一个半天加上一个晚上的时间，除了我们工作组，突击队员们为了避嫌均没有离开过乡政府大院半步，一个个围着火炉厉兵秣马，讨论方案，喝酒划拳。行动上更是雷厉风行、整齐划一的，队员们同仇敌忾的精气神也足以证明过硬的思想作风和工作作风。在计划生育的问题上，结果永远大于过程，而这次，秋收的枝头挂了一个醒目的歪瓜裂枣。

那次行动，原计划由书记邱敦仁亲自挂帅出征的，可是那天中午突然接到老家堡子乡邱家湾村一个农民的口信，说是老娘好端端的突然中了风。这意外的消息早不来，晚不来，偏偏这个节骨眼儿上找上门来，一贯沉着冷静的邱敦仁变得六神无主，他思前想后，横了心："先拿下董爱翠再说。"这让我想到一句流行语："计生不能松，宁可死家人"。后背一阵阵发冷。几位乡领导一时感动得欷欷歔歔，都有些动情："书记，您还是回家看看吧。"

甄塬良紧紧地握了邱敦仁的手："邱书记，您是有名的大孝子，计划生育是大事，老娘也是大事啊。"

"我不能关键时刻掉链子，董爱翠的二胎间隔不够，已经让我们脸上无光了，这次第三胎如果搞不掉……"

甄塬良就换了个说法："书记也得信任我们这帮同志啊！"

"哈哈哈"。邱敦仁乐了，和同志们一一握手。"那我就等同志们胜利的好消息吧。"

那些天的暴风雪有些变态，西北风像鬼似的在山梁和沟壑里横冲直撞，空中飞卷着干硬的雪粒儿，春寒和冷气扯天扯地，白茫茫的一片。乡政府大院的四层楼上，各屋的烟囱都在"呼呼呼"地冒烟。乡上为了照顾我们县城来的工作组，把我特别安排在九十里铺镇临街的一家毛衣编织店里，独享火炉和热炕的温暖，而我带来的两位组员，被分别安排在其他农户家中，并配发了对讲机，保持信息通畅，一切经费由乡上处理。这种住法儿比住在乡政府机关大院的成本要高很多，姑且理解为一种待遇吧。我叮嘱组员："我住编织店，你俩住农户，一定要和群众打成一片，这是原则问题。"

记得两个月前工作组初来乍到，小阎诡秘地告诉过我："说是编织店，就一个大屋，一台编织机，面对面南北两个大炕，还有两个女人伺候，晚上美着呢，怎么个美法儿，慢慢就晓得了。"这话浅尝辄止，水有点深，言外之意似乎有引君入瓮的意思。我只有报以"哈哈哈”的大笑。工作组和乡干部打交道，有时根本搞不清谁是井水谁是河水，笑声，有时候就是神奇的交流。多年来，我或多或少结识了一些乡上的同志，但由于工作性质不同，深交的并不太多。论起来，和各乡的团委书记倒是熟悉一些，比如九十里铺乡的团委书记小雷每次进城办事，会到我们团县委办公室坐一坐，聊一聊，他思路开阔，脑子灵活，我们之间算有点小小的默契。入住当晚，我爽快地答应老板娘、粉儿围坐在我这边的炕上玩扑克。三个人，一张大棉被。玩扑克的样子就像一朵花上的三个花瓣儿。扑克像蝴蝶一样在被面儿上起起落落。伸出去的脚丫子都能感受到彼此的温度。厅中央的火炉是特大号的，燃烧得像个红太阳。烧火炕的麦秸里掺和了煤屑，炕面四角通热，像个摊煎饼的热鏊。就像换季了，酷暑了，大家不得不换上背心短裤。粉儿更是亮胳膊亮腿儿，皮肤白花花的，直晃眼。编织机前搁着一个大尿盆，盆侧置一香炉，缕缕紫香的青烟，或多或少遮蔽了尿骚味儿。老板娘说：“解大手就穿衣戴帽去临街的茅坑完活儿，解小手先灭灯，直接对着尿盆刺溜儿。”我做出老于世故的样子，表示同意。每次解小手，无论是谁，只闻其声，不见其人。打完扑克，老板娘和粉儿下了炕，我以为婆媳俩要去对面炕上休息呢，结果发现老板娘瞄了我一眼，独自推开墙角的一个小偏门，去了里间。我的头发一下就竖起来了，一间屋，两个炕，这头和那头，我和粉儿。

悬在正厅的大灯泡照得屋子处处通明，连对面炕上绣花枕头的蝴蝶纹都清晰可辨。我趴在这边的被窝里不敢抬头，用枕头垫了下巴，佯装学习省里新颁发的《计划生育管理条例》。粉儿发话了：“秦组长，你学习模范装得够像呀，现在的干部都看《射雕英雄传》呢，如果没事干，咱就睡觉吧。”我一抬眼，粉儿正在换睡衣，一件肉色的宽边镂空蕾丝睡衣，像明亮水滑的瀑布，轻轻笼着她青春身体的峰峦叠嶂，明明暗暗的光线，像惊蛰后早春的庄稼地里蓬勃发酵的薄雾。粉儿真不愧在城里的歌舞厅干过，举手投足带出的意味，兼容了城市少女和乡下妹子妙处。我紧张得赶紧低下头。

“到底有没事儿？没事儿就睡吧。”

“啊啊啊，没事儿，没事儿。”

粉儿“吧嗒”一声拉了灯绳儿，救命的黑暗立即让我全身松弛下来。我轻轻舒了一口气，翻了个身，仰面而卧，眼皮子却合不拢，粉儿刚才换睡衣的镜头像是定格了，摁死了录放机里的重播键，周而复始地在大脑的银屏上播放。我留意到，关于睡觉的信息，粉儿提醒了两遍，第一遍是“咱就睡吧”，啥叫“咱”？怎样理解“咱”？成了我面临的高科技。而第二遍是“睡吧”，没有了“咱”，为啥没有了，是否碍于我的态度呢？第二天，我私底下向小雷问起店里的情况，小雷却说：“其实……嗯，你如果不乐意住店，就到乡政府来住，如果乐意住店，就住店里。”这话像白开水一样无滋无味儿，却把皮球踢给了我自己，分明是留了一手的，可见这家伙的道行也是越来越深了。“店里，还适应吧。”我轻松应对：“不错，婆媳俩在那头，我在这头，一晚上聊聊家常，也挺有意思的。”

既然乡上没人愿意给我透露编织店的背景，我也就不便打问。我获取信息的渠道反而来自赶集的山民。有次在小摊上就着花卷馍喝醪糟，才从人们叽叽咕咕的闲言碎语里略知大概。原来，老板娘生有三个儿女，唯一的儿子曾经是北垣村的民兵连长，某晚夜归，被一伙人打成了植物人，至今破不了案。老板娘像秋菊打官司一样逐级上访，她的理由只有一个：儿子是半个军人，横遭此难，一定是协助乡上催粮要款、刮宫引产惹的祸，请求上级给予革命残废军人待遇。可是，老板娘的理由纵然是一万个真理，却无凭无据，何况当时的现场没有一个见证人。“我就这一个儿子，如果你们还不管，将来谁还替你们冲锋陷阵去？”老板娘的口气太大了，于是落了个“革命妈妈”的绰号——当时她还不是老板娘，他只是儿子的娘。后来乡上照顾婆媳俩，在镇子上开了这家编织店，粉儿织，婆婆卖，生意倒是红火得很！“哈，你这个城里娃，如今整夜享受宋徽宗的待遇了吧？”山民朝我调侃。我一时没反应过来，就回了一句：“那，谁是李师师呢？”山民们“哈哈哈”地乐了。

尖山攻坚战前夜，“革命妈妈”——不！老板娘和粉儿照样用打扑克的方式陪我消磨时光。大概因为我和粉儿相安无事的缘故，后来老板娘也索性不再去里间了，屋里又变成了三人。当着老板娘的面，粉儿时不时用兰花指撩一撩耳边柔软乌黑的秀发，那动作很风情的；或者，用涂着红油的指甲抻一抻紧身内衣，立即会有一种逼人的气息弥漫开来。

凌晨一时，我立即拎起对讲机，给我的组员下了死命令：“立即出发！到镇子东头与突击队集合，注意了，不穿皮鞋，穿运动鞋；不穿防寒服，穿乡上统一发的绿大衣，大衣外面套上从乡卫生院借来的白大褂。”

“你们这些城里来的干部，也学会《林海雪原》里的小分队了，套一身白褂子，去捉座山雕不成，抓赌也没这么上心的。”粉儿“嘻嘻嘻”地乐了，“你看看你，像个少剑波似的。”

我只是笑了笑。粉儿又开了腔：“看来是急行军了，如果在城里，大轿子车把你们一窝端，屁股一冒烟儿，就到了。山路和城里的柏油马路可不一样哩。今晚，你们到底去端哪户人家？”

我半认真半开玩笑：“天机不可泄露啊！”

“真是的，我这里又不是电影里的地下交通站，都说要相信群众相信老百姓，看来我连群众都不如了，也不是老百姓了。”

谁是天机？像董爱翠这样的手术对象就是我们最大的天机。董爱翠的大致情况，甄塬良给我介绍过。她已经生了两个女儿，属于典型的纯女户，她本人也是全县1994年度挂了号的二百名重点监控对象之一。董爱翠生第一胎时就按规定上了节育环，按照政策，间隔至少四年才能申请第二胎指标，没想到大女儿不到一岁，两口子就借南下打工之机，千方百计找游医取了环。董爱翠长得有点样子，游医就明确提出：“考虑到你们是祖国西部来的，穷，取环的费用可以不要，但至少陪我睡四次。”两口子为此权衡了整整两个昼夜，丈夫最终心一横，给游医开了条件：“我女人是好女人，都是娃她妈的人了，不是三陪小姐，您就打个折，两次吧。”游医坚决不答应。丈夫只好晓之以理动之以情：“那事情，做多了会闹感情，我们那里有许多女人出来打工，都不愿回去了，弄得家破人亡……”说完“吧嗒吧嗒”直掉泪儿。

游医只好长叹一声，慷慨直言：“好吧，西部太落后，等着你们去建设呢。我从大局着想，两次就两次吧。”这才取了环。

怀胎五个月时，游医托人到医院给董爱翠做了B超，发现并不是期待中的男娃，两口子的长叹几乎异口同声：“引掉！”游医一脸慈悲：“别引了，引来引去，将来想生也挂不了胎。”“那咋办呢？”“好办，如今城里人不孕不育的多的是，生下来，至少卖五千元。”这个女娃来到人间，一看就不是正路货，和游医一样塌鼻子歪眼，两口子只有咬碎牙花子往肚里咽，意见高度统一：“卖！”就卖了。后来又生了一胎，还是个女的，这次没敢卖，倒不是因为长得像爹，先留着，给第一个女娃做个伴儿，然后再……果然又怀了，一查，是个男的。高兴了，喝蜜了，甜透了。“像谁像谁吧，要！”为了逃避南方清理流动人口和严厉打击“超生游击队”的强大攻势，两口子东躲西藏，终于扛不住了。“咱走，老家哪怕是刀山火海，上！”

线人提供的情报显示，从董爱翠的肚子和走势判断，至少也有三个月的样子，如果不及时强制做人流手术，肚子一大，问题就大了；问题一大，难度就大了；难度一大，那可比一万个肚子还要大。

临出店门，我给自己打圆场：“一切听乡政府的，详细情况我们工作组还真不知道。阿姨和粉儿早早睡吧，我估计天亮了就能回来。”

粉儿替我把门开了一丝逢儿，风雪就像箭矢一样射进来。我隐隐听见老板娘嘟哝了一句：“这个狗日的城里干部，不识抬举，滚下崖才好。”

粉儿的声音压得低，幽幽的：“妈呀。”

2

那个凌晨的暴风雪，像吞了壮阳药，丝毫没有泄劲儿的意思，专糟蹋突击队了。从镇子到尖山，整整两个小时的急行军。没有星星也没有月亮，只有北风裹挟着雪粒儿在不知疲倦地呼号。白花花的队伍和风雪融为一体，排头由邓友奎和两名联防队员侦查，大部队保持距离跟进。

干警们紧紧攥着手里的消音型麻醉枪，目光一丝不苟地扫视着每一段地埂、每一个崖畔和每一面背坡，一旦发现有游狗现身，在它狂吠之前立即撂倒。麻醉剂只有两三个小时的药效，过了劲儿，狗自然会从百思不得其解中缓过神来，晃晃脑袋，抻抻腰身，继续莫名其妙地游荡。沿途经过至少六个村寨，都是绕道而行。突击队不怕狗，怕群众。老远望见有走夜道的农民，大家立即找崖脚和树丛潜伏下来。

如果狭路相逢，便就地卧倒，个个都是邱少云。

“有些狗是自由流浪，但有些狗是有使命的。”甄塬良给我介绍。

也许察觉到了我满脸的狐疑，甄塬良补充道：“村里人为了提防我们，把吃剩的鸡骨头、废弃的猪下水扔到村外的羊肠小道上、田野里，这样，狗的巡视半径就扩大了数十倍。”

我恍然大悟：“这么说，要顺利进入村子，先得围城打援?”

“秦组长不愧是全县的青年领袖，一点即通，围城打援的战术，老一辈革命家在解放战争中常用呢，当年我第四野战军在东北就用过，先扫外，后攻内，各个击破。”

我带领的两个组员都是团县委的青年干部，城里生城里长，没遭受过这等洋罪，一个个冻得鼻青脸肿，但谁也不好意思叫苦叫累。作为团县委书记，我给组织上打了包票的。当时组织部长语重心长地找我谈话：“这次全县从基层各部门抽调了一百名干部，组成了三十个工作组，每个乡镇进驻一个，为期三个月。为什么让你们这一组去最偏远、条件最艰苦、环境最恶劣、计划生育难度最大的九十里铺乡，我不用多解释了吧。”我当时就有些傻眼，但我必须把无与伦比的庄严、光荣和使命的意味写满我的表情。当场表态：“谢谢组织的信任，因为我们是先锋队，是后备军。组织上安排我们去九十里铺，是对我们的考验，给我们提供了千载难逢的锻炼机会。”“哈哈，团干部的作风就是不一样，不过一定要清醒，自从龚安娜事件发生之后，乡上的同志防工作组，像防贼似的，这个教训，深刻着哩。”晚上回到家里，妻子不依不饶：“咱爸咱妈卧床不起，咱孩子才满月，你让我……”我闷头吸烟，一支接一支。妻子的唠叨没完没了：“当个团县委书记，才是个破科级，却把家弄得不像个家，还不如下海挣钱呢。”我第一次朝妻子发火：“你懂个屁啊!”掐灭了烟头，我赌气独卧沙发，一夜未眠。

风在刮，雪在飘。队伍翻过三座大梁，钻过两道深沟，又绕到另一个山梁上。

“前面，就是我们村。从南边进村，左拐，到大柳树旁再右拐，顺数第五户，再右拐，前行大约百米，门口有个大碌碡的，就是董爱翠家。”邓友奎用手一指，尖山村这才隐隐约约进入突击队的视野。甄塬良一招手，大家立即在一个背风处集中聆听最后一次临战命令。

凭直觉，尖山村放出的游狗不会少。干警们立即兵分三路朝村子外围摸去，其他同志原地待命。过了半小时，干警们原路返回。“扫清了?”甄塬良悄声问。

“扫清了。”

“几只?”

“还真不少，村东、村西、村北都有，共打趴了九只。”

真佩服了干警们的枪法，黑灯瞎火中打趴了九只狗，居然没有一只乱咬乱叫的。

时不我待，战机就在眼前。按常规，必须得给邓友奎腾出回家避嫌的时间，前后十分钟的量。但邓友奎却提出：“甄乡长，您给我二十分钟左右的量吧，我家的大门年久失修，一开门像哮喘似的响，村里人一旦发现是我引狼入室，我跳进黄河都洗不清了，我得想办法翻墙进去。”

“啊? 同志们在这里挨饿受冻，恐怕……”

十分钟，这是铁的纪律，也是每次行动中各村带路人约定俗成的时间段，但邓友奎在关键时刻却要求延长一倍，他提出的理由似乎也是有道理的。关于时间问题，之前也的确有过难以挽回的沉痛教训，比如上个月乡武装部长带领的另一支突击队夜袭赵家窑时，带路人刚摸到家门口，黑暗里就遭了一闷棍，手术对象不仅没有逮着，带路人的灾难却没完没了。每到深夜，必然有人往房顶扔砖头，场院里的麦草垛被点燃了一次，大门上常常被抹了臭屎。镶在门楣上的“五好家庭”光荣牌是县精神文明办公室亲自钉上去的，却被人用墨汁涂了，换成了粉笔字：汉奸之家。

见大家犹豫不决，邓友奎又倒起了苦水：“乡下人的段子，大家不是不晓得。‘前半夜防野狼，后半夜防队伍’。像咱尖山这样的钉子村，后半夜有几家睡得着觉呢。群众对我们的警惕性，越来越高了；群众的眼睛，也越来越雪亮了。”

甄塬良终于下了决心：“好吧，破个例，二十分钟就二十分钟，保护好带路人，就是保护攻坚战的全面胜利。希望大家给予理解和谅解，咱们两个多小时都顶过来了，也不在于这二十分钟，同志们多忍耐一会儿。”

邓友奎立即表态：“老规矩，我学猫头鹰的叫声，大家就发起总攻。”一转身，绕开羊肠小道，翻过地埂，瞬间消失在庄稼地里。关键时刻照顾了邓友奎，甄塬良可能觉得有点对不住突击队，说出了放血的话：“我办公室里有几条红中华，说穿了，那是腐败烟，凯旋后，一人两包，大家共享。”

“甄乡长，这鬼天气，咱命都豁上了，才值两包红中华啊。”

“咋了？给你一个梯子，你就想上天啊，难到非得给各位放假去赌牌不成？”

五分钟过去了，八分钟过去了，十分钟过去了，十二分钟过去了……“猫头鹰”的叫声成为大家最为热切的期待。大家竖起耳朵，屏息静气，像谛听整个大山的召唤。

风的鞭子疯狂地抽打着四野，雪的流矢恣意飞射着蜷缩的队伍，昏暗的世界没有其他声音。有位医生小声浪漫了一句：“千山鸟飞绝，万径人踪灭啊!”有位联防队员顶了一句：“鬼话，我们不是人啊。”医生小声嘀咕：“哪像人啊，像鬼。”手电筒是严禁携带的，谁也看不清对方脸上的表情，像面对一堆儿灰乎乎的碌碡。甄塬良发出警告：“有点纪律性好不好，不能再出声了，还不如这两位农民大哥觉悟高呢。”所谓农民大哥，指替手术队背着消毒高压锅、手术器械箱的两位民工，他俩自始至终一声不吭。据说二位民工是专门从邻乡雇来的，背一趟八十元，管吃管喝管住宿，待遇远远高于劳务市场的用工报酬。几个烟瘾大的干部，把鼻翼和上嘴唇噘起来，横夹这一支香烟，打火机像健身球似的在手里玩来摸去，却不敢起明火。有人下意识地看手表，但手表像一坨狗屎一样，一塌糊涂。我这次来乡上，忽视了戴手套来，戴的是小雷送我的皮手套，既舒适又暖和。乡上人人都叫我秦组长，唯独小雷开口闭口叫我秦书记，一个战壕里的意思。而此刻我的两个组员，活像两只可怜的小白鼠，眼睛像低压状态下的灯泡，有气无力地漠视着远远近近的苍茫。

沉寂了片刻，甄塬良突然小声质疑：“他妈的，出发前的夜餐里是不是又有死老鼠啊！我肚子咋有点闹。唉！上了年纪，所有的零件儿稀里哗啦，不像你们青年人是铜墙铁壁。大家稍等，我先解个大手，立马回来。”话音刚落，摸出一卷儿卫生纸，钻进了一片洋槐树林里，顿时没了影儿。

我有点替甄塬良担心，刚想摸过去看看，小雷却轻轻拽了我一把：“山大沟深，危险！甄乡长是老乡干了，没事儿的。”

主帅突然没了，大家仍然保持高度的自觉和自律，一如既往，各就各位，箭在弦上，丝毫没有松劲儿的意思。我有点替甄塬良抱屈，都五十九岁的老将了，马上就要退休的人，还在一线苦苦支撑。他还有个最要命的难言之隐，几年前，唯一的孙子在地沟里拣了一个软塌塌的气球，一吹就大。小伙伴们争抢气球的时候，只听“叭”的一声响，气球就堵住孙子的喉咙了，立时憋得脸红耳赤，不一会儿蜷在地上直蹬腿儿……大人们发现的时候，孙子已经过了气，这才发现，噎住孙子的是一只废弃的避孕套。一贯温顺贤惠的儿媳妇眼泪汪汪地指责他这个当公公的：“本来要二胎的，您偏偏不让，这下可好，我们失独了，你老甄家呢，绝后了。”噎得甄塬良一句话都说不出来。孙子的坟很小，坟旁的洋槐树上常被人贴了黄表纸，上书两个字：报应。清明时节雨纷纷的时候，坟前总猴着一个人，孤零零的，像一头迷途的老耕牛，他就是甄塬良。

“汪汪——汪汪汪——”

狗叫了，从村口方向传来的。“猫头鹰”没叫，狗倒叫了。狗叫声在风雪的夜空里，像愤怒的、复仇的独唱。大事不好！这是个打死也想不到的突发事件。还没等大家反应过来，村里的狗也跟着叫起来。瞬间，狗叫声连成了一片，像山呼海啸的大合唱。一只狗叫，全村的狗跟着叫，不由让我想到一本儿童读物《半夜鸡叫》，书中的周扒皮通过学鸡叫，诱发所有的鸡跟着叫，目的是催促长工们提前为他下地干活儿。这次呢？是全村的狗被一只莫名其妙的狗领唱。狗是狗，狗不是周扒皮，但危害性一点都不亚于周扒皮。

“坏了！这下可坏了！”副乡长史建川大惊失色，狠狠地瞪了干警们一眼，“这就叫扫清了？难道打趴的狗成精了？”

干警们面面相觑，惊愕地张大了嘴，像无法合拢的黑洞。怒火堵在了史建川的胸口，根本来不及发泄出来。迅即转向我：“秦组长，甄乡长的命令是命令，但他拉屎去了。臣在外不受君命。眼下，狗叫就是命令，快！提前行动。”

我为邓友奎担心：“可我们没有听到‘猫头鹰’的叫声啊，邓友奎是否安全回家了呢?”

“顾不得那么多了，邓友奎哪怕发出一万只猫头鹰的叫声，也被狗叫声盖没了。”

队伍像发疯的狮群，以百米短跑的时速向村子扑过去。一靠近那个显眼的大碌碡，联防队员立即搭起人梯，像猴子一样翻墙进院，抽掉了大门闩，大部队一拥而入，直奔堂屋……应该说，面对突发事件，面对军中无主帅的被动局面，大家的反应是敏捷的，行动是迅速的，步调是一致的，特别是联防队员在手脚冻僵的情况下，仍然表现出了良好的精神状态，可圈可点。所谓“结扎放环难上难，火线总是联防员”，“催粮要款鬼中鬼，万事不离联防队”，充分证明了联防队员在农村工作中的排头兵作用。各乡的联防队员尽管都是编外聘用人员，身份卑微，比上短一口气，比下多一份薪，但大都接受过人民军队大熔炉的实践锻炼，复原返乡后，千挑万选，就成为乡政府“特别能吃苦，特别能战斗，特别能忍耐，特别能奉献”的一支特殊队伍。

飕风送来粗重的喘气声，是甄塬良气喘吁吁地追进了院子。他一手提着裤子，一手在空中挥舞。声音急不可耐：“逮着董爱翠了?”

现场出乎所料：火炕上只有一个枕头，一张被，被子里只裹着董爱翠的男人。队员们冲进来的时候，男人的呼噜打得响彻云霄，仿佛压根儿没预感到神兵天降。

史建川：“别装蒜了，快起来。”

男人沉睡犹酣。一个联防队员推了男人一把。男人这才像受到惊吓似的睁开眼，立即露出一脸的惊恐，张嘴就喊：“啊啊啊——是土匪来了——真是土匪来了吗?”

甄塬良已经系好裤子，厉声问：“你女人哪里去了?”

“啥？哦哦哦，你说啥？啊啊，原来是乡上的同志们啊。我女人啊！她在南方打工呢，根本就没着过家。”

“哼！装得真像！”史建川“哗啦”一声拉开炕头柜的门子，柜子里塞着一个枕头，窝着一堆儿皱皱巴巴的被子。把手插进被子摸了摸，提醒大家：“是热的。”手抽出来的时候，撮着一根长长的头发，“是女人的。”

“真是比爬杆子的猴儿还麻利啊！说，你女人躲哪里了？”史建狠狠地把女人的长发朝炕沿儿甩去。

甩那根头发，史建川带了气，用的是千钧之力。头发却并不吃劲儿，在空中飘了个旋儿，轻轻划过炕沿儿，便无影无踪。

甄塬良顺手从炕上拎起一把笤帚，用笤帚疙瘩打了男人两下。男人死猪不怕开水烫，抱着脑袋，一言不发。史建川也接过笤帚打了两下。随后，派出所、联防队、手术队的头们，也分别接过来打了两下。笤帚疙瘩软乎乎的，其实也没什么杀伤力，但大家却似乎打出了一种次序，一种节奏。我理解乡干部的火气，但我本人却没有打人的念头，倒不是不忍心，主要还是不习惯。可是，小雷打过之后，却悄悄把笤帚给我递过来。我当时就血往上涌，这个脑子进水的，这不是将我的军吗？我只好朝男人肩膀部位打了两下。打一下，我的心颤一下，打两下，心颤两下。

“我……唉！”男人终于又开口了，一边往身上套棉袄，一边挠头，一脸无辜的样子。

“立即分出两路人马，一路封锁各个路口，董爱翠肯定没跑多远；另一路搜院子，注意了！草垛，猪圈、鸡舍、地窖，要地毯式。”甄塬良刚说完，立即有几个队员冲出屋子。

“唉！我的同志哥啊！”男人突然喟叹一声，“我真不忍心看着同志们辛辛苦苦白忙乎，我还是说实话吧，听到狗叫后，确实有女人从我这里跑了，但她不是我女人爱翠，是……是……唉，让我咋说出口呢。”

“你还想耍赖，看来是不见黄河不落泪啊。”

“那个女人，唉，是隔壁邻居赵国花。几年前她男人在山西煤矿打工时染上了矽肺病，已干不了农活儿，娃儿小，借不了力，她家的农活儿就靠我了，赵国花就和我……”

联防队员立马翻墙进入隔壁赵国花家。赵国花的男人果然瘫痪在炕上，一个女人正在系棉袄的扣子，一个七八岁的小男孩惊惧地缩在炕角。两口子仿佛早有预料，镇定自若地等待突击队发话。

“你是赵国花吗?”

“是。”

“你刚才睡哪里?”

“不用问了，咱当农民的最实事求是，我刚从董爱翠男人那里跑回来。”

“是真的，我女人，两家睡……”赵国花男人勾着头，也腻腻歪歪帮了腔。

史建川和蔼可亲地问小男孩：“小朋友好！上几年级啦?”

“我上三年级……叔叔们好怕呀!”

“不用怕，我们是乡上的干部，和你们的老师是好朋友呢，刚才，你妈妈是和你们一起睡吗?”

女人一拧身子，发疯似的去捂孩子的嘴。孩子却躲过了，说：“妈妈，我懂怎么回答。”朝突击队：“妈妈刚从隔壁过来。”

“你为什么要捂孩子的嘴?”

赵国花说：“还用问吗？我只是不好意思让孩子说刚才的话嘛，嫌丢人嘛。”

“汪——汪汪——汪汪汪——”全村的犬吠一阵高过一阵，一浪高过一浪，那些打趴的狗一定从麻醉中缓过来，拉帮结派地加入了狂吠的行列，寻找莫名其妙被袭击的答案。

3

一刻不能等，半刻不松弦，这是态度和作风问题。由甄塬良主持的总结反思会本来当天上午要召开的，但突然接到邱敦仁从堡子乡邮电所打来的长途电话，说是马上要从老家赶回来。那个年代各乡还没有直拨电话，乡与乡之间通话一般都要通过各乡邮电所插转才能接通，一拎起话筒，那就是长途了。碰上十万火急的大事要打电话，直奔邮电所，便是有一没二的选择。

甄塬良怔了一下，问：“邱书记，老娘身体怎样？”那边电话中却“哈哈哈”地乐了，“只是中了点风，没大问题。董爱翠那边情况怎样？”

“唉！没捉到董爱翠，倒成了捉奸，事情，办砸了。”

“噢，明白了。”

“那等您回来主持会吧，我带头检讨、反思。”

“会嘛，谁主持都一样，你先开吧。我回来后，您把会议情况念叨念叨就行了。”

放下电话，甄塬良的手久久没有从话筒上挪开来。从党委角度讲，邱敦仁是书记，甄塬良是副书记。一般说来，书记在家，必然由书记主持会议，这是政治规矩。中午时分，邱敦仁风尘仆仆地赶回来了，大家赶紧围上去，邱敦仁却挥了挥手，只让小阎进了办公室。大家面面相觑，在院子里守候。谁也猜不透邱敦仁为啥在这时候会单独召见秘书，更不会想到屋子里会有这样的对话：

“我老家邱家湾给你捎口信儿的那个人，何时何地和你见面的?”

“昨天上午，集镇上。”

“是个怎么样的人?”

“一个普普通通的老头儿，满脸皱纹，内穿破棉袄，外边套着城里捐助的西装，用领带束着腰，他自报家门来自邱家湾，一看见我，就说您老娘……”

“他怎么知道你是乡党委秘书?”

“平时我常跟您走村串户，全乡二十多个行政村、自然村的农民，都认识我啊。”

“我老家邱家湾属于堡子乡，你也没去过我老家，我老家人会认识你?”

“啊啊啊? 还真是的，那个老头子，怎么会认识我呢?”

“你想过没有? 堡子乡的集镇也不小，一个老头子，冰天雪地的，会舍近求远到九十里铺来赶集吗?”

“啊? 难道……”

“只能说明你是个猪脑子，跟了我这么多年，光学写材料了，一点政治嗅觉都没有，我当年也是给乡领导写材料一路上来的，我如果像你这洋芋疙瘩，还到得了正科级?”

“我……我……老娘她……没事吧。”

“啥事也没有。”邱敦仁盯着秘书，“我告诉你，这事就此打住，谁要问起，就说真的中了点风，但不碍事。记住了?”

“哦哦哦……记住……了。”

这番话是小阎后来偷偷告诉我的。在他看来，像是要送我一个窥视乡上动态的大礼，献媚中也有求教的意味：“邱书记分明是中调虎离山之计了，可是，这背后是些什么呢？”

我着实吃了一惊，立即装了糊涂：“一定是你多虑了。”

按照邱敦仁的指示，决定下午准时召开会议，他意味深长地给大家打了预防针：“下午的会很重要，咱不光是总结和反思，而且要开成民主生活会，问题出在哪里，大家要做好批评与自我批评的准备。我是计划生育第一责任人，关键时刻去看老娘，首先要承担主要责任。”承担主要责任？邱敦仁却把火引到自己身上去了。突击队是甄塬良带队，整个战斗也与邱敦仁无关，那时候即便有手机这样的通信工具，邱敦仁也不可能遥控指挥。要说真与邱敦仁有关系的话，那只能是线人，如果真是线人出了问题，的确就是邱敦仁用人失察了。

涉及线人，这笔账就有了另一种算法，表面上看，如果说攻坚战失利的导火线是由狗引起的，那么，狗叫的缘由只有两种情况，其一，干警们即便把村子外围的狗没有完全扫清，唯独剩下那一只要命的冤家，但在突击队没有惊动狗的情况下，它为啥要莫名其妙地叫呢？从邓友奎以隐蔽方式转移的路线看，也没有惊动狗的可能，这至少说明，狗叫，绝对不是偶然的，说不准是线人在背后监守自盗，临阵反水。其二，有可能是线人不慎暴露了身份，引起了村民的警觉。如果这样，尖山村必然会悄悄全民动员，至少所有的手术对象及其家属早已开始行动了，在干警们把村外的狗扫清后，又悄悄把院内的狗放出来。至于狗因何选择在那个时候叫，有可能螳螂捕蝉黄雀在后，我们早已被反包抄……

从全盘看，狗叫与不叫还不是问题的主要方面，核心问题是，突击队见到是赵国花，而不是董爱翠，这又涉及线人情报的真实性、准确性问题，假如果真如此，问题就不是一般的复杂了。

这些年抓计划生育的经验和教训证明，线人提供的情报一般来说大多是可靠的，线人即便是糊涂虫，也不敢和乡上玩这种猫捉老鼠的游戏。多年前尚未实行线人制度时，都是各村村委会努力配合乡政府搞本村的计划生育工作，村支书、村长、文书、生产队长、基干民兵和村民党员理所当然被动员到了第一线：宣传计划生育政策、搜集育龄妇女信息、选择手术场所、控制手术对象、协助手术队抬担架……结果造成村一级领导班子与群众的严重对立，干群关系危如累卵。村长们怨声载道："你们乡干部把我们的人扎的扎了，引的引了，流的流了，拍屁股走人，受表彰的受表彰，升官的升官，拿奖金的拿奖金。可你们一撤离前线，把我们这些人留给后方，可惨了。过去有一部老片子《闪闪的红星》，里面有支歌，说是'夜半三更哟盼天明，寒冬腊月哟盼春风'。我们做后方工作的，日夜盼你们来给我们撑腰，可是，你们来了是天明吗？是春风吗？我们惨到家了晓得不？"

惨到啥程度？例子多了去了。上磨村村支书家养了一年的大母猪，肚子里幸福地怀一窝崽呢，每天都要兴致盎然"哼哼唧唧"溜小道儿，有一天却不见返圈，找到时已变成硬邦邦的尸体，大嘴张得像喊冤似的，明显被人下了农药；阳凹村村长家的大门口被人连夜挖了一个陷阱，把老娘掉进去摘成了骨折，至今在炕上哼哼唧唧；妙湾村的一位妇女党员，赶夜路时被几个蒙面人扒了裤子，蒙面人并没有合伙强暴她，只在私密处贴了封条……"革命妈妈"儿子的遭遇，又何尝不是这种情况呢？干部在明处，群众在暗处。都是邻里乡亲，都是无头公案，都是水火两重天。"宁走讨饭路，不当村干部"，"你结扎我家里一个妹，我放倒你村长一个娘"，"当个村里王中王，不如打工把沙扛"。许多村干部被迫撂了摊子，各乡半数以上的村级班子陷于瘫痪状态……

线人就这样应运而生。实践进一步证明，线人在计划生育工作中发挥了村干部难以比肩的、无与伦比的作用。线人在乡干部的明处，却在群众的暗处，很快成为战斗在隐蔽战线的生力军。

为了吸取教训，切实保证线人及其家属的人身和生命财产安全，乡党委、政府、人大主席团、团委、妇联、武装部、派出所以及驻乡“七站八所”的领导和干部在各村发展的线人，彼此单线联系，接头地点自行掌握，随机应变。线人可能是村干部，也可能完全不是；可能是男人，也可能是女人；可能是民办教师，也可能是小学生。领导之间、干部之间、领导和干部之间严禁相互打探对方线人的所有信息。乡上给每位乡干部下发了专项情报费。线人每提供一份情报，奖励五十元，事成后再追加五十元。

自从有了线人，村干部的配合就变成了戏中之戏，在冲锋与后退、对外和对内之间有了自保的余地。突击队每次进村，村干部们故意显山露水，做出清白清亮的样子，该饮驴的饮驴，该酣睡的酣睡，该晒日头的晒日头，该抓虱子的抓虱子，一副事不关己高高挂起的姿态。给村民们放出的口风，隐含自我证明：“听说夜里那帮狗日的又来了，都扎了谁流了谁啊？是凤珍还是巧云？是如花还是喜莲……”终极意味其实是站队，父老乡亲们看好了，我胳膊肘朝里，在咱邻里乡亲一边。

会议如期进行，邱敦仁的导语却先从老娘开始：“首先感谢同志们对我老娘的关心，病情大家都知道了，小事一桩，不足挂齿，算是一场虚惊吧。当然，我也非常感谢老家邱家湾的农民，跋山涉水给我捎来了口信，哈哈，说明我在老家那边，还算有点威信和人缘吧。”

都以为要打雷下雨刮风呢，没想到邱敦仁一开场居然是逗乐子的调侃。有董爱翠这块大石头压着，谁也没心情乐出声来。

“我知道大家的心情都很沉重，我这个当班长的，和大家的心情一样。”邱敦仁把话题转过来，也不像备足火力开枪打炮的意思：“同志们都知道，尖山村的线人和我是单线联系，这次攻坚战失利，对线人打击很大，经过我了解，线人提供的情报是准确无误的，他是眼看着董爱翠从外地回来的，眼看着董爱翠进家门的，眼看着董爱翠家的大门关了整整两天，也就是说，在你们进入她家院子前，董爱翠是睡在家里的。”

“可是，事实是，睡在那里的是赵国花。”甄塬良说。

史建川：“既然董爱翠是在家里，那么，有没有这种可能，我们进攻前，您的线人突然反水泄了密，于是，有人故意放出狗来，董爱翠和赵国花立即耍了个调包计。”

史建川的判断不是没有先例，据说另有一位副乡长的线人，被窝里忍不住给老婆透露了身份，老婆在几十里外的咀头乡转娘家时，就给当娘的显摆：“还是当线人好，成一次一百元，各村摸几遍，几千元就有了，顶我娃上大学一年的学费哩。”当娘的又透露给了娃他舅，舅就觉得自己有些窝囊：“那活儿，是看不见的战线，久经考验才能被乡上看上，我从来没有和乡干部沾过边儿，找谁考验我呢?”本来是关起门来贴心连肺的自家话儿，满以为天衣无缝，神鬼不知，万万没想到突击队夜袭时，目标早已逃之夭夭。线人自知理亏，不但乖乖退还了到手的情报费，在村里也是老鼠过街人人喊打，只好拖家带口躲进城里去打工，从此不回乡。据说线人高中文化程度，平日喜欢看点文学书，所在企业有次搞职工文化活动，他泪眼婆娑地朗诵了一首诗，是台湾诗人余光中的《乡愁》：后来啊，乡愁是一方矮矮的坟墓，我在外头，母亲在里头……

史建川的这番话，分明戳到邱敦仁的软肋了。

“史建川同志，我尊重你的质疑。可是你想想，我尽管资历不如甄塬良同志深，但也是咱九十里铺乡的半个老兵了，一路干过来，先先后后发展过十多个线人，哪次马失前蹄过？这次是你们几位带的队，偏偏就失败了，这是为什么？”

还真有点民主生活会的意思，我是听出来了，“你们几位带的队”，绵里藏针，针头软软的，那也是针头，所指当然是甄塬良。

派出所所长赶紧深挖自己：“我作为派出所负责人，感到十分痛心，归根到底是存在轻敌思想，对村外的狗掉以轻心了，满以为扫清了，做梦也没想到又冒出一只来，使我们过早暴露目标……”

“先不谈狗事儿，谈人事儿。”邱敦仁把所长拦了回去，“我敢肯定的是，线人作为全村唯一知情者，他不可能有故意骚扰狗的故意，大家一定没想到，为了做到万无一失，线人被我提前安排到镇子里的农户家居住，他根本不在现场，这一点，有房东作证。”

我隐隐觉得味道有点不大对路。“一个桩上的叫驴动蹄子，一个单位的领导掰手腕”，老话了。论本事，邱敦仁和甄塬良不相上下，在地缘上都属于为全县守边疆的封疆大吏，没功劳也有苦劳。平时都传，二人的关系像哥们儿似的，但党政一把手越像哥们儿，越就不是哥们儿。邱敦仁只有四十出头，进城和提升的空间很大，而甄塬良马上就要拎着行李打道回府了，各自拥有怎样的内心世界，只有当事人心明如镜。两个月来的观察，我也不敢轻易断定他俩是好还是不好。工作组在名义上有监督、检查他们的职能，反而让我们沟通的渠道淤泥阻塞，真正的人心隔肚皮。

当年我在县政府办给县长当秘书时，几乎每周都要以工作人员的身份参加县委常委会做记录，最让常委们头疼的恰恰就是全县三十个乡镇的班子配备、调整和任用问题，谁与谁靠得近，谁与谁走得远，谁与谁近了又远了，谁与谁远了又近了，说好听点是团结问题，说难听点是驴头与马嘴的问题。特别是每逢研究乡镇干部在城郊与偏远乡镇之间的搭配对调、乡镇干部提拔副县级、乡镇干部进城到职能部门任职这样的议题时，指标有限，狼多肉少，真可谓风声鹤唳，草木皆兵，牵一发而动全身。一个决议，一个人选，都让会议决策如履薄冰，火中取栗。会前的组织谈话早已演绎成五花八门的版本，成为全县各级干部茶余饭后最为神秘、香辣、刺激的谈资。谁要来了，谁要去了；谁要上了，谁要下了；谁要走运了，谁要倒霉了；谁瞎猫逮了只死老鼠，谁竹篮打水一场空。一时间，好像人人都成了组织部长，褒贬理由也了然于心。职务上行，如果不是政绩特别突出，那必然是常委里有人死保；职务下行，如果不是政绩平平，必然是摸小姨子炕沿的那点破事被结发妻子黄脸婆捅到组织部了。县是贫困县，乡干部大多数泥腿子出身，在山地、丘陵、平川地区任职，生活环境自然有天壤之别；在近郊、城区当个头头脑脑，那就是祖上坟头显灵的美差。一人得道，远村立马变成故乡，家属亲友无限荣光，皆大欢喜，逢年过节，乘坐小车衣锦还乡的滋味儿，像醉酒的山花儿，开得满山满洼。后来我当了团县委书记，与常委会不沾边了，但对乡干部心窝子里的那点小九九，闭了眼，也能猜个八九不离十的。

甄塬良吸掉了足有一包香烟，一张过早苍老的脸涨得通红：“邱书记的心情我十分理解，您的意思我也是明白的，我也完全相信，您的线人一定是守纪律的，我也不能轻易怀疑线人的可靠性。但是，我也相信我带领的每一位突击队员，他们没有任何透露消息的理由。当然，我也相信我自己。这一点，可以拿党性做保证。只是，谁能相信那只狗呢？”

邱敦仁说：“甄乡长，咱俩一起搭班子同甘共苦多年，心有灵犀，对外，包括对组织上，我始终坦言，只有和塬良同志搭班子，我邱敦仁创业干事，才是最痛快的。”

一句话，会议的气氛慢慢缓和了起来。甄塬良长叹一声：“邱书记也说到心里去了，可是这次攻坚失利，我真是汗颜啊。狗，那只他妈的狗啊！”

“没关系，大家已经很辛苦，我不能因为这个对大家穷追猛打，雪上加霜。再说了，跑了和尚跑不了庙，全县方圆两千多平方公里，董爱翠怀胎三月，料想也不敢跑多远，各乡协查围堵就是了。到时候逮着，流不了，就引，受罪的是她自己。”

让我感到意外的是，会议开得并不像想象得那么长，也不像预期的剑拔弩张，雷声大雨点小地结束了，像走了一次雷厉风行的过场。说是要水落石出，其实水也没有落，石头也没有出来，反而让大家莫名其妙。在邱敦仁这里，攻坚战失利这么大的事件，他始终把握在热处理和冷处理之间，这不像他平时开会的路数。

有人就怀疑，邱敦仁是不是真的理亏呢？十有八九是他的线人出了问题。晚上，有人看到邱敦仁专门去甄塬良房间压惊，他手里拎的是从老家带来的上等黄酒，这种礼贤下士的姿态，再次成为大家质疑的作料。

几天过后，县里突然传来消息，乡上送到县计生委的那根头发，经专业机构进行鉴定，与全县育龄妇女档案中董爱翠的生物检材信息完全吻合。那个年代，拐卖妇女儿童犯罪活动非常猖獗，抛弃女婴、代孕、违法收养、换婴等现象屡禁不止，成为计划生育工作面临的新情况、新问题和新挑战，为此，各县对育龄妇女普遍建立健全了以指纹、毛发、血液等生物检材为主要样本的个人档案。董爱翠的那根头发，显然把云遮雾罩撕开了一个大口子，也就是说，那天被窝儿里跑了的，不是赵国花，千真万确是董爱翠。这个消息以铁的证据证明了线人情报的真实性。面对这个对邱敦仁非常有利的消息，邱敦仁并不显得多么喜不自胜，该开会时开会，该下棋时下棋。他越是这样，反而让大家丈二和尚摸不着头脑。那么，是谁惊着了那只率先叫响的狗？哦哦，又回到人的问题上来了。

现在回想，当时半路杀出一个程咬金赵国花，为啥要舍着个人名誉为董爱翠打掩护？而平时是否和董爱翠的男人睡觉，根本不重要了。根本上讲，董爱翠和赵国花两家人联合起来，包括赵国花家那个三年级的小学生，不！是全村人联合起来，把突击队给耍了。这一耍，的确耍得不轻。一起耍的，还有尖山村的狗。

邱敦仁和甄塬良下棋时，几招过后，甄塬良的万般思绪又回到尖山了："所谓上有政策下有对策，老百姓玩对策，真是玩得出神入化，炉火纯青。面对群众，我们的战略稍有不慎，就会陷入群众的汪洋大海。"

"是啊！"邱敦仁附和了一声，"老哥，您的棋路不错。"

我被甄塬良念念不忘董爱翠的忧患情怀所感染。他的感慨，让我突然想到小学教材里狮子和蚊子的故事。狮子不可谓不强大，却往往被蚊子叮得体无完肤，遍体鳞伤，一筹莫展。

4

话说回来，拿董爱翠的头发去县里做鉴定，很多人感到匪夷所思，也出乎我的意料。就像检查感冒时意外动用了 CT 那一关。史建川从柜子里随手摸出并甩出去的那根女人头发，有人居然会颇费心机地捡起来收藏，收藏也就罢了，还会献给邱敦仁，献给邱敦仁也就罢了，还……

为还原真相花费代价做鉴定，据说是全乡首例。把事情调过来看，也可以上升到对计划生育工作高度负责的态度上来，只能说明九十里铺乡的干部查摆问题的决心、立场更加坚定，坏事摇身一变成了亮点。无论怎样，亮点在邱敦仁那边，丢分的必然是突击队，算是一丢到底了。事实摆那里了，邱敦仁拱手相让给我们的一次良好战机，有一万个理由瓮中捉鳖手到擒来，但瓮在，鳖没了。

对于鉴定结果这个热点，我没听到干部公开议论，但从大家的交头接耳里，我能感受到那种于无声处的暗流涌动。董爱翠的头发毫无疑问是邱敦仁悄悄派人送到县里去的，至于谁送去的，却成了谜。为这事赶一趟城里，巴结一个人打击一大片，谁送谁小人。从逻辑上判断，送头发的，极有可能也是捡头发的那个内鬼，可是那几天里，没有任何一位干部离开过九十里铺半步啊。“做鉴定，绝不是为了否定大家一夜的辛苦，更不是和同志们过不去，我作为计划生育工作第一责任人，只是想进一步弄清线人是否真的可靠，大家知道，线人，是我们搞好计划生育工作的生命线。”

邱敦仁的解释完全从自身出发，自查自纠的意思。这么一解释，大家或多或少理解了邱敦仁因何掖着那位与头发有关的干部。计划生育嘛，该保密的事项多了，只是又冒出个新秘密罢了，姑且如此理解吧。只是那个送头发的干部，也真是太精了。

史建川曾私下感慨：“唉，没想到突击队里有这么山高海深、高屋建瓴的干部，脑瓜子比我这个副乡长强一万倍，我如果是总书记，非得提拔他当国务院总理不可。”有位资深老同志就回应了一句：“恐怕人家当总理时，你还窝在副乡长位子没动静哩。总理来视察时，还轮不到你提鞋哩。”

我突然一激灵，是不是小雷呢？小雷每天中午常去镇子中街的乡农技站下象棋，民主生活会结束后的傍晚，我刚进店，就看到小雷的影子在农技站的门口闪了一下。农技站是驻乡“七站八所”中最牛皮的，拥有吉普车一辆，那根头发，完全可以由农技站的干部代劳跑一趟。

假如真是他，我真有点“不识庐山真面目，只缘身在此山中”了。

要说我对小雷的了解，完全限于团的工作。偏远乡各方面条件有限，广大农民青年思想工作不好开展，可小雷却能坚持有条件要上、没有条件创造条件也要上的工作态度，干得有声有色，几乎年年都会受到我们团县委的表彰奖励，头上戴着几顶优秀青年思想工作者之类的花环。九十里铺乡的青年思想和宣传工作，一度成为我们了解农村共青团工作的重要窗口。计划生育的主要对象是青年育龄妇女，共青团如何在宣传攻势上密切配合乡党委、乡妇联发挥优势和作用，历来是整体工作的重中之重，小雷就做得很有成效。仅标语宣传这一项，小雷的创意就令人刮目相看，他把计划生育的宣传标语分成两大类，用截然不同的内容分门别类进行张贴，这种形式不仅得到了县里的认可和好评，并在各乡得到大力推广和广泛应用。

比如每逢县领导、县计生委领导来九十里铺视察，每逢全县计划生育工作现场会在九十里铺召开，每逢计划生育突击月活动，各村沿街的墙壁上、门板上、树干上、过街横幅上的标语大多是“上吊不夺绳子，喝药不夺瓶子”，“一胎生，二胎扎，三胎四胎刮！刮！刮！一胎环，二胎扎，三胎四胎杀！杀！杀”，“宁添十座坟，不添一个人”，“宁可家破，不可国亡”，“该扎不扎，上房揭瓦；该流不流，赶猪牵牛”，“跑了和尚跑不了庙，躲了初一躲不过十五”，“通不通，三分钟；再不通，龙卷风”，“农民想不穷，少生多养猪”……

尽管这些标语不完全是小雷的发明，但当年小雷在团县委给我绘声绘色地汇报这些招法时，依然听得我头皮发麻，浑身起鸡皮疙瘩。有位团干部忍不住咨询："怎样理解'上吊不夺绳子，喝药不夺瓶子'？我想不明白。"

"是这样的，如果结扎对象攥着麻绳儿、毒药瓶子，以上吊、服毒相要挟，可以不吃她那一套。"

"啊！真是太……"团干部下意识地把话咽了进去。不能不咽，再不咽，只能说明对基层工作艰巨性、挑战性、复杂性、现实性的认识不够，调研不深入。

"各位领导想一想，农民人普遍文化程度低，思想认识上不去，不可能听得进去大道理，但他们懂得刮刮刮，杀杀杀。"

可是，每当省市领导来视察时，宣传标语的内容就完全变了，换成了"计划生育是我国长期坚持的一项基本国策"，"控制人口数量，提高人口素质"，"少生快富奔小康，致力建设新农村"，"严禁溺弃虐待女婴，依法保护妇女儿童权益"，"时代已经不同前，如今女儿赛过男"……

小雷的解释是，省市领导下基层，各级电视台、报社、报道组的记者前呼后拥，宣传标语是要上荧屏、上镜头、上报纸的，务必要中规中矩，讲个体面，太血腥太俗气太扎眼了，影响新闻质量不说，给领导难堪，就不好收场。再说，记者中难免有脚踩两只船的货色，明里唯唯诺诺大力配合，暗里搞个内参啥的，谁的日子也没好过。捅娄子放水的事情，也不是没有过。事情往往就是这样，光鲜的桌子底下烂透了，谁也不会在乎，可是一旦摆到桌面上来，谁也躲不了。

我说："不对啊！县领导和各级部门领导下基层，也有县委报道组的记者跟随啊。"

"哈哈，秦书记是当过县长秘书的人，您印象中的记者随县领导下乡，应该是检查植树造林、农田基建、种植栽培、地膜覆盖、规模养殖、农路建设、流域治理、春耕秋播、夏粮收购之类的吧。”

一语点醒梦中人，团委干了几年，离权力中心远了，脑子也跟着迂了。县级报纸上宣传计划生育的文章、报道可谓连篇累牍，但很少出现领导的名字，记者署名也多为笔名，屁股那么大点儿的一个县，手术对象及其家属要想报复你，完全可以进城打上门来。早些年，县计生委主任基本都由女同志担任，后来变成了男同志，为什么？女主任不是在菜市场被偷了钱包，就是在公园饭后百步走时被抽了耳光，都是农民工干的。不像人家省市领导和记者，大城市满世界都是部门连着部门，机关套着机关，车水马龙，人山人海，你即便凑足盘缠变成狗，连人家的脚印儿都闻不到，更无妄扑上去咬几口了。

小雷给我讲过一个故事，有次省领导来突击检查，一眼瞄见一张没有来得及撤换的标语，那条标语是“宁可血流成河，不能超生一个”。领导的脸立刻就拉了很长，厉声呵斥陪同的县乡领导：“真没人性，你们在基层搞计划生育，讲点最起码的人道主义好不好!？农村的广大妇女同志，都是我们的同胞。”

县乡领导噤若寒蝉，亲自上阵把标语撕了。当时小雷就在现场，赶紧补台：“谢谢领导批评，其实这幅标语是我们团干部贴的，乡党委并不知情。”邱敦仁立即接了茬：“你们这些小屁孩子，真不懂事，计划生育是为人民造福，你们把我们的人民想成什么啦，你们懂不懂人民内部矛盾和敌我矛盾之间的辩证关系？”小雷表态：“都怪我们缺乏群众意识，没有走群众路线。”两人的双簧玩得炉火纯青，滴水不漏。

晚上在县城招待所就餐。省领导的秘书悄悄给县长透露：“平时，那样的标语，还可以再多一些嘛，多多益善嘛，当然，是我个人管见。”什么个人管见，秘书的意思，八成就是领导的意思。果然，那天的饭局杯盏齐鸣，祥和美满，大家谈笑风生，说不尽的家长里短，像久别重逢的一家人在祝寿迎亲庆高堂。

从那时起，我萌生了调小雷来团县委工作的想法。团县委干部多是毕业不久的大学生，有的对农村工作一知半解，有的甚至百屁不通，比如我这次带来的两个干部，一开始走村串户，总是一惊一乍：“哎呀！原来驴子可以生马啊，原来骡子是马和驴爱情的结晶啊。”

“天哪！原来洋芋、土豆、马铃薯是同一种蔬菜啊。”

“呦！原来母鸡可以帮母鸭孵出小鸭子啊！”

“小麦套种，啥叫套种？种田怎么也要使用避孕套呢？”

“……”

我当场让两个家伙闭了嘴，我给他们提出的工作信条是：多干事，少张嘴；往前冲，别装怂；勤动脑，勿清高。

我们团县委，非常需要小雷这样的农村青年干部。可是这次来九十里铺，小雷给我的印象反而复杂起来，说不上好，也说不上不好，至少面目不再清晰了。比如夜袭那天，他居然会把笤帚递到我手上，也许是一种随意或无意，但客观上逼我就范打了人，尽管我举得重落得轻，但毕竟是打了。这不像他的脑子，可也不像别人的脑子，别人怎么就没想到给我递笤帚呢？而且像做贼似的，不知情的，以为给我进贡了一个金元宝呢。

晚上我正和老板娘、粉儿在炕上打扑克，小雷来了：“秦书记，您来乡上都快两个月了，我都没时间过来陪您，作为基层团口的一员，于情于理，都是说不过去的。”

“咱俩都是一个行当，还客气啥。”我不卑不亢。

原以为小雷要陪我打扑克，他却邀请我去东街一家饭馆里喝酒，这使我稍感意外。乡上的酒风我是见识过了，个个是公斤量。所谓“八两才开头，一斤才上头，斤半才晃头，二斤才混头”，“工作好不好，酒上见分晓”，“酒壮英雄胆，催粮要款大满贯；划拳出好汉，结扎引产全兑现”。诠释的就是乡上的酒文化。乡上四五十号人，副科以上领导干部八九位，私下的酒场不在少数，桌上有谁没有谁，多了谁少了谁，背后都是大文章。作为工作组负责人，对于乡上班子的酒，我自然会责无旁贷奉陪全场，私底下的酒局，我一般会装怂谢绝，我也摸不清谁对我们是真提防，谁是假提防，这就避免了不少飞短流长。

按理说，小雷私下请我喝酒，有共青团这面大旗遮挡，一个战壕里的弟兄，料想谁也不会嚼舌头，可是，他请我太晚了。

“小雷，最近我不怎么喝酒，你不是不知道。”

我甩出去的这句话不冷不热，够小雷思量一阵子的。他果然在门口怔了一瞬：“知道知道，秦书记，那您忙。”临走不忘朝老板娘、粉儿招呼：“嫂子、妹子，有事吭声啊！对了，我刚刚买了一副新扑克，你们玩儿吧。”说着从怀里摸出一盒新扑克。我和老板娘面对面坐，粉儿靠炕沿儿，但小雷舍近求远，伸臂弯腰，双手把扑克呈给老板娘。

那样子，像极了给领导呈送文件。这让我暗吃一惊。

5

在后来的几天里，关于狗叫的问题像是划了个句号，很少有人提及，客观上大家也累得一塌糊涂。那天邱敦仁去城里参加全县计划生育阶段性汇报会，就董爱翠事件做了深刻的检讨，第二天就马不停蹄赶回来了，亲自带领突击队和工作组，白天殚精竭虑研究方案，晚上集中行动，南征北战，东奔西走，结扎、引产、人流、取放环一起上，不仅一举拿下了廖家崖的廖芳芳、王家沟的王绣春、北坡村的郑杏杏、脊梁村的孙美娟、盼水村的黄蜜菊等十多个难缠户，沿村发放了八百多盒避孕套、避孕药，还顺手牵羊、将计就计逮住了两个藏匿在本乡的逃跑户，是从毗邻乡跑来的。一般说来，截住逃跑户非常不容易，县上的额外奖励是拿定了，逃跑户所在乡镇至少要送来锦旗什么的。

照这个阵势，全乡“平茬”、扛红旗都不在话下。所谓“平茬”，就是像割麦子一样，镰刀到处，不留一根杂毛；所谓红旗，专指全县唯一的一面计划生育流动红旗，各乡流动，视为至荣，谁强谁扛走。如果不是那一声狗叫，红旗早就被九十里铺扛定了。

“同志们，我给大家敬酒了。”邱敦仁率先端起杯，一饮而尽。

拿下一个，一场庆功酒，每次都放倒一大片。好几次，我是被抬进店里的，一觉醒来，发现炕沿下一片潮湿，显然用清水冲洗过。

“秦大哥，你昨夜，又吐了。”粉儿说。

我吐出来的秽物每次都被粉儿打扫得干干净净，残存的潮湿里，隐隐散发着淡淡酒精、胃液的酸腐味儿。

“又给你添麻烦了。”

“听说秦大哥每次才喝四五两，就趴了。”

我只好笑笑：“人和人的量不一样。”其实我岂止四五两的量啊！“秘书行不行，端杯见英雄”。当年陪同县长下部门奔乡镇、走街道进企业乃至跨省市考察学习，早就锻炼成铁胃钢嗓铜肠子了。我为什么会醉呢？我心里在问自己。还用问吗？“酒不醉人人自醉”。心里压着董爱翠这个大石头，我纵是张飞李逵杨五郎，岂能咽下邱敦仁敬过来的酒？

我摆脱不了狗叫，一如我摆脱不了几天前的那次民主生活会。

我这个青年领袖的口才，乡上是领教过的，但细想起来，我在那天的民主生活会上反而什么意见也无法表达，也无从表达。邱敦仁自始至终就没有主动征求过我的想法和意见，不大可能仅仅顾忌我当过县长秘书的经历。“秦组长给县长当过笔杆子，在古代就是师爷啊！”对大家的这句口头禅，我是有自知之明的，基层对我们这种人的忌惮，全因为我们头上有县领导的影子笼着罩着，世俗地讲，如今我和乡领导的彼此相处是热乎还是冰冷，是默契还是疏离，那影子既可以成为他们命运的祥云，也可以成为不祥之兆。在乡上，我时时刻刻在淡化这一点，一方面表明我绝不是凭耍心眼玩花活儿而是凭本事上来的，另一面也希望和大家肝胆相照平起平坐。影子是影子，我是我，如果动不动扯起虎皮当大旗，活在别人的影子里，也实在太没有尊严了。

我没想到，我的方寸还是乱了。这几天计划生育工作形势一片大好，反而更加让我坐卧不宁，一种莫名的恐惧像狗叫一样弥漫了我的心头。试想，既然线人没问题，带路人没问题，突击队也没问题，那么，我作为尖山村攻坚战领导者之一，有没有人怀疑我们工作组呢？只有我们三人住在机关院外，进出自由，与老百姓摩肩接踵，随时有传递信息的可能。现在看来，把工作组安排在院外，避免了与干部更多的接触，是不是有设防的故意呢？不会有人把对工作组的质疑摆到桌面，但完全有可能绕开我直接捅到县里去，据说上次邱敦仁进城开会，照例到县上头头脑脑那里走了一遍。如果种种可能中还有我不希望的可能，这个屎盆子无论如何也摘不掉了，因为你无法确定屎盆子从何而来，又该找谁一起冲洗。

就是说，是工作组私下串通尖山人，骚扰了那只要命的狗？

这是个让我不寒而栗的问题。前些年各乡上搞计划生育，最不放心的恰恰就是工作组，有的工作组为了凸显自己的身价和尊严，不顾自身半斤八两的分量，监督多于配合，检查多于协助，正面沟通不了，就背地里给县计生委打小报告，弄得乡上敢怒而不敢言；有的工作组大事做不了小事又不做，光顾笑纳村里的土特产，隔三岔五开小差溜进城窝几天，乡上还得违心替他们评功买好；有的工作组男男女女好几位，不久关系发展得柳暗花明，山高皇帝远地当成了逍遥宫，“每当山花烂漫时，她在丛中笑”；还有的工作组——比如组织部长给我谈话时提到的龚安娜那一组，搞得九十里铺天怒人怨，负面影响至今阴云不散……当年的龚安娜是县妇联主席。她留在九十里铺的故事，谁也不曾当着我的面提起。

龚安娜带领的那个工作组，组员都是妇女同志，工作开展起来还是蛮泼辣的，善于和农村育龄妇女面对面做工作，理论上也是一套一套，一开口就是“我们只有一个地球”，“生男生女都一样”。还能和群众打成一片，吃住都在群众家里。工作点子也不少，比如在村小的操场上和小朋友们一起玩游戏时，就会问：“小妹妹，你家几个孩子呢?”

小妹妹斩钉截铁：“一个，就一个。”

“真棒！那，你回去后把这个游戏教给你姐姐好吗?”

“她在城里当保姆哩。”

“教给弟弟也行啊。”

“弟弟在山后的外婆那边上学呢，我一年才见一次。”

“嘻嘻，小朋友真乖!”

“城里来的阿姨，您真好!”

啧啧！厉害不？不是说“摸排之难难于上青天”吗？但在龚安娜那里，蹦一蹦，跳一跳，一番春风化雨，到手的全是真金纯银。

可是一进入实质性的攻坚现场，龚安娜就完全成了银枪蜡烛头。有次全县“严厉打击拐卖妇女儿童犯罪专项工作现场会”在九十里铺召开，五花大绑的人贩子们站在台子上低头认罪，从全国各地解救回来的一个个妇女与亲人抱头痛哭，有个妇女代表被请上台来，一把鼻涕一把泪，指着人贩子大骂：“你个千刀杀万刀剐的，我十七岁那年，被你卖给了山东打鱼的，和比我大十岁的陌生男人生了三个娃儿……”血淋淋的事实和悲壮气氛，催下了龚安娜同情的泪水，她自告奋勇提出要给妇女们做安慰工作。“知道吗？这叫心理危机干预。”她翻山越岭、挨家挨户与妇女们屈膝谈心。“姐妹们历尽了千辛万苦，终于和亲人团聚了，今后好好过日子，一切从零开始。”六天工夫居然齐刷刷做了一遍。妇女们用半土半洋的普通话诚恳表示：“龚主席放心，我们懂零，会从零开始的。”几天后，她又做重访巩固工作，发现那些妇女早已跑个精光，山东的去了山东，安徽的去了安徽，江苏的去了江苏，福建的去了福建。伫立在村口的龚安娜，像一段惨遭雷击的断崖，飞卷的山风，把漂亮的披肩发扒拉成了墙头草。

龚安娜请求乡上报警。甄塬良说：“且慢。”龚安娜急了：“那是我的姐妹们……”

“那也是我的姐妹们啊！”

“乡上这是见死不救。”

“追回来可以，你要去山东安徽福建给娃儿们喂奶吗？”

龚安娜被噎得哑口无言。晚上洗衣服，发现口袋里多了一张纸条，上书：“姓龚的，你以为你是女人吗？我懂你，你才是个零。”落款是：原九十里铺乡脊梁村农民周笨媛，现雷州半岛渔民周丽媛。

一到“四术”现场，龚安娜一行更傻眼了。有次突击队堵住了一位引产对象，女人“扑通”一声就跪下了，双手紧紧呵护着隆起的大肚子。龚安娜赶紧拽她，女人就是不起来，珠泪滚滚：“龚组长，问您几个问题可以吗？”

“啥问题都可以问嘛！咱都是姐妹，你不该这样子。”

“听说您的娃是独生女？”

“是啊！我很爱她，女儿是妈妈的小棉袄呢。”龚安娜进而开导，“传宗接代的思想要不得，那是传统的、陈旧的封建思想和流毒，如今都市场经济了，女人，也是半边天嘛。”

“如果光为了传宗接代，说明你太小看咱乡下人了。”女人切换了话题，“假如您生活在咱这穷山沟里，您女儿能帮您扛麻袋、赶牲口、打土坯吗？能学木匠、泥水匠、铁匠给家里挣钱吗？能上房修梁，下井掏泥吗？”

“唆……唆……”

“这样行不行？咱换一下，我搬到您家里，您搬到我家里，您是人民公仆，全心全意为人民嘛。”

“唆……唆……”

“您说‘只生一个好，政府来养老’，可是老人们七八十岁了还在庄稼地里玩命儿，您见过哪个乡下老人退休了，拿退休金了？”

“唆……唆……”

龚安娜被逼得上气接不上下气，但仍然搬出了撒手锏：“其实……唆，女儿长大后，还可以招个上门女婿的，俗话说，一个女婿半个儿嘛！”

女人突然“呼”地起来了，指着龚安娜的鼻子骂：“你简直放狗屁，你还像五谷杂粮喂大的婆娘吗？你以为这是解放前啊！如今土地不养人，女娃长大后只能往南方跑，跑哪嫁哪，男娃长大后都去打工，连自己家的门都顶不起来，还能给别人家顶门立户？”

“……可是，要服从大局……”

“咱的大局就是过日子，你有这样的日子吗？”

“……”

据说女人的那一跪和一番连珠炮，让龚安娜脸上的表情变成了风霜雨雪，黄色的风衣包不住浑身浮泛而起的惊惧和寒战，水珠子沿着鬓角往高挺的领子里扑，不知是泪滴还是汗水。后来的事情就变得扑朔迷离起来。全乡在开展春季、秋季计划生育攻势的时候，有几场战役屡战屡败，乡上不仅被县里夺走了红旗，挂了黄牌，干部的工资被扣了一半儿，连甄塬良即将要调动进城的事情也黄了。乡上痛定思痛，从内部悄悄开展了摸排，发现罪魁祸首恰恰出在工作组那里。原来，每次战略计划，均被龚安娜他们偷偷送了出去。

组织上对龚安娜的处理也是严肃的，不仅给予严重警告的处分，还调离妇联主席岗位，调整到县文明办当了主任。文明办属于县委宣传部下面的二级部门。同样的正科，分量却缩水了不少。一名仕途看好的妇女领导干部一旦背上这样的黑锅，一辈子也揭不开甩不掉的，未来的进步也就必然打了折扣。不久，龚安娜永远在县里消失了，确切的消息是请了半年假陪夫君在美国读博，却从此与组织彻底失联……

龚安娜当然是龚安娜，我当然是我；我不是龚安娜，龚安娜也不是我。即便有十个女人给我下跪，向我诉说，我的立场和决心也丝毫不会动摇。人心都是肉做的，我不是没有情怀、良心和同情心。可我认准了一条，现实归现实，工作归工作，我不会因为现实而影响工作，工作是我的职责，也是我的本分。

心情，是糟透了。在乡政府吃过晚饭，真想回到店里抱头大睡，却又担心被老板娘和粉儿看笑话，只好脱鞋上炕，铺开棉被，强打精神打扑克。我沮丧的心情没有躲过粉儿的眼睛，她幽幽地说：“哥哥，尖山的事情全乡都传遍了，没关系，大不了扣点工资，又不是天塌下来。”

“哈，你都知道啦。”

“事情又不是发生在埃及古巴西班牙，咋能不知道呢。啧啧，哥哥怎么又出错牌啦。”说着话，脚趾在棉被下轻轻挠我的小腿肚儿。

我不好意思动弹，任其所挠。粉儿见我没有反应，就说：“哥哥，怎么让你高兴起来呢?”

“这些天真是有些疲惫了，要不，都早点睡吧。”

睡到半夜，我被一泡尿憋醒。像往常一样悄悄摸下炕，摸准尿盆，气沉丹田，把手中攥着的家伙死死贴紧盆口，让飞流沿内壁而下，尽量让糟糕的音量削减到最小，最最小。

“嘻嘻嘻。”伴着粉儿的笑声，大灯泡突然亮了，突如其来的强光刺得我睁不开眼睛，一半儿的尿在肚子里像是突然断电关闸。条件反射似的提起裤子，却发现对面炕上只剩粉儿一人，老板娘又不见了。粉儿蹲在炕上，披着被子。她的蹲姿有些夸张，水红色的蕾丝睡衣如雾似帘，缥缥缈缈，乳白色的文胸和粉色内裤忽明忽暗……

说真的，那一刻我还真是想了很多，被质疑的压力和破败的心情，加上噩梦的缠绕和夜晚的混沌，让我发胀的脑袋迷糊了许多，我使劲吞咽了一口唾液，忍不住多瞄了粉儿一眼，我听见自己在说：“粉儿……”

“哥哥。”

“我……”

“哥。”

“……别……别着凉了。”

粉儿“哇”的一声哭了。被子和身体同时坍塌下去，趴成了一堆儿凋零的花瓣儿。我把灌了铅似的身体连根拔起，摇摇晃晃地爬到自己炕上。灯，就那么亮着，一夜未关。

6

乡上收到县委组织部寄来的关于计划生育工作组负责同志开展工作情况调查表，明确要求组长亲自填写并签名，然后由乡党委签署意见并盖章，再寄回组织部。邱敦仁笑着征求我的意见："秦组长，你看，是你自己填写，还是让办公室的秘书代劳呢？"

我说："还是我自己填写吧，这次工作没做好，我会实事求是，把成绩和不足区别开来，特别是尖山攻坚战的重大失误，工作组是有责任的，教训很深刻。"

"哈哈，话不能这么说，工作组的表现大家是有目共睹的，你不该背这个包袱，填表的事儿不着急，到时寄往县里就行了。"说着吩咐秘书："通知党委委员开会，研究全乡党员干部群众给手术对象送温暖、献爱心的事。"

我赶紧把钱包里仅有的三百元掏了出来。那个年代，三百元等于我一个半月的工资。邱敦仁笑了："秦书记可别这么大方啊！你这可是大老板的手笔，当领导的这么捐，以为搜刮了民脂民膏又放血买乖呢。乡上有老规矩，正科二十元，副科十元，一般科员五元，普通党员两元。你是工作组，可以不参与。"

"书记，我作为团干部，坚决不能落下，那就二十元吧，我再给工作组其他同志动员一下。"我惊讶于我的口气我的姿态我的诚恳，此时此刻，我面对的只不过是一位平级的领导干部，却像面对我的老上司、面对组织部长、面对某个有利害关系的人。"为人不做亏心事，半夜敲门心不惊"。我何来的心虚？我稍稍挺起腰板，换了口气："哈哈哈，送温暖送爱心，邱书记绕过我们工作组，就是故意打击我们了。"

几天后，调查表却由秘书填好了，公章也盖了，只等我签字。我发现，“工作表现”一栏的内容，既有概括性又有条理性，不仅高度总结了我的突出表现，还特别强调密切配合突击队全面完成了各项任务。在“深入群众”一栏，特别强调我能够克服困难，每天住在群众家中，和群众打成一片，赢得了群众的高度信任。“基层党组织意见”一栏是邱敦仁亲自签署的：“秦岭同志在九十里铺乡工作期间，能够充分发挥党联系青年的桥梁和纽带作用，全面调动全乡广大青年干部的积极性和创造性，特别是在计划生育工作中，不仅给予了我们大力指导、检查和帮助，还亲力亲为，不畏困难，直接参与了所有突击活动，取得了优异成绩。”而“存在问题”一栏，除了思想有待进一步解放、有时有急躁情绪等心照不宣、大而无当的文字外，没有一个字涉及尖山，涉及董爱翠。

如果让我自己填，又该怎样？秘书替我填写调查表，毫无疑问得到了邱敦仁的授意和把关，这样的做法，这样的结论，这样的面子，反而在我和乡上之间的这堵高墙，越垒越高。

如何才能穿越这堵墙，成了我的局限和短板。

关于我对计划生育工作的认识和态度，其实从进入九十里铺的那天起，就或多或少地与乡党委班子成员做过交流，我不是高谈阔论，也没有引经据典，更多的交流了我从政以来涉足计划生育工作的一些经历，目的当然有为我的计划生育阅历和经验争分的意思，我不能让大家把我看作是第二个龚安娜，我带领的工作组有备而来，不是冒失鬼，愣头青。我带来的两个家伙还算为我争气，几番折腾，适应了虱子，习惯了不洗衣服，关键时刻还敢上房揭瓦，赶猪牵牛。

最好的表达莫过于证明，我曾让乡领导们看过我的五道伤疤。这五道伤疤隐藏在我后脖子上的发梢里。在机关那么多年，我非常清醒自己该保持什么样的仪表、姿态和发型。没有伤疤之前，我的发型始终是中规中矩的运动式，耳鬓、脑后以下始终光洁清爽，纤尘不留。自从后脖子上有了伤疤，只好稍留长了些，每次修剪以能够覆盖伤疤为基本原则。县文联的同志就和我开玩笑：“秦书记，你当个青年领袖还不知足，想当艺术家啊！”我也回之玩笑：“如果留点长发就是艺术家，下次换届，你们文联主席是不是得请山羊、狮子、卷毛狗来接任啊。”

五道伤疤是一位女人给我留下的。当时我只是县政府办的一般秘书，跟的是分管科教文卫的窦副县长，那年夏天，我在县委党校参加了为期三个月的全县中青年干部理论培训班，组织上对我们这期学员的培养非常重视，最后半个月专门安排了社会实践锻炼，主要任务是分赴各乡协助抓计划生育工作，我被安排到了金鹿乡。几个战役下来，我遭遇了那个叫马金环的女人。马金环已经有了二胎，属于结扎对象。她在娘家躲了十多天，满以为风头过去了，刚潜回家，没想到我们会杀个“回马枪”。

夜幕下，我是第一个冲进院子、冲进屋子、冲到炕边的。当时，被窝里的马金环用薄被捂住脑袋，像个起伏的山峦。

“马金环，请跟我们走！”我先礼貌。

“你敢动我一指头，我和你拼了。”

马金环掀开被子，一咕噜翻身起来，居然一丝不挂。

吓呆的反而是我，这是我第一次大尺度看到女人的身体。当时我还没结婚，和女朋友搞对象也不如社会青年那样把个卿卿我我搞得风生水起，翻江倒海。拉手有过，亲嘴有过，有次忍不住把手伸到对象的裙子里去，被人家一个兰花指“嘚儿”一声弹了回来，只好退而求其次摸了摸人家领子以上裸露的部分，算是勉强过瘾了。可这个马金环，却让我始料未及地、事与愿违地、歪打正着地、无心插柳地发现了女人身体的全部。我立时被马金环的这种抵抗方式击穿了，马金环白花花的身体像飓风一样，让我踉踉跄跄直往后退。“桄榔”一声响，后背与门框的撞击让我倏然清醒过来，作为组织的重点培养对象，一种巨大的庄严感迅速让我恢复了决心和定力，我一定神，立即动手。

我从小练就的武术基本功终于派上了用场，我一个鹞子翻身上炕，先是一个白鹤亮翅，再来一个倒背金人，背着马金环飞身下炕。这时，突击队员们也蜂拥而至，簇拥着我和战利品一起朝外挣。

毕竟是第一次上战场，我忽视了马金环的力气和自我设防。慌乱中，我的臂膀呈环形揽着马金环的屁股，丝毫没有感受到异性的肌肤和体温带给我的异样。马金环在我背上踢踢打打，大喊大叫：“你个臭不要脸的，放我下来！你个臭不要脸的，放我下来！”

她越折腾，我的臂膀箍得越紧。

“秦秘书，你的肩膀流血了。”乡干部提醒我。

我这才感觉到后脖子位置火辣辣的疼，那种疼很怪很特殊，像伤口上洒了辣椒水，火中还有点儿炸。是马金环在抓挠我，她不是随抓随挠，而是瞅准位置后，指甲使劲儿往皮肉里抠。事后我才知道，马金环是乡皮毛厂的技术能手，凭着一双有力、灵活的巧手，一天能干两天的活儿，一人能抵两人的任务，年年都是全县乡镇企业标兵和劳动模范。一个成天翻弄猪皮、牛皮的女人，把我这点人皮抠出五个血道道儿，岂不是抓了一坨泥巴、扣了一把棉花。

那天的血流了不少。干部误以为我肩膀上出血，其实血早已漫过肩膀，染了个满胸满怀，连裤裆里都黏糊了。干部惊呼：“啧啧，这到底是马金环的爪，还是梅超风的九阴白骨爪啊。”

马金环被成功实施了结扎手术。我不幸的伤口成为我荣幸的事迹，事迹被乡上报到县里，我一跃成为中青年理论学习班的优秀学员。县委报道组要采访我，我嫌丢人，千方百计婉言谢绝。可这一婉拒，又被理解为青年干部难得的虚怀若谷、高尚境界和成熟低调。不久任命书就下来了。人们称呼我的时候，不再是秦秘书，而是秦科，实际上是秘书前面多了个“副”字：副科级秘书。我的工作岗位随之调整，由跟窦副县长上升到跟一把县长，两年后我被提拔为团县委书记，就是从这个台阶跨上来的。

我给九十里铺乡的同志讲这番经历的时候，有意低头撩起后脑勺的头发，同志们好奇地围过来，像探究一个刚刚出土的文物。那里荟萃着丰碑一样的事迹，绽放着花儿一样的光荣，吐露着无与伦比的异香。那是惊艳，是证明，也是象征。

甄塬良带头鼓了掌，说：“秦组长是经过沙场的人，这样的工作组到我们乡，是组织上对我们最大的支持、关心和爱护，我们更有理由把全乡的计划生育工作做好，不辜负县里对我们的信任。”

可是，我这样的经历这样的心迹，能证明我在尖山攻坚战失利问题上的清白吗？调查表是乡上填写的，但调查表中的我，又能说明什么？调查表，只不过是一张表，横七竖八的线段构成了大小不等的格，装进去的，是一大堆点横竖撇捺，我如果真是那一点一横一竖一撇一捺，还算个大活人？邱敦仁会横竖撇捺，我也会，人家董爱翠也会，要说谁不会，只有那条狗不会。狗，只会叫。

7

好久没回家了。那时候还没有实行双休日制度，唯一的星期天基本都配合突击队坚持在火线。有次强攻穆集寨，没想到进村的几条路被人连夜挖断了，突击队只好鸣金收兵。我利用村民修路的空隙，这才匆匆返城探亲。邱书记给了我政策：“好不容易回一次家，多待几天，放心去吧！”没有我的日子里，家里的现实困难比我预想的还要糟糕，家里家外、上老下小、柴米油盐把丰满玉润的妻子累成了乡村才有的蒿草秆儿，我只有用赎罪的态度连轴转：换煤气罐儿、扛米面袋儿、买奶粉、给孩子洗尿布……然后匆匆去拜望岳父母：往返医院请医生、换药、捶背……又去爸妈那里，爸妈啥都不让我干，母亲一看我脸颊塌陷，连大肚子都没了，就故意逗我：“搞计划生育不错，自己的大肚子也没啦，苗条了好哇。”

知道母亲是穷开心。“知母莫过儿”。老人家的心酸，我知道。

这次悄然返城，为的就是不打草惊蛇平添忙乱，但还是被政府办、团县委的一些同事嗅着了，大半夜堵上门来，嚷嚷着要猛喝一次。团委的一位副书记诡秘地告诉我：“有一位客人，来县里好几天了，一再表示非常想见你。”“谁？”“先不告诉你，到时候您准会大吃一惊。”我故意拉下了脸：“对我，还卖啥关子呢？”副书记这才神秘兮兮地透露：“是龚安娜，她探亲来了。”

我这才弄清楚，龚安娜不仅在美国领到了绿卡，而且在一所大学当了副教授。据同事们讲，龚安娜这次衣锦归乡，与亲朋故交小范围聚了几次。聊起往事，有闺蜜问她：“那件事儿，你后悔吗？”一身洋味儿的龚安娜“咯咯咯”地乐了，像大明星麦当娜似的耸耸肩：“你说呢？”

我能猜度到，我和龚安娜彼此渴望见面的心情、心境中，积蓄着许多有意思的、不为人知的话题。可是这般火候，龚安娜成了我最不该见的人。我本来想请同事以计划生育工作太忙为由，向龚安娜转告我的歉意，但我突然意识到这个理由对龚安娜来说是多么的滑稽，也许不值半根鸡毛的分量。我只好编了一个理由：“周一，也就是明天，乡上有个重要会议，由我和书记共同主持，实在不敢久留。”

这个谎言也把我逼得没有了退路。我担心同事们第二天又堵上门来——龚安娜亲自前来也未可知，天未亮就匆匆向妻子告别。妻子说：“不是说好多待几天吗？”我只好又把那个谎言重申了一遍。妻子的泪就下来了：“我以为，你那个理由是哄同事用的，想腾出时间给家里干点活儿呢，没想到是真的。”我已感到自己的泪也在眼眶里打旋儿，赶紧转身，披着漫天大雾匆匆赶往长途汽车站。那时候，从县城发往九十里铺方向的长途班车两天才有一趟，一趟沿途串五六个乡。时不我待，九十里铺像一根钢丝，紧紧牵着我凌乱的脚步。

我怕错过班车，早点只好选择了车站一隅小摊上的肉夹馍。一桌之隔的另一个小摊上，几位等车的农民工正在夜色和大雾的包围中边吃边吹牛，话题多是结扎引产云云。我下意识地瞥了一眼，隐约发现其中高谈阔论的一条汉子，非常像那天突击队的带路人邓友奎。我刚要绕过去打招呼，但他们的话题却让我把屁股死死钉在了板凳上。

“对付突击队，就得像我这样，牵着他们的鼻子走，让他们满大山白折腾，他们自以为兵强马壮，滴水不漏，但咱农民也不是吃素的。”

“难道真是你给董爱翠报的信儿？”

“我当然想报信儿，但没报成。他们只给了我十分钟回家的时间，我争取到了二十分钟，我算计好了，不光要翻董爱翠家的墙，还要翻我家的墙。但董爱翠家的墙又高又滑，墙头还是软土，没个抓手。我扑腾了十多分钟都不行，正急得猫抓心哩，狗叫了。”

“看来最终还是狗的功劳。”

“我一直闹不清那只狗，听叫声，像铲锅底儿似的，还有点破，有点闷，像一条老病狗，咱村好像还没有这样的狗。可是别村的狗为啥要跑到我们村来呢？这才是我非常纳闷的，除非是二郎神的哮天犬。

哈哈，如果真是哮天犬救了董爱翠，那董爱翠说不定是王母娘娘转世的哩。”

“哈哈哈，看来咱要防着你们九十里铺的狗，咬一口，不得了。”

“各位老哥如果不是外乡的，我还真不想吹这个牛。我的想法只有一个，乡上如果请各位带个路、当个线人啥的，一定要满口答应，然后……”

“……”

我怕不留神暴露给邓友奎，把肉夹馍用油纸一卷，赶紧结账溜走。上车后，我坐车尾，邓友奎坐车头，中间全是拥挤的脑袋。两个小时候的颠簸之后，邓友奎在毗邻尖山村的一个小站下了车，我这才抻了抻腰身。蜷缩了一路，腰腿骨节百般酸麻，不由想起了麻醉枪。中了麻醉枪的狗，再麻，能麻得过我今天的滋味儿吗？

太吃惊了！我非常需要找一个人聊聊，第一人选当然是小雷，可是思来想去，我选择了副乡长史建川。史建川也曾多次请我喝酒，我通通谢绝了。我嫌他嘴贱，比如有几次就笑嘻嘻地问我：“店里，你们是谁摸谁的炕沿儿？谁进谁的被窝儿？”我只好轻松对应：“史乡长太小看我了吧，你以为我在城里啥都没见过？”“哈哈哈，我是开玩笑哩。”“这么说，你史乡长也不是省油的灯啊！”史建川不屑地说：“哼！那是叫驴干的活儿，我史建川才不好那一口。”

也奇怪，“不好那一口”从史建川嘴里说出来，我似乎是相信的。但我无法相信个别离家比较远的干部，按规定，乡干部人人都有包村蹲点的任务，蹲点天数纳入政绩考核，可是有的干部往往会超额完成蹲点任务，表扬是表扬了，背地里的吹牛也多了新内容，比如石寨村的大姑娘石绣珠在城里当保姆时一定被主家开了苞，弄起来比预期要活泛一些，再比如上峁村的寡妇汪甜甜不光是水蛇腰，舌头尖儿像蛇吐信子似的，肚脐窝儿像朱自清的名篇《春》里描写的野花似的，散在草丛里，像眼睛，像星星，还眨呀眨的……

史建川这个人，我是看出来了，敢说敢干，脾气耿直，有嘛说嘛。比如董爱翠那次，在甄塬良拉屎不在岗的情况下，狗一叫，他果断地组织大家发起冲锋。再比如民主生活会那次，他毫不隐讳地对上司邱敦仁的线人提出质疑。我非常相信，像他这种秉性的人，在组织上考核、鉴定领导干部综合素质的表格里，一定白纸黑字写满了诸如实事求是、雷厉风行、光明磊落这样的文字——我又想到我的那张调查表了。但这样的干部往往是二百五，谁都想用你，谁都忌讳你。

从史建川举步维艰的仕途路径就看出来。十年前，他本来是从县城郊区的东郊镇起身当的副镇长。有个说法，距离县城越近，计划生育工作越是灯下黑，突击队还在摩拳擦掌呢，钉子户们早已大摇大摆在城里的七大姑八大姨家捧个录音机玩胎教了，这其中就有镇长的侄女。那些年城里的农村流动人口剧增，摆摊的设点的刷锅的洗碗的，其中少不了超生游击队，漏网之鱼如过江之鲫，多了去了，成为县城流动人口计划生育工作的一大顽症。对镇长的这点隐情，同志们睁一只眼闭一只眼，大家搅的是一锅饭，再说当下属的谁没少受领导的照顾，没人好意思揭这个短。万没想到有那么一天，史建川却私下带人把镇长侄女给拎了回来，镇长被逼上梁山，来了个六亲不认，下令手术队把侄女一刀了引了。镇长拍拍史建川的肩膀：“老弟干得好！咱当领导的，就得讲民主，以身作则，发挥模范作用。”

镇长侄女的落网，一石激起千层浪。有人就说了：“凭身份，镇长侄女该是游击队队长的料，但冒出个内鬼史建川，这女娃连个队员都没当成。”

都明白镇长这是挥泪斩马谡，斩马谡也是斩，这一刀下去，上感动组织，下示范人民，镇长提拔当了书记。史建川却差点被唾沫星子掩埋了。有次酒过三巡，武装部长忍不住数落史建川：“哥们你知不知道这叫恩将仇报，如果没有镇长推荐，你还能当上副镇长。”史建川一拳过去，对方的鼻梁骨立即换了位置。史建川的拳头和语言同一时间出膛：“那是我辛辛苦苦干出来的。”这一拳的代价够难受的，史建川被平级远调到了山区的一个乡，至于后来为何又被平级调整到九十里铺来，我就不知道了。

这种在各乡平级转圈子的领导干部，应该不在少数。从良心上讲，面对史建川这样的人，我内心是有愧的。多年前，我有个大学毕业的农村亲戚薛长贵在一所偏远中学当语文教师，自以为天之骄子，不安心农村教育事业，一门心思想往城里调，做梦都想在城里找个对象做“双职工”。眼看进城无望，只好退而求其次顺手牵羊找了个高三毕业的女学生当了老婆，给老婆在集镇上争取了个理发店。按理说这样的小家庭在农村算得上准贵族了，可他就是不死心，工作吊儿郎当，屡屡被处分，从带高中贬到带初中。老婆生了女儿后，薛长贵每天借酒浇愁，破罐子破摔。

后来一连串的变化非常有戏剧性，薛长贵不仅当了校长，成为全省优秀园丁奖获得者，还破例调进城当了教育局副局长。究其原因，非常搞笑。超生二胎，反而成了他命运转折的强大引擎。

那时候乡属学校、卫生院的工作人员都算干部，干部和城镇居民一样都属于非农业户口，必须一视同仁严格执行独生子女政策。对干部顶风违反计划生育纪律的处理是非常严肃的，各乡或多或少都有教师、医生被开除党籍、公职的情况。某一年寒假，几个关系不错的教师去薛长贵的老家薛家山喝酒，发现炕上有个活蹦乱跳的小男孩。“这是我妹妹的孩子。”薛长贵的解释没有逃过大家的火眼金睛，小男孩的眉眼身段，分明就是薛长贵的浓缩版。事情明摆着，小男孩没来得及转移，就被同事们撞上了。“怎么样？我妹妹的孩子像我吧。俗话说：生儿像娘舅，养女似家姑。”薛长贵的进一步澄清像画蛇添足。大家附和着：“是啊是啊！”临走，每个人手里多了两瓶薛长贵送的好酒。

“气短出英雄”。薛长贵从此变了个人，尊重领导，团结同志，废寝忘食地投入教学工作，通宵达旦地撰写教育理论，一丝不苟地帮助同事干这干那，逢年过节，都要登门拜望领导和同事，逢着谁家的红白事情，他随份子大放血，弄得上上下下都感激涕零。谁也不好意思质疑他违纪超生的严重事实。有些教师不但照葫芦画瓢，还吸取教训，超生二胎，立即转移，打一枪换一个地方，神也不知，鬼也不觉。有些教师做得更绝，生下第一胎，托关系给孩子弄个先天性心脏病之类的证明，于是便按政策落实了二胎指标，小玩意儿就明火执仗、理直气壮、大义凛然地来到人间，“呱呱”一声响，举家同庆，山欢水笑。

那些年，薛长贵常常进城参加全县优秀教师表彰大会，表彰材料里有这样的话：教师的领路人，学科的带头人，学生的贴心人。

其实我很早就听说薛长贵超生的事儿了，母亲偷偷告诉我的。薛长贵进城任职后，常领着已经在县城重点中学读书的大女儿雯雯到我家来做客。雯雯嘴甜，对我左一口“伯伯”，右一口“伯伯”，我的思绪就有些晃悠。应该还有一位叫我伯伯的小晚辈，他，在哪儿呢？薛长贵走后，母亲告诉我：“男孩子改名换姓，在千里之外的省城上学，私立贵族学校，有出息极了，代表中国学生队，澳大利亚都去三趟了。”

假如我是史建川，或者史建川是我，会怎样？我无法面对这个命题，事实上我自始至终没有举报过这位亲戚，当上领导干部以来，这样的念头也不是没动过，但那几乎只是一个闪念，就像投入湖面的一粒儿石子，打个旋儿，没影儿了。我不好意思拿原则拷问自己，我想到了人性，想到了骨头缝儿里剔除不尽的私心。

面对史建川，我还想到了两个字：可怜。我不知道是他可怜，还是我可怜。论魄力，史建川比我强；论境界，他比薛长贵高。但他只能是史建川。

“秦组长能和我一起喝酒，说明真是看得起我史建川啊！请了几次没请动，老以为你瞧不起我们这些乡棒呢。”

我和史建川终于坐到了临街一家餐馆。我有意多夹了几口凉菜，底儿垫足了，就能多应付一阵子酒。有了定力，史建川稀里哗啦吐出来的信息，我就有了足够的把握和分辨。

“史乡长，狗叫那件事，不仅突击队跑了冤枉路，连人家带路人邓友奎也受累了，他一个村民，为咱们服务，也很不容易的。”我有意主题先行，把邓友奎带进了我渴望的话题中心。

“没事儿，乡上给邓友奎多发了一份补助。他是个老实人，你也看出来了，专门来乡上大哭了一场，把许多同志的眼泪都带出来了，男儿有泪不轻弹啊！”

“……”我反而无法接茬儿了。

“你可能也猜得出来，现在乡上有人怀疑你们工作组，但我史建川是不会怀疑你的。你那天也打了人，这一点，我们都看在眼里，应该和我们一条船，一颗心。在这种一荣俱荣一损俱损的关键问题上，动了手，那就是自己人。”

我猛然想起小雷递给我的笤帚。天哪！小雷啊小雷，我现在真不知怎样认识你了。我赶紧使用了乡村语境：“有蒸馍一起吃，有黑锅一起背嘛。”

“不过，你如果和粉儿睡了，那你的命运就和乡上结结实实捆绑在一起了。我倒是希望你和粉儿没有睡过，其实，唉！我还是同情粉儿的。山里的凤凰都往外飞，可是粉儿却对一个植物人不离不弃，够意思了。你可能不知道，她有个外号叫‘李师师’，啥意思？就是说不是谁想上她的炕就能上的，据说附近的矿贩子们有上过她炕的，派出所也是睁一只眼闭一只眼，但是，如果有地痞流氓想欺负她，乡上准不答应。你想想，粉儿男人是为咱的工作吃的冷亏，上上下下又没有一个正规的说法，咱再不保护她，谁来保护呢？这一点，咱不明说，谱，在心里。邱书记和粉儿不是一般关系，外边传得五眉三道。你一旦睡了，你就只有被邱书记牵着鼻子走，只要你裤裆里有那四两半的事儿，就别指望朝乡上牛皮。乡上有法子治你，阴事明治，明事阴治，一治一准……唉！乡上工作干到这份上，我觉得真没意思了。”

我额头渗出了一层冷汗，暗自庆幸，心有余悸。只是，与史建川这样的人扯到粉儿，扯到邱敦仁，我突然觉得话题不能再发展下去了。我渴望他的口无遮拦，又担心他的口无遮拦。我俩今天的私下谈话，极有可能成为第二天乡干部们的谈资，必然百弊而无一益。

“听说史乡长在好几个乡干过？”我切换了主题，希望潦潦草草扯一扯，就赶紧散摊儿走人。

“嗨！你可能不信，我一连干了五个乡，还是个副科级。”

不由让我想到土门乡的一个副乡长，好像也是轮了几个乡的。我给窦副县长当秘书那阵子，经常跟随窦副县长奔赴各乡检查计划生育工作。那时县政府领导配车比较紧张，跑城区安排伏尔加、拉达、老上海，跑乡下安排吉普车，考虑到分管计划生育的领导经常要在崎岖不平的黄土路上翻山越岭，就破例把唯一的一辆日产巡洋舰牌越野车配给了窦副县长。那天我们的目标是白云乡，巡洋舰在蛇形的盘山公路上卷起的土雾，像平地而起的旋风。田野里挖野菜、捡麦穗儿、打猪草、找药材的妇女们，老远一见是巡洋舰，顿时四散奔逃。巡洋舰进入土门乡境内时，看到一帮干部正在拆房子。刚绕过一片玉米地，就见一位乡干部怀里抱着一台电视机斜刺里追过来："窦县长——停一停，窦县长——停一停——"

司机经验丰富，扭头对窦副县长嘀咕："又撞上一个没脑子的。"

本来一路给我们大谈"当年我是'文革'前的老牌大学生"的窦副县长，此时耷拉着眼皮子，像是突然睡着了。司机加大油门爬坡，佯装没有听见。没想到那位干部抄捷径翻过地埂，把我们迎头拦住了。

"窦县长，我是土门乡的，我们把逃跑户的房拆了，也就这台黑白电视机值点银子，押在乡政府，引逃跑户上门。我们雇不来民工，麻烦您的车往乡政府送一趟。"干部气喘吁吁，满脸的尘土被汗珠冲成了泥石流。干部自报家门，是土门乡的一位副乡长。

窦副县长赶紧下车，热情地和副乡长握了手："你们辛苦了，我代表县政府感谢你们。"一回头朝我们，"怎么还不动手？赶紧给乡上的同志配合一下。"

我和司机连忙把电视塞进后备厢里。替土门乡政府送完电视机，赶到白云乡的时候，乡上为我们准备的羊肉泡馍早已透凉透凉。窦副县长亲力亲为义务为土门乡转移电视机的感人事迹，立即传遍全县。那年评选全县计划生育先进个人，计生委把名单报到政府，窦副县长大笔一挥，立即把自己的名字一笔勾销，却把那位副乡长的名字挪到了最前面。以后下乡，窦副县长的巡洋舰换成了普通型的吉普车。

多年过去，据说那位副乡长也挪了好几个窝，他叫啥名字，长得啥模样儿，我早已记不得了。

"秦组长，想啥呢？"史建川已经有些微醉，"唉！大半辈子过来，没想到和计划生育拼上了。我认为，计划生育政策绝对是正确的，咱国家可耕地面积少，人口众多，在咱这一代如果不把人口指数降下去，那就是对子孙的犯罪。我这人记性不行，只记得最荣耀的一件事，也就是在土门乡当副乡长的时候，老弟愿意听吗?”

我脑中“轰然”一声，思维体系仿佛顿然崩塌，眼泪夺眶而出。我端起酒杯，泣不成声：“老哥，小弟我敬您了。”我真的不想失态，却无法控制失态。

“啊啊啊，哭啥呢?”史建川有些吃惊，“你，难道醉了?”

“老哥不是不知道，有的人醉了骂人，有的人醉了耍疯，有的人醉了哭丧。”

“你说出一连串有的人，让我想起我娃当年朗诵过的一首什么诗，说是有的人活着，他已经死了；有的人死了，他还活着。这破玩意儿也算诗啊。”

我哭得更厉害了，使劲儿掐大腿根，居然也没有平静下来。

“老弟好像真的醉了，咱收场吧。”

“没事，大哥你好好讲吧，我听。”

他只是讲，我只是听。

8

太晚了。轻轻敲响店门时，已经子夜一点。粉儿为我开的门，老板娘鼾声如雷。灯显然为我亮着。粉儿这次穿的是圆领纯白长袖睡衣和睡裤，该露的地方一点都没露，像一棵装在兜子里的白菜。一钻进被窝，我才忘记上茅坑了，腹胀难忍。只好重新裹了防寒服，又下了炕。

对面炕上说："是大手吗?"

"真不好意思，喝得迷迷瞪瞪，忘记了。"

"外边这么大的风，秦组长喝成这样，不经刮的。离乡背井的，生病了，咋办呀。"她不叫我哥，叫秦组长了。"在屋里吧，没事。"说着"吧嗒"一声拉灭了灯。

我只好摸索到尿盆。先是吐了一通，然后又……天哪！这大手解的。抬起身子，头晕目眩。粉儿扶我上炕的时候，我感觉她已经套上了羽绒服。

门"吱扭"一声，粉儿双手端着尿盆——不！屎盆，匆匆出了门。

我心里像打翻了五味瓶，各种味儿搅和在一起。用被子捂了脑袋，却像进入了另一个世界。吐过了解过了，懵懂中有了些许的清晰，眩晕也有所缓解。温暖和安静并没有发酵我的睡意，我紧闭双眼，全身像长了眼睛似的感受着被子外边的动静。我感觉粉儿轻轻回来了，门被轻轻关上，盆子被轻轻搁到了远处，对面炕上的被子和枕头窸窸窣窣了片刻。也许，她睡着了吧。我真想道一声"粉儿辛苦你了"，但觉得这样的客气已经没有分量。

怎么能睡着呢？和史建川聊了半晚上酒话，许多话题闪闪烁烁，剪不断，理还乱。比如粉儿和邱敦仁到底是啥关系呢？是干女儿，还是被包养了。似乎都像，似乎又都不像。有一点是肯定的了，从事情发展的逻辑看，假如我和粉儿腻乎在一起，邱敦仁要捏我这个工作组负责人，比捏一只苍蝇还容易。

想了起来，史建川还多次提到过甄塬良。我这才知道，甄塬良的从政之路并不平坦，论资历论本事论为人，他本来有两次进城任职的机会，却都栽在了计划生育上，一次因为当年的龚安娜事件，还有一次是因为背了一个处分，如今只能等着告老还乡了。史建川给我讲这段的时候，特别强调：“老甄这辈子够倒霉的了，我真不愿给外人揭他这个疤，咱俩说说算了吧。”大概是几年前的事了吧。某个午后，突击队喝完庆功宴，听说邻村正在唱秦腔戏，乡党委就放了半天假让大家放松一下。邱敦仁、甄塬良、小雷一行看完戏，一路说说笑笑往回走，迎面走来一位女人。谁也没注意到女人的肚子，工作之外谁还会走这脑子呢？女人走得忘乎所以，安详得意。即便肚子里有货，料想也不可能是计划外怀孕。

但邱敦仁却开了腔：“站住，我们是来堵你的。”

女人立马就吓傻了。乡干部未必记得所有妇女，但对妇女们眼里，乡干部即便煮成一堆骨头，也能辨得清张三李四王二麻子。邱敦仁一句投石问路的阴招，竟成了无心插柳的意外收获。女人怯怯地表白：“听说你们放假了，我这才从娘家出来遛遛肚子，没想到……”

大家领着女人往乡政府走。邱敦仁当前卫，甄塬良和小雷后面压阵。夹在中间的女人，抽抽搭搭，哼哼唧唧，不停地抹眼泪。道路两边的地埂后面，时不时有人影儿闪过，准是打草惊蛇了。

路过一片玉米地时，甄塬良朝女人：“喔，想解手啊。可以，玉米秆子太稠了，你别钻太深，我们无法找。”

女人回头，一脸疑惑：“我没说要解手啊。”

“啊？我耳背，听错了。走！”

就继续往前走。前面路旁是一片杂草丛生的残垣断壁，里面隐隐有被山羊、野猪踩出的小道。甄塬良又朝女人：“噢，你选的地儿不错。同意，去解吧！千万别跑。”

女人又回头：“我还是没说要解手啊，刚才在院里早解过了的。”

“那你别哼哼唧唧了好不好？”甄塬良火了，“总听见你在说解手解手解手的。”

女人委屈了："当领导的，连老百姓的话都不会听。我即便想解手，也张不开口呀。"

"你这个女同志，想解手还装，那走吧走吧。"

走在前面的邱敦仁，也许听到后边的博弈了，也许啥也没听到，自始至终就没回过头。就这样到了乡政府，突击队们见钓到一条大鱼，都乐了："领导就是领导，看一场戏就能带来逃跑户，太神奇了，今后干脆撤销突击队，成立一个戏班子，咱挨村挨户演。"当时的工作组组长是县水利局局长王明，大会小会都爱绷着脸给乡上的同志来个"我再严肃地强调几句"，干部私下就说："长征时期的王明连投胎也不懂，当组长了。"那天王明双手叉腰，夸了邱敦仁和甄塬良两句："干计划生育就得有顺手牵羊的本领，眼观六路，耳听八方，功夫不负有心人嘛！不错！很不错嘛！"

女人被安排在会议室，由联防队员轮流看守，但最终还是不翼而飞。工作组立即责令乡上彻查，调查的结果是：晚上甄塬良催着看守人员去食堂喝酒，尾随而来的女人娘家人乘虚而入，把女人给劫走了。县委组织部给甄塬良的处分是严重警告，理由是关键时刻玩忽职守，被不法分子钻了空子，对计划生育工作造成了难以挽回的严重后果。干部私下的议论则有多个版本，一种说法是甄塬良不存在主观上放跑女人的故意，只是为了犒劳大家喝酒，思想上麻痹大意了，乃至酿成大错；另一种说法是甄塬良有可能出于故意，作为一位富有经验的老计生，完全应该预料到必然有劫人的可能，有意放虎归山。还有一种说法则在民间流传甚欢，由女人的牢骚引起的："那个破乡长，真不要脸，一路上让我去解手，还赖到我头上。"村民就犯迷糊，那不是有意要放人吗？可是捉贼的人不可能放贼的，但那又是为啥呢？有人就找小雷证实："当时，你和甄乡长都在后面，你听到女人说啥了吗？"

小雷说："听到了。"

"啥？"

"……解手。"

一连串的疑问，像一个个难以组接的镜头，让我应接不暇。——解手解手解手，让我联想到了那个凌晨攻坚战的现场，当时与甄塬良有关的，也是解手。如果不是小雷拽住我，我摸上去，会看到什么呢？哦，小雷为什么要拽我呢？炕太热了，我像烙饼一样翻来覆去，这么一翻，邓友奎再一次跳进了我的脑海，既然邓友奎争取来的二十分钟是缓兵之计，那么，甄塬良解手的真正目的何在？既然邓友奎描述的狗不像尖山村的，甚至把狗的身份问题上升到了二郎神的哮天犬的高度，可是，人间会有那样的狗吗？那只狗，是不是本来就不是狗，难道是人——是甄塬良？他在玩"半夜鸡叫"？

不！决不能这样胡思乱想。把甄塬良和狗联系在一起，于情于理是不道德的。我想，包括工作组和突击队在内的所有当事人，大概只有我这么胡思乱想了。假如不曾在小吃摊上撞上邓友奎，假如没有今夜与史建川的酒场，假如没有那么多的假如，我的思维不会像长了翅膀一样乱飞。我必须要说服自己：那只狗，百分之百不是甄塬良，真的只是一只狗。

早上起来——这算起来吗？根本就没有睡着。老板娘去集镇上卖毛衣去了。粉儿照例给我打好了洗脸水，她说："秦组长是不是快要走了？"

"是啊，一晃快三个月了。"

"如果秦组长不嫌弃，这条围巾，你一定带上，算个留念吧，我织了好多天了。"

这是那个时代非常流行的对折缝合式双层马海毛男式围巾，纯手工，银色，款式新颖大方，两头带细毛流苏。毛质轻盈蓬松，柔软丰满，垂感如瀑。粉儿的双手就那么捧着围巾，一双大眼睛清澈得像玉米秧子上滚动的露珠儿。我像泥塑一样立在那里，一句话都说不出来。实在不敢接，但我努力让自己接了。

“回城以后系吧，与您的身材、皮肤蛮配的。这是我第二次给男人织围巾，第一次是给我男人，第二次是给你。这世上，没人多少男人配我亲自织的围巾。当然，如果你要扔，也没关系。”

“我……我怎么会扔呢?”

“还有一条呢，是给嫂子的。”

这是一条酒红色双面流苏的马海毛女式围巾，席子花款式，棒针蕾丝绕边儿，飘逸柔软。妻子一年四季爱臭美，这样的纯手工围巾，一定是她求之不得的，西安兰州那样的商场也未必能买到。可是此刻，我的语言已经山穷水尽。我最终说出的是：“多少钱？……我给。”

“不要钱的。”

“……”

是兴冲冲赶来的小阎救了我，他来通知我去乡上开会。去乡政府的路上，经小阎念叨，我才搞清是关于董爱翠的最新情况通报会。原来，昨天晚上我和史建川喝酒那阵，乡上接到土门乡打来的长途电话，他们在本乡鸡鸣村妇女杨云鸽家里堵住了董爱翠。二人是初中同学。突击队冲进去时，董爱翠正在灯下给杨云鸽的儿子辅导“三角形两边之和大于第三边”呢。小阎喜不自胜地告诉我：“土门这次给我们九十里铺掌大脸了。”我有意引蛇出洞：“史乡长当年在土门分管过计划生育，人走情义在，那边一定给史乡长面子喽。”小阎却摇摇头：“史乡长在土门时人缘并不好，人家土门的大礼，是冲邱书记来的。”我就觉得有意思了，故意轻描淡写：“此话怎讲?”小阎的口气诡秘起来：

“邱书记进城的呼声很高，人家土门拿下董爱翠，等于把邱书记往前推了一把。人在江湖，将来邱书记进城了，也是个大面子。”

通报会上，邱敦仁对土门的协作精神给予了高度评价，并特别指出，路遥知马力，日久见人心，土门这次是真正的危难时刻拔刀相助，而这一切，离不开史乡长当年在土门打下的良好基础，也离不开史乡长在兄弟乡之间的桥梁和纽带作用。他同时强调，为了避免节外生枝，夜长梦多，按照双方电话约定，决定委派一名九十里铺的领导同志前往土门，配合那边的卫生院对董爱翠就地实施手术。

“我去吧！董爱翠是在我手里跑掉的……”甄塬良说。

“我理解塬良同志的心情，老同志，总想站好最后一班岗啊！这点，值得我们年轻些的同志学习。”邱敦仁说，“还是请建川同志辛苦一趟，那边的情况，他熟。”

“没问题，一直想看看土门的弟兄们，这机会来得漂亮。”史建川表完态度，又情不自禁地乐了，“哈哈哈，大家瞧瞧，连土门的狗也怵我哩，土门那边的行动，就没听说有狗叫。”

会后，小阎按捺不住激动的心情，悄悄把我拉到一边：“秦组长，您还记得您给我指导的那条信息吧，只有上半部分，没有下半部分。如今，这下半部分不但有了，而且还出人意料的精彩，简直是山重水复疑无路，柳暗花明又一村啊！您看是不是……”

“哈哈哈哈。”我忍不住仰天大笑。

“哗啦”一声响，是什么东西掉下了。我以为是小阎手里的文件夹——的确是文件夹，不是小阎的，而是小雷的。小雷呆呆地伫立在几步开外，在风中一动也不动，散落的文件像受伤的蝙蝠一样在地上扑腾。“秦书记……”小雷说，“过几天，您就要离开了。我，还能去团县委看您吗？”

返城后的相当一段日子，我脖子上始终系的是那条马海毛围巾，同事和朋友们艳羡不已，都说从来没有见过这么漂亮的围巾。围巾第一次在家里亮相的时候，妻子的眼睛立马放出光来，那是时尚女性突然发现精美钻戒、服饰才有的蓄满全方位审美信息的眼神。“哪卖的？多少钱？”“是……集镇上卖的，多少钱来着……唉，看我这脑子。”妻子提到钱，一下让我措手不及。

“有女款吗？”分明是迫不及待的口气。妻子亲自为我系好围巾，左端祥右审视，手指一遍遍从围巾上滑过，这里轻轻抚一抚，那里轻轻抻一抻，像疼惜一朵刚刚出苞的花儿。

我当时的果断决策完全出乎我的意料，原计划给妻子的那条围巾始终没有拿出来，第二天就悄悄带到了单位，掖进我办公室的抽屉里。可这样一来，提心吊胆、如坐针毡的日子也接踵而至。堂堂一位领导干部，掖着一条女性意味太过明显、太过浓郁的围巾，与恋物癖有什么区别？这样的教训在机关不是没有过，某部门有位青年干部不幸在车祸中身亡，领导和亲属在清理他的办公桌和柜子时，发现了大量女人的贴身用品：内裤、睡衣、乳罩、丝袜……没有一件是他妻子的。——后来，薛长贵的女儿雯雯成了这条围巾的主人。雯雯考上了澳大利亚的一所著名大学，给她那位计划外超生的弟弟打前站去了。临行前，当我把围巾送给她的时候，她“哎哟”一声合不拢嘴：“太漂亮了！伯母有吗？”伯母，就是我妻子。我赶紧提醒她：“你伯母的围巾已经很多了，不过，咹，这事你不要告诉她。我只是觉得，在澳大利亚，这条围巾更显得有民族特色一些。”雯雯立即激动地给了我一个拥抱：“一直以为，您对我们这样的超生家庭有偏见呢。伯伯真好！”这一茬的孩子真是太势利了，我们全家设宴欢送她的时候，她只顾往我的碟子里夹菜，对我妻子，只是偶尔表示一下两下。还没走向社会呢，已经懂得姿态了。

围巾终于眼不见心不烦地漂了洋，过了海。可我内心始终没有消停下来的意思，每当夜深人静，我常常被狗叫声惊醒，我无法复原梦中的那只狗到底是什么模样，姑且是邓友奎描述的那种样子吧，但那叫声太真切了："汪汪——汪汪汪——"

我非常希望小雷真的能来一趟，但他始终没有来。

2015年12月16日初稿于天津观海庐

2015年12月22日再改于天津观海庐

（载《长城》2016年第4期）

烧水做饭的女人

1

花儿被盯上了，盯上花儿的不是蜜蜂和蝴蝶，而是被一个比蜜蜂和蝴蝶更巨大的可以称作高级动物的男人盯上了。花儿比盛开的花儿还要好看，花儿是雀儿村小学民办老师王世界的女人。盯上花儿的男人当然不是王世界，谁？乡党委书记田博才。一个年轻女人被别的男人盯上，这故事就没理由不精彩，况且男人的身份不同于任何一个山里泥巴汉子，人家是方圆几十里有名有望的乡党委书记，这就注定了故事的不一般。你花儿如若不想有故事除非你不是花儿，谁让你是花儿呢？你如果长成猪屁股脸麻秆子身材，保证除了王世界别的男人看你一眼都嫌碍事呢，看你不如看猪吃屎狗撒尿驴配对。

乡党委书记田博才盯上花儿是20世纪90年代的事情。田博才盯上一个女人那是非同寻常的事情，就像发情的公牛，一旦瞄上一头毛色耐看的母牛，就执着得不得了，非得撇腿不可。田书记一般情况下是很少到这山大沟深的雀儿村检查指导工作的。那次实在是被逼急了，非得他这主帅亲自出马当一次先锋官不可。县里的各项指标压得紧，该瞎编的都编上去了，但是乡统筹、村提留和县直各部门给下面多如牛毛的税费和罚没款，那可是县、乡两级财政的命根子，一个子儿少不得。去年的指标没完成，乡党委一班人都觉得头顶的乌纱有点悬。更栽面的是，给全乡拖了后腿的雀儿村居然有人给省政府写信，说是乡里农民负担越减越多，解决“三农”问题是燃眉之急云云。省里一过问，弄得县里灰头土脸，县长把田博才骂了个狗血淋头，弄得田博才窝了一肚子的火。刚过完正月十五，他就带领乡派出所的干警和联防队员，浩浩荡荡杀进雀儿村。拷了几个钉子户，全村人一下就蔫儿了，当天就超额完成了各项税费收缴任务。那晚田博才心情好了许多，在村长家酒也就喝得有些多，麻将没打成就睡成猪了。第二天车队就要凯旋时，松软的日头刚好探出山顶，每个人的脸上都写满如释重负的欣慰。

车队经过小学时，正好花儿在院中的露天锅台前给师生们烧水。花儿穿的是大红袄儿，很艳，在校园内外残雪的映衬下，像一树开得很旺盛的、很鲜活的红梅。花儿很勤快地忙乎着，又是扒拉柴火，又是往锅台上一溜儿的暖水瓶里盛开水。浑圆的屁股一撅一撅的，辫子一甩一甩的，这就使全身凹凹凸凸地显示出无限风光来。从锅台上升腾而起的白花花的水蒸气呈云雾状，花儿整个一个人儿就像雾中花云中月，在早晨的阳光下绰约而含蓄地美丽着。

田书记的眼睛就有些发直，还有些干涩，仿佛罩在花儿身上的目光很快就把眼眶里的水分吸收干了，来不及补充水分。他使劲眨了眨眼睛，似乎觉得两只眼睛已经不够用，就索性把目光收回来，郑重其事地对陪同的干部说，百年大计，教育……教育……好像是为本吧。

田书记脸上写满了领导同志特有的那种责任感、使命感和强烈的忧患意识。残存的酒精从鼻孔呼出来，空气发酵得有些庄重。

同志们抢着说是啊，是啊是啊！

田书记朝车队挥挥手，说你们先走一步，总结一下这次突击雀儿村的经验，我再看看这个村的教育事业，然后回去。

田书记下车前，下意识地伸手向右拢了拢有些稀疏的额发，又抚摩了一下泛青的光洁的下巴，暗自庆幸在这之前把拉拉渣渣的胡子都刮了。皮鞋的亮色很醒目，折射出的两道白亮的光线随着两只脚的移动在闪闪烁烁地游走。鞋是村长亲自擦的。村长是用大家喝酒的间隙，就把这活很漂亮地完成了。当时田博才并没觉得有啥不妥，如今更觉得村长的劳动是多么及时和必要。走进破旧如羊圈的校园的时候，他长长地呼出了一口气，尽量让腆起的酒精肚内敛，耸耸肩，使披在肩上的黑呢子大衣更为飘逸、大样一些，脚跟和地面保持一种富有节奏的张合感，显得颇有弹性，这样连他自己都觉得有了一种陡然年轻的轻飘感。其实，这一系列旁人无论如何也察觉不到的细小变化，更像发情的公牛见了母牛，总忘不了把浑身的皮毛无端地抖一抖，尾巴夸张地摇一摇，外加一个响鼻，然后才堂而皇之地靠上前去。连田博才自己也觉得这种心理状态有些邪乎，这些年在乡上的村村寨寨，过手的女人根本不在少数，俘获一位女人从来都是面不改色心不跳，每次都是以领导干部特有的成熟和老道主动出击，连措施都用不着制定就狠抓落实了，而见了这个穿大红袄儿的女人，他仿佛像个初恋状态的傻小子，尽管脚步没有乱，但那种矜持和不自在，哪像个四十五岁正科级党委书记的水平？

校长激动得像见到中央首长似的，嘴都合不拢。额头上的皱褶层层叠叠地就有些生动，阳光能探照出皱折深处那黄土一样的尘垢。校长老早就伸出了双手，从办公室颠儿颠儿地迎出来，双手径直向前平伸，像是小心翼翼地端着一个看不见的盛满水的盘子。田书记和校长握了手，却并不进屋，环视着整个校园，这就等于在视察校园环境和基础建设了，瞳仁里，跳动的却是花儿那红艳艳的棉袄。

花儿礼貌地回头看了田书记一眼，而且还善意地笑了，笑中含有山里小女子见了大人物特有的羞怯和紧张。花儿继续着手中的活路。但花儿的这一眼一笑，却验证了田博才的判断。田博才暗自感叹，这女人，还真可以！

校长说我咋说喜鹊叫得热闹，原来是咱们的父母官驾到了。

洋槐树上果然有喜鹊跳来闪去地喳喳叫。山里的喜鹊未必能分辨出谁是当官的。喜鹊的兴趣没有停留在谁官谁民的问题上，喜鹊感兴趣的是颜色有些斑驳的吉普车，这玩意儿前面圆睁两眼，马达声像老牛叫春，屁股后边扑扑扑地直冒青烟，着实使喜鹊们兴致盎然。

校长不停地搓着手，两只握过锄头捏过粉笔的手上还留有田书记绵软的手传递过来的余温。手都搓出汗来了才意识到自己大小也算个角儿的，于是颇显风范地抻直了中山装的衣襟，不失时机地把自己摆放在田书记的视线内，唠唠叨叨地汇报着学校教育教学情况：近年来，在乡党委和县教育局的领导、指导、关怀和重视下，在雀儿村村委会的支持和配合下，在全体村民和教职员工的共同努力下，雀儿村小学按照党中央关于教育工作的一系列路线、方针和政策，自觉发扬艰苦奋斗的优良传统，克服困难，迎接挑战，不断开创教育教学工作新局面，为祖国培养下一代……雀儿村小学现有教职员工六人，除了我是公办外，其他都是民办和临时工，他们分别是王世界、赵瘸子、王爱党、王拾钱和花儿。现有教学班五个，在校学生一百一十人……

校长的汇报不但老道而且很有分寸，譬如恰到好处地把乡党委放在了县教育局的前面。但是田博才似乎更关注教职员工的生活情况，和蔼可亲地对花儿问寒问暖，一副关心农村教育事业的样子。

校长发现田书记对他的汇报兴趣不是很大，怀疑自己的汇报可能缺乏新意，吸引力不大，于是又补充汇报了几件特色工作：近年来，我校积极响应乡党委的号召，千方百计抽调优秀教师配合乡工商所、税务所的同志，挨家挨户催粮要款……

田书记果然欣慰地笑了，说，经济建设嘛，那是中心工作，我也不是不知道老师的职责是教书育人，把教师拉上去，实在是没有办法的事情。现在有人向省里告我们，说我们这里“三农”问题这个了那个了，这种认识是错误的嘛！你想想，县里的国有企业都垮没了，个体私营企业的税又收不上来，钱袋子只能靠乡里，乡里靠村里，村里靠村民，谁向农民要去？这样发展下去，把乡上的干部编制扩编成第四野战军都不够啊！听说，五十里铺乡连卫生院的护士都吆喝到催粮要款第一线了。

田书记说到这里，拍了拍校长的肩膀，像是一种奖赏。

校长说您说的是，您说的是，报纸上都说了，提高认识，统一思想，开拓进取，敢为人先，要大胆地闯，大胆地试嘛。

田书记的语气突然柔和得有些发黏，问工作怎么样？生活方面有什么困难吗？

校长刚要接茬，才发现这话是问花儿的，就抢了一句，您好田书记，我给您解释一下，她不是老师，她是我们学校的临时工，烧水做饭的。

田博才说你这话就不对了，革命分工不同，烧水做饭也是为了支持农村教育事业嘛。

这话其实和批评没啥两样，分明在暗责校长的眼光太鄙俗太势利，不像人家田书记站得高看得远。校长红着脸说那是那是。

花儿进屋了。

田书记在几个教职工宿舍转了一圈，就钻进了花儿的宿舍。花儿的脸色有些惨白，惨白得像一张白纸，心里虚得像只挂在墙上的空粮袋。他唯恐田书记冷不丁质问一句给省里写信反映“三农”问题的，是你们两口子吧，那可就天塌地陷了。吊在嗓子眼里的心，把全身弄得有些僵硬。她都不晓得头是不是还长在脖子上。谢天谢地！田书记并没这么问，只说了些伟大的祖国有十几亿炎黄子孙，其中有八亿是农民，没有农业的现代化就没有中国的现代化，所以农村教育事业是关键是根本是基础之类的话。

花儿听着听着就不住地点头，这才发现头还在脖子上存在着，而且脸色也渐渐有了血色和羞涩，喘气也均匀了许多。

田书记待了一会就走了。

田书记离开校园时还没下课。王世界提前从教室里奔出来，一头扎进宿舍，见花儿面容如初，情绪正常。跳动的心才逐渐恢复了正常，说，我以为，田书记来学校，是追查给省里写信的事情呢。

花儿说，他给我讲大道理呢，差点把我吓死了。听说，村里的上访户杨爱民，因为拦截田书记的车队，告村长不公开村上的财务，被联防队用车拉到乡上去了。

王世界却不接这个话茬，说，刚才在教室，见田书记进了咱宿舍，我的腿都软了。

花儿说都是我惹的祸，不该让你给省里写信。

王世界说不怪你，谁让咱们雀儿村人的日子这么苦呢。

花儿的眼圈就红了，嘴角抽动了一下，泪还是没掉下来。

2

从此，田博才便经常来雀儿村，本来平时吉普车都是停在村头的麦场上，但他说，车是公家财产，别让山里的驴踢着、猪拱着。

于是吉普车就停在小学院子里了。

田博才每次下车，免不了到王世界两口子的宿舍里坐坐。只是王世界去教室上课时，田博才坐的时间更长。终于有一次，王世界进沟挑水去了，田博才乘机摸了花儿的手，弄得花儿脸上红一阵白一阵，她当然不敢声张。田书记是何等人物啊，田书记比校长的官大哪去了，他咳嗽一声，自己男人的民办身份说黄就黄了。田书记走后，花儿恨恨地盯着被田书记摸过的那只手，恨不得拿菜刀把那只手剁了，扔到茅坑里或是投到院外喂狗。但是，想毕竟是这么想，后来花儿把那只手打了几遍肥皂，洗了好几遍，就像清洗例假期间浸湿了腌透了的内裤。

不过明显的是，校长平时看着王世界两口子总是不顺眼，没个好声气，一天到晚牛气烘烘的，但自从田书记到花儿屋里坐坐，校长的态度便大变样了，时不时还朝两口子客气客气，一副关心下属的样子。

校长长着一副窄条状的长脸，额和下巴差不多一样大小，给人一种上下一般齐的感觉，两只眼睛就像拔河时在最较劲的时候突然定住了，距离远得有些失真，这就使干瘪的鼻子悬得仿佛随时都有险情发生，如果不是下面有两块厚厚的嘴唇抵挡着，仿佛就要掉进领子里来了。不知是肾脏功能过人呢还是动脑子少，五十好几的人了还是满头又粗又硬的黑发，他把这黑发用梳子朝后梳理过去，一下就和全村的农民区别开来了，有了一种知识分子的意思，再加上平时洗得干净的中山装，又比农民多了一种说不清楚的气质，于是那张并不怎么受看的长脸就长得有些意味深长了。村人把这种脸谓之驴脸。事实上校长小名确实叫张驴儿的，村人背地里仍然这么叫，但教职员工们不好这么叫，叫他场面上的名字张中华。这个名字总让人联想到锦绣山河，物宝天华，或者是祖国啊、母亲啊啥的，神圣得够可以。

张中华校长对王世界两口子的态度有所变化并不是没有缘由。张中华其实早就想摸花儿的手了，只不过没有田书记那个胆子。他平时也常去花儿屋里坐坐，每次都乘王世界不在，琢磨着送花儿点啥，譬如几尺花布、一斤毛线啥的，但总是像青皮少年似的，心儿跳跳得拿不出手，有几次硬是把几个烤玉米棒子塞到了花儿手里，还抖抖索索的，脸也涨得发烧，好在自己是一张大黑锅底脸，再红也表现不出来。有几次他的目光像电线一样延伸过去，试图和花儿的目光对接，哪怕产生一小点的火花也好，但对接是对接上了，却像是对接在了麻绳上，一点火星子都没有。花儿总是说些客气话，仿佛面对的是一位慈祥的父亲。

他张爷，您来了。

他张爷，您慢走。

他张爷……

花儿管张中华叫他张爷，而不是称作张校长或者是亲昵地称作中华。——他张爷，那是把张中华敬到儿子爷爷的辈分上了，顾名思义，张中华就是花儿的父亲辈，这在村里是一种近乎神圣的亲情。轮上其他人享受像花儿这种漂亮女人的尊敬，那真是除了德高望重的感觉，还应有一种幸福和甜蜜的。但张中华心里却直犯堵：花儿你这臭娘们是装糊涂还是真傻蛋啊，我脑子进水了给你充当父辈给你儿子当爷爷辈啊！他为此一度十分生气，但这气似乎只是自己给自己生的，好像并没把花儿咋着，这使他又着急又无奈又无计可施。终于有次他见花儿那风光美好的身子进了屋，心里实在憋不住火，就咽了口唾沫跟了进去，而且一进门就反手把门关了。

花儿说，他张爷，您冷吗？就拿了铁钩把炉子里的火焰捅得老高。

张中华鼓足勇气说，我……我……我……我是心冷啊！花儿。

光我字就竹筒倒豆子似的吐出了一串，有点像秦腔里的叫板似的。说着就盯住花儿那乌黑的头发和领子之间细白的部分。花儿身上没有被衣服遮掩的除了一张生动的脸，大概就剩这点细白了。张中华不止一次地偷觑过这点细白，总觉得看不够，他觉得这细是那种瓷碗外围釉子般的细，白是往碗里搁了个剥了皮的鸡蛋才有的那种白，这么一想就有了一种饥饿感。这种饿不是那种腹内空空的饿，是一种心脏有些供血不足一样的饿，这种饥饿感让他连喘气也不均匀。说起来心脏病最忌讳的就是喘气不匀，弄不好一头栽倒，就会不幸以身殉职。

花儿从柜子里取出王世界的棉袄递过去，说，他张爷，把这个搭背上，暖一暖。

张中华刚要借势说我不要棉袄暖要你的身子暖之类的话，舌头刚翻了个卷儿，就见花儿把门拉开了，说，他张爷，您把衣服捂紧点，我把门开大点，煤气大了，打人呢。

门开那么大，冬日的阳光像卸闸的洪水一样扑进来，阳光被寒风夹裹着，并不显暖。渗在额头皱折中的细汗就像刚涂抹了一层清凉油，直往骨髓里钻。张中华有一种无处藏身的感觉，腾升而起的欲火瞬间就熄灭了。正是课间时分，门口不时有教师和学生又是跺脚又是抖弄着身子趋寒，还时不时打眼朝这边瞧瞧。张中华如坐针毡，只好表扬了花儿两句，花儿啊，不错，最近不错啊花儿，饭做得很香，水烧得很开，同志们都很满意，再接再厉吧！

花儿说，他张爷过奖了，我一定好好干。

张中华说，啥他张爷长他张爷短的，都是同志，我又不是没有名没有姓。

花儿说叫您姓叫您名，那就太远了。

张中华一时没有了下言。花儿却说出门慢走，风硬着呢。

张中华只好看看天色，说，噫，还真是的！收音机里预报了，明天有雪呢。

大白天得不了手，于是花儿便常常在他的梦中出现。好几次都梦见和花儿在场院的麦草垛后面干下半身的力气活呢。梦中是个夏天，穿的都比较简单。空气清爽，绿草如茵，厚实的麦草像柔软温暖的棉花。他就把花儿压倒在这棉花一样的麦草上。花儿穿着那件好看的粉红短袖衬衣，鼓鼓的胸脯绷得紧而圆。花儿像小南风中盛开的牡丹一样张开了所有的花瓣，任他翻来覆去地玩闹，可惜这么好的机会，力气活却干得不是很顺畅，自己的动作总是猥猥琐琐，下面的小老弟怎么也调皮不起来，不但调皮不起来，还有点被夹得生疼的感觉，疼急了，就只好求饶：花儿啊花儿，我的好花儿，你松点好不好！我怎比你们年轻人有劲，我是上岁数的人了。

这当然是梦话，醒来后才发现自己抱着一个教学用的地球仪使劲呢，下面的小老弟被夹在地球仪的托儿和底盘之间，像一条搁浅在岸边石头缝中的泥鳅。好不容易拨弄出来，疼得像用过大刑似的。他一手捂着下面，一手拿烟锅狠敲脑袋：我他妈的啥兔子胆啊！平时见了花儿够稀松，梦里也是个窝囊废。田书记来了几次后，他胆子更小了，心儿再馋，也得看风向啊，舔人家乡党委书记碗里的油星子，那是脑子进水了。

3

田博才书记总来坐坐，终究会发生点什么事的。这就使王世界老师和老婆花儿有些诚惶诚恐、无可适从。花儿焦急地说，咱得快想办法，他都摸过我的手了。

王世界也急得抓耳挠腮，啥办法都没想出来。

花儿眼里漂着泪花，说，再不想办法，他如果再来，就不单是摸手的事情了。

王世界已经急得有些面红耳赤了。狗日的这次是摸手，下次是不是要摸头发、摸屁股，都是说不准的事情。自己平时所有的精力都投身到教育教学上了，除了两口子提心吊胆给省政府写过一封信外，很少在教育教学之外走脑子，如今面临这么一个棘手的问题，而且问题的严肃性、复杂性他都是始料未及的，他焦虑地盯着桌上那厚厚一摞作业本直愣神，每本作业本上都有他准确无误判断后打出的勾或叉，而这个问题是打钩好还是打叉好，他却没有了一点解决问题的悟性。

最后倒是花儿出了个主意，说，以后，田书记来，紧要的当口，你打发学生来门口喊报告吧！

王世界茅塞顿开。他觉得自己的老婆真是聪明无比。花儿出的这个主意并非是花儿首创，而是从实践中总结出来的。花儿刚搬到学校和王世界一起住的那阵，两口子晚上免不了要幸福一场的，但好几次，好事才开了个头，也就是人们常说的刚渐入佳境，门口却传来了上晚自习的学生喊报告的声音，小两口吓了一跳，立马就像两尊联体雕像似的陈列在床上了。后来的事情就是慌慌忙忙各自收拾家伙，穿衣戴帽，把学生客客气气地迎进来。王世界很快就调整好了状态给学生传道授业解惑，而花儿无论如何也从那佳境中回不来，就像硬要把已经绽放的花朵，一瓣一瓣地收拢起来重新变成花蕾，那是多么困难的事情。花儿的脸红成了红绸子，她羞涩着脸朝墙，把目光使劲停留在年画上。年画上，有个穿兜儿的胖娃娃抱着一条憨憨的大鱼。

这样的事情，不是一次两次了，怪谁呢？谁也不怪！谁让一个是光荣的人民教师，另一个是光荣的人民教师的家属呢。

实践证明，在对付田书记的问题上，这个办法大获成功。

有次花儿独自在屋里摘菜，田书记来了。如今田博才每次来小学，校长再也不会颠儿颠儿地出来迎接，而是知趣地像掖柴火似的把自己掖在屋子里佯装读书看报。这次田书记进了花儿的屋子，似乎对摸手已经不过瘾了，看样子是想亲花儿一口的。这比花儿两口子预想的还要糟糕，看来问题的严重性已不仅是摸这摸那的问题，而是要像狗一样下口了。田书记的嘴冒着酒气和烟味，嘴唇噘成鼓鼓的鸡屁眼状。鸡屁眼是朝花儿那圆润饱满的花骨朵一样的嘴唇伸过去的。但田博才根本没料到几十米远的五年级教室里，有一双愤怒的但却是怯怯的眼睛朝这边窥视。花儿的脸涨得通红，眼看鸡屁眼就要够着花骨朵了……

报告——

门口一声清脆的很响童音。应声进来了一个虎头虎脑的、衣衫褴褛的少先队员，怀中抱着一摞作业本。胸前的红领巾被山风和日头剥蚀地有些发白。

田书记惊得脸色煞白，大概是刚才过于全神贯注了。但田书记毕竟是一级地方党委的主要领导干部，怎能被脖子上系着红旗一角的山里娃娃所吓倒，于是神态瞬间就恢复了正常，恢复了正常就不能不对祖国下一代有所表示，于是伸出那只摸过花儿手的手，抚摩着少先队员的头，语重心长地说，好好学习，天天向上啊！

少先队员走后，田书记的嘴又伸过来了。

报告——

这次进来的是班长刘二球子，来交教学日志。田书记再一次惊了一下，不过这次有所适应，惊吓的程度没有前次严重。他照样表现出了领导干部超然的风范，拍了一下刘二球子的肩膀，说，记住，为中华之屈起而读书啊！

不料刘二球子却仰起头说，报告领导叔叔，不是屈起，是崛起，是为中华之崛起而读书。

田书记愣了一下，就嗬嗬嗬地笑了，说好好好！我在考你呢，你答对了，真是好学生啊。对毛泽东同志的名言，我们都应该知道一些的。

刘二球子说，不是毛泽东，是周恩来的名言。

田书记和蔼地说，对对对，但是名言产生以后就是大家的，周恩来讲过，毛泽东讲过，我们大家都讲过嘛。

刘二球子疑疑惑惑地走了。

当田书记的嘴第三次伸过来，门口第三次响起报告声后。田书记显然没什么耐心了，同时也没有了情趣，似乎要走了，但仍然忘不了伸出手和花儿告别，只是手握得有些不太规范，一是时间太长了，二是握得太满了。花儿的手在田书记的手里，就像被河蚌捂在壳里的一片嫩肉，其实更像捏在厨师手里的面团。从那以后，田书记再没来过雀儿村。两口子有了一种革命最终取得辉煌胜利的感觉，浑身轻松得像卸了妆的演员，回归到了正常的生活状态。

正常的生活状态是需要幽默和浪漫的。民办教师和临时工身份的小两口少不了生活的乐趣和愉悦。王世界最高兴的事情是班上的学生得双百、得小红花和奖状；花儿最高兴的事情是坐在灶前的木墩上看师生们吃她做的饭、喝她烧的水。把这些高兴加起来，就变成了兴奋，兴奋极了就是亢奋，亢奋了就上床幸福一场。喊报告的办法成功后，两口子幸福的时刻就添了些幽默和浪漫，譬如临战状态，上面的一个会一脸坏气地说：报告！

而下面的那位会杏眼含娇地应：进来！

床上的事情就花样迭出，异彩纷呈，弄得两人都很美好。

咱们终于赢了。王世界说。

咱们赢了。花儿说。

给省上写信的事情没把姓田的咋着，没想到从这方面赢回来了。

咱当农民的，赢一次当官的太不容易了。

来，咱再庆贺一番。

花儿娇羞地笑了，两口子又乐成了一团。单薄的柳木床板兴奋地呻吟了一晚。

其实小两口都轻视了田博才脸皮的厚度。田博才的脸皮并没有他们想象的那么薄。他本来忍不住了还想来的，但有一次在镇子上碰见了前来赶集的校长张中华，张中华说，田书记，您来我们学校指导工作，我们很温暖。我们每次都为您准备了鸡的，您太忙，都没吃上。有次您正和职工在屋里谈心，民办老师王世界打发学生一次一次在门前喊报告……

田博才微微怔了一下，他没想到那次学生喊报告还有这么多由头，也就是说，自己堂堂乡党委书记那次被花儿和他男人王世界联合起来给耍了，这无论如何是件让自己丢人现眼的事情，但这么丢人的事情从张中华嘴里说出来，他听着感到浑身不自在，既然张中华是知情者，那么，不能排除张中华内心深处有看他笑话的可能，于是就对张中华产生了强烈的反感，就没理睬这个话题，而是换了个话题说，你是校长，乡村教育，担子不轻啊！

而张中华却不识时务地纠缠在前一个问题上不放，说，您是堂堂乡党委书记，我们实在不愿看着您的威信被我们的两个小职工糟蹋了。

田博才弄得很尴尬，很想破口骂句你他妈的别茅坑里冒臊气了，但考虑到面前恭候着的毕竟是一校之长，好歹也是农民心目中的大知识分子，就把火咽到了肚里，不咸不淡地握了一下张中华的手，客气地说，当老师，辛苦哇！请慢走。然后挥挥手，意思是再见了。

田博才不来村学了，张中华又牛气烘烘了。

4

转年秋上，王世界突然又看见田书记的吉普车了。王世界是在山沟里往学校灶房挑水时看见田书记的吉普车的。他老远望见，乡政府的吉普车突突突地沿着盘山公路七拐八拐地往雀儿村爬，卷起的尘土像傻子放屁一样在车轮后肆无忌惮地挥洒着。王世界想，田博才这狗日的这么多日子没来雀儿村，今儿突然光临，肯定有啥事情，既然来了，是不是又要朝花儿骚情骚情，真说不准。狗日的没缠上花儿，如今肯定急成老叫驴了。应了一句话：狗骚情没命了，驴骚情没驮了，人骚情没治了。民办老师王世界这么想着，挑水的脚步就加快了许多。无论如何得赶在田书记前面，不能让他占花儿的便宜。

防患于未然嘛，不！不是防患，已经到救火的份上了。

赶得太急，水就洒了好多，最要命的是长年吃粉笔末得下的哮喘病又在这节骨眼上来劲了，弄得他呼呼呼喘粗气，干使不上劲，终于累得一屁股坐在坡上起不来了。他心里默默地祈祷着，花儿，我的好老婆，你可千万别被这狗日的得手啊。他妈的，这个哮喘！

这不是王老师吗？有个肩扛铁犁、吆着牲口的村人从坡那边过来。

王世界认得是五年级学生班长刘二球子的爹。刘二球子的爹不由分说，挑起王世界的担子就走，弄得王世界很感动。只好说，那我替你扛铁犁吧！

刘二球子的爹说，王老师您就别客气了，我文化没有，蛮力气有的是。只要我娃在学校能读几本书，我帮您挑一辈子水都值啊！

王世界发灰的心倏然一亮，便觉得自己从事的职业又高尚、神圣了许多。村人对子女寄予的厚望和对知识的渴求，一直使王世界心头有一种难以喻说的庄严感和使命感。刘二球子现在已经不叫刘二球子而是叫刘振邦了，这是王世界给起的名字，村人把学龄儿童送到学校时都喜欢让王世界给取名，这体现了村人对王世界的无比信任和尊敬。王世界其实对自己的名字也不喜欢，王世界的名字是小时候父亲给他取的，父亲当年在农业社参加集体学习时脑中留下最深刻印象的一句话是：全世界无产者联合起来。于是灵机一动，给当时还叫王求娃的儿子改名王世界了。王世界总觉得自己的名字太大了，大得有些不着边，有种铺天盖地的感觉，巧的是，校长张驴儿在场面上的名字偏偏叫张中华，这就使王世界思想深处有些尴尬，自己的名字似乎一直在和校长的名字较劲。中华这个名字再气派，毕竟才是世界里的一分子，于是觉得有些对不住校长。但是让他引以为荣的那一摞县、乡级优秀教师、优秀班主任证书上都是王世界这个名字，也就是说他这个名字已叫响了，成了一个光荣而特殊的符号，于是又舍不得改了。得了，世界就世界吧，邻村还有叫宇宙和地球的呢。

回到学校，王世界见吉普车像一堆猪屎似的趴在院子里，花儿正在给老师们做晚饭，就悄悄问，那狗日的呢？

花儿说，一下车，就和干部一起径直去村长家了。我打听了，这次来村里除了催粮要款，还要拔掉计划生育钉子户，重点是大月份引产和一胎放环。有钱的罚钱，没钱的拉粮食牵牲口。要在村长家住几天呢。这几天晚上，你哪儿也别去！

王世界点了头，赶紧去上课。但张中华却把他从讲台上喊出来，说，世界，下午给你们班安排半天劳动课吧，把我家后梁上那块地的玉米掰了。

王世界一听，胃里像是吞下了臭虫，有些呕。他本想说先过一过吧都快单元考试了学生复习要紧啊，但话到嘴边又吐不出来了。现在正是玉米露黄牙的当口哪有过一过的，这明显是和校长叫板了。不管怎样，王世界的火蹿上来了。自己每年都把五年级这一关。五年级这一关多重要啊！升学的压力大着呢，但校长更在乎的却是如何利用五年级学生这帮劳动力给自己忙乎。只因为五年级的学生有点体力，每届学生都成校长家的童工了，每年割麦打场薅草施肥，都得把五年级的学生拉上去。学校本来在李家坟那边有一亩地的勤工俭学基地，却一连荒了好几年。村民们对此意见很大。最近几年各村小学升初中，雀儿村总拿第一，只不过是倒数的。弄得王世界脸上一直很没面子，为此他和校长争了几次，争来争去自己还是妥协了。在校长跟前，他毕竟气短。当年自己高中毕业后为了当民办，除了给校长耕了十亩地，过年时还搭进去五斤腊肉呢。后来，校长又说咱学校还缺个做饭的呢，干脆也让花儿来干算了。王世界感动得差点磕了个头。他当然不晓得，校长让花儿做饭，是因为校长心里馋花儿这个人呢，如果不是因为眼馋心馋，校长早把自己的黄脸老婆弄来做饭了。他的小算盘很鬼精，决不会让老婆在家里干晾着。在学校，校长就是掌柜，他王世界只是个伙计的份，牛气不得的，不过这次王世界心里的火可是越窝越大了，他再也不能对不起自己的学生，他有责任顶回去。

张中华显然看出来了，说，怎么？八字还没一撇呢，就硬起来了？

王世界不由出了一身冷汗，他知道张中华指的是民办转公办的事。听说今年乡上给雀儿村小学分配了一个转正指标，在张中华手里攥着呢。这几年县上给乡上分配的转正指标，一年也就两三个，前几年轮到雀儿村一个，都认为非王世界莫属了，谁也没料到这个指标是戴着帽子下来的，指名道姓给了论资历没资历论能力没能力的女民办张芍药。后来有人传言，张芍药每次逢集去镇上，都喜欢去乡政府转转。有人看见她谁的办公室不去，只去田书记的办公室，一进去就是个把小时。这时间说长不长，说短也不短，男女间干一场二场倒是有余头，还能从从容容地整理一下战场。反正不久她就转正了，还调进了条件最好的乡中心小学。女人和女人就是不一样，花儿和张芍药的关系最初是不错的，如今花儿见了张芍药，就像见到了茅坑的臭石头，理都不理，看一眼都反胃。

乡中心小学位于镇上，与乡政府毗邻，校园建设得要多美有多美，有教学楼，有花圃和操场，还有电教设备和电脑室。老师是清一色的公办，连一个民办都没有，而且五十多名教师大都受过正规师范教育。这几年，县城的学校都严重超编了，有不少城市籍的师范类中专生、大专生也只好来这里低就，这就客观上优化了教师的知识结构和整体素质，教育教学水平自然顶呱呱了。她张芍药那几刷子居然能在这人精窝里显摆，算老几啊？

想起这个王世界的火就呼地上来了，冲校长吼，转正不转正又不是你说了算，你别老拿这个压人。

张中华说，转正我不一定说了算，可往上报不报我的话不能不算吧。

王世界说，随你的便吧，我就是不让学生娃给你当童工。

张中华反而笑了，说，好好好，就你王世界志气大，五年级我使不动，还有四年级呢。你要搞清楚，你这是破坏学生劳动锻炼。

王世界豁出去了，说，四年级娃娃那么小，你……你这是作孽。

张中华怔了一下，说，我看你是真的不想吃这碗饭了？咱打开窗子说亮话，村里的王长求、刘扁食、刘歪歪今年高中毕业，正愁没事干呢！

这个王世界心里很亮清，他好几次看见，王长求、刘扁食、刘歪歪他们几个，每次从镇中学放学回村，不是直接回家，而是饿着肚子，抢着往张中华家的地里跑。那种甘愿为奴的态度和全力以赴的投入，和当年自己给校长耕十亩地的劲头差不多。不同的是，他们几个都是病歪歪的差学生。这年头农民都不敢在赖以生存几百年几千年的黄土地上种庄稼了，城里人生产和培育出来的农具、化肥、农药、种子、地膜都是天价，把农民当唐僧肉吃，农民一种地就赔本。城里的那些大中专院校也对农民子弟张开了血盆大口，一张口就要好几万，山里学生谁还敢考大学考中专？初中一毕业，就一把火烧了书包，折断钢笔，卷起铺盖出山当民工去了。除了缺胳膊断腿的，谁还眼馋民办教师这半碗没油没盐的清汤。他王世界要不是为了学生娃，早该出去闯荡闯荡了，还受校长的窝囊气。王世界常常怀疑自己的选择，都啥年代了，这世道最有魅力的是权力和金钱，而他却死不改悔地迷恋三尺讲台，无独有偶，花儿这么美的女人，也是偏偏不嫁专业户不嫁包工头，乐意陪他受这窝囊气，不好说这是不是一种崇高和境界，但遇到过去不怎么看重权力和金钱的年代，两口子肯定胸前能戴上大红花，而今倒好，人活成驴了，心苦成茶了，气短成屁了 。

想到这里王世界就更来气了，说，张驴儿，你听着，要不是为了雀儿村的娃娃，你让我给你当爷我都不干，你把我王世界也太看扁了。

王世界偏偏不叫他场面上的名字张中华，而是和村人一样叫他张驴儿。

张中华不但没恼，反而笑得更开心了，仿佛对方不是在顶撞、指责他这个顶头上司，而是在义务为他表演精彩的单口相声。张中华笑完了，说，有志气，有出息，好好好！

王世界不是不明白校长张驴儿的笑声，这笑声和威虎山上坐山雕的笑声没啥两样，坐山雕的笑意味着要杀人了，张驴儿的笑当然不会杀人，但张驴儿的笑最少说明你王世界可以打起背包走人。

下午，果然见四年级班主任、民办老师赵瘸子在操场嘟嘟嘟地吹哨子集合学生，四十几号学生个个背着背篓，像一只只羸弱的、脏兮兮的小毛驴，排着长队，由体育委员刘有钱喊着一二一，走出破败的校门，沿着羊肠小路向后梁进发。赵瘸子初中都没毕业，是先天性小儿麻痹，因为没法干农活只好当民办了。他一拐一拐地跟在学生队伍后面，晃天晃地的，像玩具里的不倒翁。都三十岁的人了，连个老婆都没有，在哥嫂那里低声下气地看脸色混汤喝。

王世界看不下去，追了上去，说，赵老师，四年级的学生娃这么小，你忍心啊！

赵瘸子说，不是忍心不忍心的问题，咱都是读书人，谁不知道保护少年儿童的合法权益啊！

那你还把学生往后梁赶？

唉！王老师，违心的事情你我不是都是在做吗。这几年乡上要求教师以经济建设为中心跟在乡干部后面登门入户收税费，你最初也是牢骚满腹，后来还不是也上了第一线吗？

王世界说，那是上面逼的。

赵瘸子笑了，停住了晃动，一只脚撑了身体，另一只脚虚踮着，像个倾斜的树杈支在那里。他木偶似的耸耸肩膀，一脸世故地开导王世界：王老师，咱就别提谁逼谁了，咱们都是小人物，领导说咋办就咋办，何必呢！

王世界火了，冲体育委员刘有钱说，喊口令！让队伍停止前进，向后转！

赵瘸子急了，对王世界说，王老师，你可别这么做，你管你的五年级，我管我的四年级，井水不犯河水。你丢了这碗饭还可以出山干点啥。我赵瘸子丢了这碗饭，就只能死在炕上了。老兄你就做点积德行善的事吧。说完看都不看王世界一眼，边摇晃着身子边冲刘有钱吼：发号令！继续前进，目标，后梁，张校长家的玉米地。

好像是故意让王世界听的。

王世界气得脸色煞白。

耳边继续传来赵瘸子的动员：同学们！让我们吼起歌曲前进吧！刘有钱，你起个头。

刘有钱说赵老师，吼啥歌？

赵瘸子说电视里收音机里流行啥就吼啥歌。

刘有钱说耳朵里倒是灌了一些调子，但是都不晓得是啥词啊！咱又没音乐老师。

赵瘸子说那就吼秦腔。

刘有钱说吼哪段？

赵瘸子说吼带劲点的，就杨六郎的《提起来小奴才该杀该剿》吧。

刘有钱说男生可以，恐怕女生们的嗓子吊不上去。刘有钱接着说，赵老师，干脆请您给我们教首新歌吧！像收音机里经常唱的《春天的故事》《走进新时代》啥的，好听得很呢！

赵瘸子说你个十二岁的小娃娃懂个啥，那些歌人家深圳啊广州啊上海啊发达地区的人才爱听呢，咱们这里穷得像旧社会，你以为唱这些歌，你就在春天的故事里走进新时代了？你娃娃才十二岁，都经过十二个春天了，你以为你现在生活在纽约啊？这样吧，咱还是吼咱的老歌，大家坚持要学新歌的话，回头我给大家教唱《爱上一个不回家的人》。

同学们兴奋地异口同声：好！然后热烈鼓掌。

刘有钱说吼哪个老歌？

赵瘸子说就村里闹元宵时秧歌队唱的。

刘有钱亮起嗓门起了头：一呀更子里，预备——唱！

同学们就扯着嗓子唱开了：

一呀更子里月牙照窗台，
思想起情郎哥今夜里来，
烧炕炕暖被被乐开了怀，
等我的亲哥哥摸手手来。
……

老远。坡上。孤零零的王世界，在四年级全体同学的歌声中呆成了一棵光秃的洋槐树。

5

这是王世界讲得最吃力的一节课。板书，领读，讲解，提问，这些平时轻车熟路的环节，今天就像是在茅坑里淘粪，山道上担粪，庄稼地里撒粪，每一个环节都让人气喘不匀。更像是死了老爹，浑身松垮得像稀泥。讲完课，终于面无表情地对同学们亮了底：同学们，我今天是给大家上最后一堂课了，新的班主任不管是谁，你们都要好好学习……居然哽咽着说不下去。学生是无辜的，他的离去，殃及的是他心爱的学生。学生就像是被驴蹄子踩了的幼苗，啥时才能恢复元气啊！但是，能说他王世界是驴吗？

同学们不知道发生了什么事，都有些发愣。

晚上睡在床上，王世界的眼睛睁得核桃一样大。花儿的眼睛早已潮湿了，说，等转正，盼转正，都盼了八年了，没想到这么个下场。你真不该顶撞张驴儿啊！

王世界哇地哭了，说，学生娃，够可怜的了，还要给他当牛使。我能忍心嘛我。

花儿不说话了，这事情摊在她身上，她也会忍不住的。

王世界说，事情已经这样了，我更对不住的，是花儿你啊！哭得像个孩子。

花儿也哭出声来。王世界是20世纪80年代进的民办这个行当，那时村里已经实行了联产承包责任制。那阵子上面给农民没啥负担，还扶持农民干这干那，农民心气顺，干劲足，小日子推得有滋有味，王世界的民办教师也当得心花怒放。后来不晓得从啥时候起，农民负担越来越重了，民办教师在人眼里也变得下贱了，王世界尴尬得好几年连媳妇都娶不上，就在他心灰意冷的时候，长得像花儿一样的花儿却偏偏看上了他。两人在麦垛后面拉手手时，王世界惭愧地说，花儿，我一个月的工资才六十元，不如一个打工仔。

花儿说，我图你那颗爱娃娃的心，有了你，咱雀儿村的娃娃就有救了。不像我，是个睁眼瞎，这是我一辈子的痛啊！

王世界说，民办地位低。人家说打发就打发了。

花儿说，你真没出息，就不奋斗个公办？名正言顺地当一辈子正式老师。

新婚之夜，王世界从神仙般的境界中边用劲边表明决心：为了雀儿村的娃娃，为了你……吭哧吭哧……我一定要奋斗成公办，变成国家的正式老师，为咱山里的教育事业做贡献……吭哧吭哧……

花儿幸福地笑了，像鲜花一样给王世界一个人尽情地绽放。

那次乡上把转正指标戴帽给了张芍药，王世界两口子才明白光凭本事是转不了正的，转正原来是门大学问呢。王世界知道花儿心里苦；花儿也知道世界心里苦，谁也不知道该说啥好，就啥也不说了。

而这次，情况非但没有转机，反而要离开心爱的教师岗位了，这使他无论如何也无颜面对花儿。王世界发现，花儿的枕头被泪水湮得像从咸水里泡过似的。他心里像刀捅了一般难受。

王世界说回村后，我想贷款弄几百只肉兔，搞畜牧养殖，来钱快着呢。

花儿说咱恐怕不是那块材料，咱又不会偷税漏税。

王世界说咱照国家的规矩和法律做生意，咱不偷税漏税。

花儿说你当老师当成呆子了。你没听说，各村那些养殖大户如果不是偷税漏税，根本就赚不了钱，光上面的乱摊派就会把你压垮的，何况，逢年过节，还要给乡上的七站八所打点打点。咱根本就没有那个能耐。

王世界说，那——我就去城里打工。

花儿说，打工也不会被人家瞧得起，年底连个工资都混不上，城里人把咱靠力气吃饭的农民工叫流氓呢。

王世界噗嗤一声苦笑了，说，不是流氓，是盲流。

花儿说，事到如今，你去当盲——流——流氓吧。我不挡你了。

王世界说，就这条路了。

花儿说，只是，只是我可怜那些学生娃，你走了，谁疼他们。

王世界哽咽着，有谁，疼咱啊！花儿，我辜负了你的期望，你啐我吧！

花儿泪流满面，不怪你，我只怪那帮驴日的。

两口子没睡着觉，默默地收拾东西。花儿主动整理那些教具、作业本、粉笔什么的。她发现世界一接触到这些东西，手直哆嗦，花儿的心里就像吞下了秤砣，沉得要命。然而，第二天，天还没亮，刚一开门，两口子惊呆了，五年级的全体同学早已黑压压地拥在门口，像一群在风雪交加的暗夜迷途了的可怜的小羊羔，显得无助而又焦灼，有的抱着两棵大白菜，有的用衣襟撩着几个鸡蛋，有的兜里装着苹果，有的拿着新鞋垫……

雀儿村是行政村，下面有几个自然村，都零零星星地分散在方圆十几里的沟沟壑壑里，各村的学生娃都是鸡叫头遍就背着书包和面袋子结伴起身了，今天看来都是鸡未叫就上的路。从山梁上过来的秋风在校园内外的树梢上又干又硬地刮着。半轮残月在黑色的云层里半遮半掖着，半黑半麻半亮的夜空塞满了清冷的寒流。许多学生娃都唏唏嘘嘘地打着寒战，一张张被夜里的山风吹成的青酱色的小脸，充满着无比的渴望和期盼。刘二球子怀里抱着一个大萝卜，鼻涕像两根刚出锅的粉条似的吊了半尺长，泣不成声：王老师，我爹说了，挽留不住你，就不让我回家。呜——呜——

刘二球子扑通跪倒。

同学们都跪下了。

这几年，山里娃娃都无师自通地学会了下跪。以前，只给祖坟和逝者的牌位下跪，如今，不该跪的也得跪了。那天乡干部领着派出所的干警和联防队员到刘二球子家征收公路建设费、乡镇企业集资款和校舍建设费，刘二球子他爹缴不起，派出所的干警和联防队员就要牵走牲口。扑通扑通扑通。全家人一个个全跪下了。刘二球子学爹的样子，一连磕了几十个头。心爱的红领巾上沾满了地上的驴粪，额头的包一个比一个大……最终，牲口还是被牵去顶了钱。

如今，同学们又朝他们的老师王世界下跪了。

王世界浑身的血液刹那间沸腾了，泪水像房檐的雨水一样不断线地流。

花儿呻吟了一声天哪！双腿一软也跪下了，她是面向学生跪下去的，她的头几乎磕到了地面，她只说了两句话，第一句话是你们快起来吧！第二句话是你就认了吧，为了娃娃！这句，显然是对王世界说的。

王世界举目苍天，泪水顺着下巴哗哗哗往领子里灌，最后说，走！同学们，天太凉了，咱们回教室去。你们送来的面啊菜啊的，我一两一棵都不能要，全送给灶房，登个记，换成饭票。我王世界昨天说了不该说的话，我王世界坚决不离开你们，我还是你们的老师。

天很快大亮。学生娃们都进了教室。

停在操场的吉普车不声不响地卧在那里，像只冻僵了的死狗。

花儿像只受伤的小猫，浑身酸软地瘫在床沿上发呆。她脑海全是同学们下跪的身影，后来脑海中是一片可怕的无边无际的空白。

再后来，空白中隐约显现了一个模模糊糊的阴影，这阴影更像一个臭石头。这其实是一个女人的阴影，是她死活也不愿想起的下贱女人张芍药。

她为想起这个女人而暗自一惊。咋就想到了张芍药呢？为啥就想到了张芍药？

花儿的心像山洪过后的涝坝，整个都浑了，浑得眼前的视野一片混沌。那只冻僵了的死狗仿佛在混沌中复活了，把她当成了张芍药。

这只死狗怎么可能把她当成张芍药呢？这使花儿大吃一惊。

6

王世界和往常一样登上了讲台。教室外面，张中华对着树上的一个马蜂窝，指桑骂槐：别死蜂占巢啊！

王世界脖子上的青筋就暴起来了，但他装作没听见，照样讲课，只是声音有些瓮声瓮气。下课后，刘二球子拉了拉王世界的袖口，说，王老师，我给你说个悄悄话。

王世界说啥话？

刘二球子说今儿我到您门前最早，我见有个人老早就在门前溜达呢，浑身都是酒味。

王世界怔了一下，说，谁？

刘二球子说就是上学期您让我喊报告弄走的那个人。

王世界沉了一下说这事别乱讲啊！他是我们这里最大的官，是管咱们的，懂吗？

刘二球子不解地说这么大的官，咋把名人名言都能说错啊！

王世界说不能瞎说，他是我们乡的领导干部田书记田博才同志，我们要尊重田书记，他是咱这里最大的人民公仆，是为人民服务的，懂吗？

刘二球子说王老师，我没瞎说，上次他让我为中华之崛起而读书，但把崛起说成屈起了，还要赖说是为了考考我，以为我们山里娃听不出来。

王世界苦笑一声，说，那你现在就得好好学习，将来如果当上领导干部的时候，免得犯田书记那样的错误。

刘二球子坚决地说，如果领导干部都像田书记那样，那我将来永远都不当领导干部，当一个像您这样的人民教师，而且是民办教师。

王世界说，你当教师的理想是好的，但是当民办教师说明你的标准太低了。将来考上地区师范学校，毕业后不但是公办教师，而且学问比我大着哩，是正儿八经的中专学历。

我坚决不上师范学校，他们的校长请我，我也不去，他们肯定要我掏几万块钱哩，我们家几辈子都挣不了那么多钱。你没听咱农民说，那些学校都是给有钱人办的。过几年，我在镇上读完初中，我就像您这样，在咱山里当民办教师。

王世界激动地抱住刘二球子，像是抱着失散多年的亲儿子，一句话也说不出来。他用五个颤抖的手指头，把刘二球子稻草一样的乱发梳理整齐了。

刘二球子又像一个小大人似的说，你没听村人早就说了，现在大学比中专学校还要吃人哩！咱穷人的娃娃在那里，人不人鬼不鬼的，弄不好就成了邱登科。

邱登科？王世界一怔。哦，邱登科！邱登科啊邱登科！

邱登科这个名字刺痛了他全身的神经。前几年，他曾经教过的一个三好学生——邱家堡子村的邱登科，在镇中学以优异的成绩考上了省城的一所重点大学，家里东挪西借了几万元才把他送进了大学校门。邱登科很争气，白天上学，晚上到夜总会当服务生替家里还账，有次他发现服务的对象居然是同一个系的同学，这些挥金如土的同学不是领导干部的公子，就是老板的千金，有次他们给邱登科提了个要求：兄弟，哥们没去过农村，没听过驴叫，你就给我们学个驴叫吧。晚上回到宿舍，邱登科就揣了把刀子，把几个同学全杀了。邱登科被枪毙后，报纸上把这事情热炒了一阵，标题五花八门，有《才跳农家门，幸入高校门，自蹈牢房门，终下地狱门》《一个现身高等院校的农家恶魔》等等，伴随报道的，还有大教育家喋喋不休的高谈阔论，说什么当前大学生心理脆弱云云。

天哪！是一个心理脆弱能说清楚的吗？不想不想千万不要想，一想，王世界就头大了。他打开抽屉，找出那份报纸，顺手拿起剪子，把那个大教育家的名字和照片戳了一百多个窟窿，就像公鸡啄过的屎底儿。

回头，王世界对花儿说，听刘二球子同学说，昨夜，田书记还真在咱门前来过。

花儿说明知道咱两口子都在，他也敢来？

王世界说是乘着酒性来的。

两口子再没说一句话，最后还是王世界说话了，苦笑着叹口气：我这个大男人，窝囊到这地步，还不如有些女人。

花儿说女人？

王世界说比如张芍药。

花儿说张芍药……

花儿想起今天早上空白的脑海里隐约出现的臭石头。

王世界说，张芍药转正后，工资是我的五倍，腰杆子比电杆还硬。

其实如今张芍药不仅腰杆子硬得有些邪乎，而且都快成为名人了。前几天，她那面朝黄土背朝天的男人刘大仓，突然脱下了坎肩甩掉了土布鞋，又是理发又是修面，换了一身笔挺的西服，去乡政府当了一名不脱产的水保员。这可是个好差事，可以背着手到各村的农田基建工地上溜达，还能蹭上好烟好酒，谁也不能不把他当干部。当然，这一切，都理所当然归功于张芍药的本事。

花儿：……

花儿仍在纳闷，今早那阵，怎么就把自己想成了张芍药。

王世界说没想到张芍药这种烂货有这么大的能耐,一家人都活到人面面上了。如今她脱了裤子露出腚，别人都认为比我的脸好看。

花儿：……

王世界说花儿，你哑了？我在给你说话呢。

花儿说发啥火？我听着呢。耳边仍旧是王世界唉声叹气的絮叨。好半晌，花儿才又吭了声：今夜，趁着月光好，你去把咱家前坡那块地翻一翻吧！

王世界说今夜？吉普车还在那里停着呢。姓田的来了怎么办？

花儿说，我今夜陪陪村东的桂花嫂子，他男人刚去南方打工，她害怕呢。

王世界这才扛起铁锨走了。前坡一直在鹰嘴崖那边，很远。这几年，王世界夜里干活已不算什么稀奇了，白天既要上讲台，又要备教案，还揽了给学校挑水的活，挑一担水给两块钱，够一天的菜钱了，剩下的时间都熬在家访中了。自家的农活只能晚上干。两口子都盼晚上有个好月亮，只是空旷的夜晚干活，老远看去，影影绰绰，就像是鬼魂在夜游，连狼都躲得远远的。

这晚，屋里的灯亮了一夜。

这是花儿第一次给自己的男人撒谎，连她自己都惊讶怎么就撒了这么一个奇特的弥天大谎。其实花儿哪儿都没去，一个人在屋里，静静地，望着窗外深邃的夜空。她思前想后多遍了，才给自己的男人撒了一个陪桂花嫂子的谎言。此时此刻，她脑海里闪现最多的是张芍药。张芍药与其说是一块臭石头，不如说更像一面镜子，这镜子使花儿混沌的脑海逐渐清晰和透明了。

她看得明白，如今能改变自己的男人王世界命运的，不是别人，恰恰是这个老叫驴田博才，也只有田博才，才能改变王世界的命运，王世界的命运一改变，也就等于改变了学生娃的命运，而归根到底，这一切都首先取决于花儿本人。与张芍药相比，她花儿缺啥了？啥也不缺。她花儿也能让自己的男人王世界活到人面面上，也就是说，自己要当一回张芍药。为此，今夜，她以殉道般的心情，静静地待在清冷的屋里。月光下，吉普车像一个随时都可能扑进屋里来的魔鬼，狰狞而恐怖。

花儿觉得自己已不是自己了，自己是谁？当那个被她曾经看作骚狐狸、破烂货的不要脸的女人张芍药？这是她从来没想过的，但是，现在，她想了，认认真真地想了。脸先是红了一会儿，后来就不红了。花儿的眼眶里，有泪花花漂来漂去。

但这晚田博才并没来。田博才在村长家早已喝得不省人事了。

转天，翻了一夜地的王世界回到学校，见花儿正在洗脸，以为她已从桂花嫂子那边来了。就找了块破布，蹲下身子擦铁锨上的泥土，听见吉普车的司机和张中华说话。

司机说，你们的赵老师甭看腿不好，酒量真不小，一晚上陪田书记喝那么多，竟然不醉。

张中华说，要不怎么是我们的骨干呢。

王世界就知道昨晚肯定是张中华、赵瘸子他们巴结田书记了，而且这酒肯定是有说法的，八成是转正指标的事和赵瘸子挂起来了。这么想着，上早自习时就有些分神。偶然朝窗外一望，看见赵瘸子在后操场哇哇哇地吐呢，吐完居然蹩手蹩脚玩起了双杠，边玩边哼着《爱上一个不回家的人》。他哪是玩双杠的料啊，简直是小人得志！王世界心里便有些恼，一下课就头重脚轻地想回屋睡一觉，把昨夜的劳累缓一缓，一辈子不想起来。

花儿木木地看他一眼。这一眼，看得很久。啥话也没说，就拎起挖野菜的篮子出去了。干旱山区的老百姓很难吃上茄子啊、韭菜啊、芹菜啊等娇嫩蔬菜，但满山满洼有的是野菜。

花儿回来已快日落西山了。野菜并没挖多少，两只眼睛倒是有些肿。而且，神情有些恍惚。

王世界问眼睛咋了？

花儿说没咋。前梁那边风硬，吹的。

王世界又说怎么像丢了魂似的。

花儿笑了，说，我不是好好的嘛。

这几天前梁村有人疯传着一些话，说是有人看见乡上的吉普车从雀儿村出来，经过前梁时，从玉米地里钻出一个挖野菜的女人，挡住了车，还上了车。前梁那边没人知道那女人是谁。消息传到雀儿村这边，雀儿村人说，还能有谁，肯定是张芍药呗！气得张芍药跑到雀儿村，村前村后臭骂了一通，老师们看不过眼，认为张芍药好歹也是人类灵魂的工程师，怎么像泼妇一样撒起泼来了，不仅自己丢了人，连乡中心小学的名声都坏了。都上去劝了，就花儿没去。

王世界对花儿说，你去劝劝！

花儿说，我一个烧水做饭的女人，人家是老师，我咋劝人家？

7

其实那天从玉米地里钻出的女人，正是花儿。

当天发生的事情与事情本身发展的逻辑并不一致。按理说花儿自己找上门来，应该是田博才求之不得的事情，会激动得五脏六腑都活泛起来，一口把花儿吞进肚里去。真实的情况却是这样的，当时田博才让车停下来。田博才隔窗一眼就认出了女人是花儿。花儿像一棵枸杞树一样执拗地生长在路边，脚下是盛开的黄灿灿的山菊花。

他怔了一瞬，马上就判断出是怎么回事情了，心里陡然泛起一阵麻酥酥的喜悦感和亢奋感，但他没把这种喜悦感和亢奋感表现到脸上来。脸上的肌肉照样绷得有些紧，一种忧国忧民的样子，他似乎并不经意地看了一眼候在车外的花儿。花儿因为刚从玉米地里钻出来，明净的前额上浮泛着一层细微的汗珠，秋风掀乱了她的黑发，右臂弯里挎着盛了一半野菜的菜篮子。全身的衣服都被风逼到了身子上，这样就使她的身体显得修长而逼真。

田博才不愠不火地问，同志，有事？

花儿马上就愣了，她没想到这位摸过她的手的田书记，却把她叫成了同志，花儿被田书记的这句问话弄得有些不知所措，但花儿很快镇静了，她清楚自己肩负的神圣使命，从玉米地里等待了那么久，就是为了把使命变成现实，就说，领导同志，麻烦您捎一程，我去镇里赶集。

田博才就朝身后的干部说，挤挤，让这个女同志上来吧。

司机赶紧下了车，把花儿的菜篮子搁进后备厢里，然后帮助花儿上了车。花儿是第一次坐吉普车。

车又启动了，花儿挤在两个干部中间，两只手像多余的摆设似的只能搁在膝盖上。田博才坐在前排的副驾驶位置，神态稳当得像装满了小麦的粮袋，他连头也不回，硕大的脑袋枕在后靠背上，像什么事情都没发生过。花儿反而有些紧张，她原以为自己早已把田书记的德行琢磨透了，凭田书记以往见了她那猴急的样子，今儿还不把她拉到乡政府大院里去生吞活剥了。但现在田博才的这种做派，就像车内根本没有花儿这么个大活人似的。窗外那令他熟悉的层层梯田和沟沟壑壑，像电影中的镜头似的刷刷刷地掠过，而车内的气氛显得刻板而僵化。花儿前额上的汗珠越来越多，她也不敢伸胳膊去擦。她有了一种如坐针毡的感觉，浑身像是有毛毛虫在爬，恨不能生出翅膀从窗口飞出去。车到了镇上，花儿赶紧说，田书记，真是给您添麻烦了，我下了。花儿的声音紧张得有些变调。

田博才这才回过头看了她一眼，说，好好好，慢走啊！

花儿欠起身子的时候，慌忙乘机用袖口把额头的汗珠擦了。难道就这么下车？就这么下车算什么啊！一旦下了车，所有的计划都落空了，这一瞬间，她期待着田博才能说句什么，哪怕是进乡政府坐坐或者是进屋聊聊之类的套话，她也就借势随去了，但看样子田书记根本就没有要表达什么的意思，花儿就有些着急，只好又搭了一句：实在是麻烦您了。

田博才没回头，朝后轻描淡写地挥了一下手，说，不麻烦，半道捎个人，理所当然的事情，人民的车人民坐。下吧！

花儿一只脚已经下了车，眼看着另一只脚也快下来了，如果两只脚都下来，整个事情就没戏唱了。她突然觉得，这辆曾经像狗屎、像怪物一样趴在校园里的令她恶心得要吐的吉普车，在这一刹那对她来说是多么的重要，重要得像她生命中的一部分了，就在她的另一只脚黏黏糊糊地落到地面上的时候，花儿终于忍不住又朝稳坐前排的田博才说了一句：田书记，以后来雀儿村，常来我们那里坐坐啊。这句话一出口，花儿本来已经发红的脸蛋有些发紫了。

田博才噗嗤一声笑了，前面的挡风玻璃上倏然增添了密如星斗的唾沫点子。这笑来得太快，像终于忍不住突然喷出来似的。田博才看了一眼候在车外的花儿，说，你们学校我是要常去的，百年大计，教育……教育为本啊。就又把头扭回去了。

集镇上人山人海。来自七沟八梁的山民们在这里交易着仅有的土特产，一双双充满渴望、期待的目光在讨价还价中小心翼翼地碰撞着、交流着、磨合着，目光中，还有对一顶顶大盖帽下那双冰冷、锐利眼睛的恐惧和警惕。

吉普车就像一只破船在人海中颠簸前行。

花儿一下车就被人流湮没。

8

田博才回到乡政府，第一件事情就是破例让伙房烧了一锅开水，他要在办公室（乡干部的办公室一般和卧室在一起）冲个热水澡，他几乎从来没有在办公室洗过澡，并不是非要洗掉几天来从村里带回来的炕土味，乡上的干部还没有讲卫生到这般的地步。受条件限制，平时通常是利用周末的时间和大家一起在简易浴池里洗。现在他觉得这个澡非洗不可，他洗得很愉快很兴奋，就像为某件即将到来的赏心悦目的事情做序曲似的。

办公室的窗帘全拉上了。灯光很好。节气才是初秋，他过早地打开了电暖气，于是凉意全被从门缝里挤了出去，屋里就只剩下春天般的温馨了。他躺在沙发上，赤裸的身体就像一台擦洗一新的即将要开动的旧机器。他看到盘踞在自己裆部的家伙那趾高气扬的样子，得意地拍打了两下。家伙宁折不弯，他忍不住噗嗤地乐了。

事情就像被田博才编入程序一样，按照他设计的思路发展着。他穿上衣服，继续躺在沙发上，刚刚悠然地点上一支烟，门就被轻轻地敲响。

敲门声柔弱、矜持，田博才知道是花儿来了。他做了个深呼吸，才说，进来吧！身子照样在沙发上躺着，让烟圈在头顶盘旋。烟圈一个一个又一个，由小到大，由近渐远。

花儿就进来了。花儿就进入了烟圈，烟圈并没破碎，而是网似的把她缠裹了。

花儿说了声田书记，就像声带发生了故障，其他话都表达不出来了。

田博才款款起身，说，稀客啊稀客啊！花儿，请坐！边说边为花儿砌了一杯清香的热茶。他不叫同志了而是恢复了叫花儿。

花儿就把半个屁股搭在了田书记的床边，双手端着杯子，却不知道品尝。田博才又回到沙发上坐了，目光像巨大的渔网一样罩过来，而花儿就像一只可爱生动的小鲤鱼，被他目光的火焰烤熟了、炖烂了，就等待品尝了。他只是耐人寻味地注视着花儿，更像注视着一件失而复得的宝贝。最后，田博才说了一句直截了当的话：你，自己脱吧。

花儿犹豫了，整个犹豫的过程更多的是吃惊，田博才每次来村学，她都是被动的，被动得像只老鹰利爪下的小鸡，身不由己，那种被动的滋味，她早已领教了，她是不可能主动的，于情于理都不可能主动的，但是这次，田博才却让她自己脱，自己必须面对这个曾经让她咬牙切齿的男人做违背自己意志的事情，她一下有些难以适应，但她最终还是自己脱了，先上衣后下衣，先外面后里面，最后光着身子坐在床边上，她的头低低地勾着。她抬起僵硬的手，撩起床单一角，把自己下面遮了。

田博才注视良久，说，自个儿躺下吧！

花儿……就躺下了。田博才这才慢条斯理地脱去所有的衣服，走过来，轻轻揽过花儿的身体，亲吻着，抚摩着，几乎亲吻遍了花儿的全身，最后把整个身子叠上去，面对面看着花儿的脸，却不急着进行下一步。花儿的泪水像房檐的水似的奔涌着。田博才忽然拉长了脸，用指头弹了弹花儿泪水盈盈的脸蛋，脸蛋上的泪珠被弹成了飞溅的粉末，骂，你他妈的哭什么哭？要不，你这就滚，一个女人家，自动找上门来，不嫌害臊！滚不滚？滚啊！

花儿的眼泪立马就止住了，颤颤地说，田书记，我，不哭了。

田博才的火似乎还未消下去，硬声硬气地说，你以为你是谁？你以为我姓田的没见过女人？看上你这雀儿村小学烧水做饭的了。

花儿说您别生气，我不哭了，再也不哭了。

田博才说那你就笑笑！

花儿笑不出来。花儿实在笑不出来。

田博才说，咋？不想笑？

花儿就笑了，这笑介于哭和笑之间，倒不是哭笑不得，却比较像哭笑不得。

田博才说不行，笑灿烂些！还记得我第一次去你们学校时，你那回头一笑吗？当时你在露天锅台前烧水，穿的是大红袄，很艳！

花儿在记忆中努力搜索着当时她的回头一笑，但实在是想不起来了。她想当时的回头一笑也许就是田书记说的灿烂一些的笑吧。但是怎么才能灿烂一些呢？那就笑开心一些吧，于是花儿努力地笑了，而且还发出了咯咯咯咯的声音。

田博才乐了，说，你这哪是灿烂的笑，你这是小母鸡下蛋呢。行行行了，你这下蛋的笑也很好看的，继续给我笑下去，不要停！

花儿就一直笑。但身上压着田博才这近二百斤的膘肉，胸里就憋闷地慌，她不得不停了笑，气喘吁吁，给田博才解释，田书记，我……我……我有些气短，实在笑不出来了。

田博才说你也知道气长气短啊，你不是个很争气的女人嘛！

田博才并不急着进去。花儿就担心自己啥地方又不对劲了，也许田书记在等她主动呢，就说，田书记，您进吧！

田博才笑着说，不进。田博才的笑只是嘴角和眼角的肌肉朝后扯了扯，给花儿的感觉那肌肉里像是隐藏着什么。

花儿又有些紧张，说，为啥？

田博才说，你想想，你那里头，我的小兄弟能随便进吗？

花儿的额头又渗出了汗珠，说，进……进吧！

田博才说，但是，我下面的兄弟只会张嘴，不会喊报告，你同意它进去？

花儿说，啥报告？

田博才说，你是真糊涂，还是假糊涂，不喊三次报告，它能进吗？

花儿的脑中轰然一声，体内就像有一堵沉重的墙突然倒塌了，她反应过来是怎么回事情了。当初两口子采取让学生喊报告的方法对付了田博才，取得了巨大的胜利，这使两口子在很长一段时期由衷地沉浸在正义战胜邪恶的喜悦里，有一种扬眉吐气、重见天日的感觉，没想到事情的结果最终自己还是被田博才压在了下面，还得不折不扣地补偿田博才曾经失去过的面子。她的舌尖被牙齿死死地咬着，她尝到了咸咸的血腥味。

花儿把受伤的舌头从牙齿下缩回去，说，能进。

田博才说，那这样吧，反正它不会喊报告，这报告就由你喊吧，你喊它进。

在某一刹那，花儿胸内有一股火要喷薄而出，她想使劲呐喊几声，把趴在她身上的这个不要脸的狗东西掀下去，让他在全乡政府的干部面前无处藏身，但她的火最终还是被压了下去，不是被压在身上的男人的体重压下去的，是自己强迫自己压下去的。脑海里，是秋风中跪了一地的学生娃，是自己可怜的男人王世界……

田博才终于威猛而惬意地进去了。他故意把这个本当是鸡出窝狗上墙马脱缰堤决口的过程优哉游哉地分成三个阶段，这三个阶段有点像乡政府在经济工作中吹嘘的三步走战略，在最后一个阶段，田博才仿佛真正进入了状态和境界，奋不顾身地甩开了膀子扎实苦干，顽强拼搏，开拓进取了。

这三个阶段，都是以花儿喊报告为序曲的。

报告!

报告!!

报告!!!

9

不久张中华就接到了乡教委主任打来的电话，说是赵瘸子转正不符合条件，要求重新报一位。张中华怔了一会儿，说，不是……田书记都答应了吗?

答：这是田书记主持召开的党委会上刚定的。

张中华说，那……我们愿意发扬风格，把指标让给兄弟学校吧!

乡教委主任说，田书记早就对你们学校调查了解了，有位叫王世界的老师，这优秀那优秀的，早就够条件了。

张中华一时语塞，就像驴把嘴踢了。

于是王世界由民办变成了公办。

王世界没想到会有这么一个结果，这个结果是他梦寐以求的，也是他的花儿梦寐以求的，这结果居然说来也就来了，连一点思想准备都没有，简直像做梦一样。王世界突然就觉得整个世界美好得像是旭日东升欣欣向荣，和自己现在的心情一样亮堂通透。王世界的内心像山风一样呼啸着、翻卷着、奔涌着。他不可能不激动，他激动的另一个重要原因是他没想到田书记这个老色鬼居然连他这优秀那优秀也知道，这是作为老师最大的宽慰啊。看来田书记尽管是个老色鬼，但也不纯粹是个混蛋，既然对这优秀那优秀的教师也心里有谱，至少说明还有比较开明的一面，还不是个彻头彻尾的坏领导。这么想着，觉得自己原先对田书记的看法太有些过了，太不一分为二了，用政治术语叫太左了。自己作为一个基层教育战线的普通党员，怎么就能对一位基层乡党委书记抱有如此固执的偏见，真是不该不该实不该啊！

转眼到了教师节，就想在这神圣的节日无论如何得给田书记表示点什么，于是对花儿说，咱自己的节日到了，咱看田书记一趟。

花儿说，我不去！

王世界说，还怕什么？有我呢！又不是让你一个人去，让你一个人去，我还没那么胆大呢，你一个人去，田书记的骚毛病犯了，等于拿你喂了狼。

花儿说，我偏偏不去。

王世界说，你咋这么固执，我再说一遍，咱俩一起去。

花儿说，两人我也不去。

王世界说，你要学会一分为二地看问题，他是摸过你的手，这固然可气，但是摸手归摸手，咱去看他，是感谢他对咱好的一面。

花儿说，我就是不去。

王世界生气了，他本来想说，你啊！果然是文盲脑子，只会烧水做饭，但考虑到这样揭伤疤花儿未必受得了，就说，你啊，真是女人家。

王世界就备了一篮子鸡蛋、一只母鸡，独自去了一趟。王世界发现田书记对他很热情。田博才和蔼地笑着说，噢，人类灵魂的工程师来了。坐坐坐！

王世界的心情就变得激动起来，就想赶紧抓住这个机会表达一下内心的感受，说，田书记，我的事情，让您操心了。

田博才说，哪里哪里，你在雀儿村小学干得不错，党和组织上忘不了教师队伍里每一个优秀的同志。

田博才一提党和组织，王世界心头突然感到一热，这股热流来得快来得猛也来得熟悉而又陌生，像还未加温呢就突然沸腾了的水。就说，田书记您是客气了，主要还是您没忘咱。

田博才说，你也客气了，我说了，是党和组织没有忘记你们。

这话听着真舒服，王世界激动的心情久久难以平静，思绪就像快乐的鸟儿飞到了故乡的村头，停留在了小学院内那高高的槐树梢头，陶醉在每一个窗口飞出的琅琅读书声里。自己终于可以在雀儿村小学挺起腰杆来，校长再也没法要挟他了，雀儿村的教育充满了希望，这么想着，就情不自禁地握住田书记的手，使劲地摇晃，滔滔不绝地汇报起自己献身家乡教育事业的远大而崇高的理想。

田书记似乎听得很仔细，脸上老是挂着和蔼可亲的微笑。

在镇子上，王世界老远看见赶集的张芍药，就故意把头扬起老高，一副不肖的样子。心想你张芍药当上公办，凭的什么，凭的是和田书记睡觉；我王世界当上公办凭什么，凭的是这先进那先进。你张芍药还有脸在镇子上走，呸！

花儿拎着挖野菜的篮子又出去了几次。

乡上又来一纸通知，王世界又变成雀儿村小学的校长了，原校长张中华成了一般老师。全村人都很兴奋，刘二球子爹还为王世界校长走马上任放起了鞭炮。那年县里补选县人大代表，王世界获全票被乡上选为县人大代表。

花儿问，县人大代表是干啥的？

王世界说，是替咱老百姓说话的。

花儿眼前一亮，说，这么说，你可以名正言顺地向上面反映咱乡里农民负担的事情了。

王世界仿佛被提醒了，激动地说，对对对。但脸色马上又黯然了，说，只是，我这个乡人大代表，没有乡上的支持，还不一定被选上呢。

花儿一下就生气了，说，那你丢人现眼地当县人大代表干啥，还不辞了。

王世界勾着脑袋一思量，就觉得自己这个人大代表当得别扭。

但是，王世界潜意识很清楚，越是在好事连台的时候，越要保持一个良好的心态，心想这关头，最重要的是要沉住气，别让人看出像小人得志的样子。

王世界走脑子最多的却是田书记，田书记这么知人善任的领导干部，无论如何不应该是个色鬼的，如果不色，多好的同志啊！好在，田书记没把花儿咋着，不但没咋着，而且那次他采取让学生喊报告的办法把田书记给要了。

也就是说，堂堂乡党委书记，充其量才摸了一下花儿的手，就被他王世界耍得不轻，这么一想，就觉得田书记那么大的领导，其实怪可怜的。

有次王世界去乡上参加乡属各中小学校长会。田书记传达完全县教育工作会议精神，结合全乡实际发表了重要讲话，最后提出了几点要求，要求最后一条是要进一步加大教职员工配合乡上深入农户催粮要款的力度，确保全乡各项经济指标的完成，为全县经济建设和改革开放事业做出应有贡献。

听到这里，王世界火热的心里就像是投了一块凉冰，激灵了一下。

但只是激灵了一下，并没有凉透。他偷窥了一下左左右右兄弟中小学校长的表情，发现人人脸上都是一种习以为常的漠然和淡然，那表情说不上是不是凄楚、无奈还是苦涩，反正没人理直气壮地站起来反对。

最该站起来的首先应该是人大代表，但王世界努力使自己的心情平静下来。他没想到自己会如此的镇静。

10

就事业而言，王世界觉得到了放开手脚大干一番事业的时候了，他通过调研论证，挤出时间撰写了一系列关于学校建设、师资力量培养、教育教学管理等方面的可行性报告和建议，准备抽时间到县、乡跑一跑，争取更大的扶持和帮助，彻底改变和扭转雀儿村小学的学校面貌和教学水平。县里是什么态度他一时摸不透，但乡上田书记那里应该是没问题的。

提起田书记他心里总不是滋味。

王世界对花儿表达了内心的感受，我觉得，田书记怪可怜的。

花儿附和着说，是够可怜的。花儿觉得是自己的嘴皮在说，不是她本人再说。

王世界的脸上写满了坏笑，说，他那次，只不过才摸了你的手，就被咱要了。

花儿说要了。

王世界说，没想到咱的命运愣让这个被咱要了田书记给改变了。

花儿说，改变了。

工世界就拿出两口子在被窝里常开荤荤素素笑话的架势，坏笑着说，其实，田书记给了咱这么大的面子，岂止摸手，给他一次也未尝不可。王世界觉得这个玩笑使他很开心。以往在被窝里，花儿常被他的玩笑逗得花枝乱颤，就挠他的胳肢窝，挠得他上气不接下气，印象中最开心的就是那次通过三个报告赶走了田博才，两口子在被窝里热闹得就像猫咪见了线团子，开心得都快要晕过去了。

啪。王世界得到的却是一个结结实实的巴掌，花儿抡过来的这一巴掌是打在王世界脸上的，巴掌是带着一股疾风扑面而来的。王世界猝不提防，趔趄了一下，一时惊住了。

花儿的眼泪在眼眶里打转，悲愤地看着他，一句话也不说。

王世界火了，说，你有病啊！是病重啊，我这不是开玩笑嘛！你以为我脑子进水了？

花儿说，你脑子是进水了。

王世界说，不是我，是你脑子进水了，咱如今都到这份上了，你却连句玩笑话都承受不起了，你这是命贱。

花儿的嘴角扯出了一丝凄笑，说，我一个烧水做饭的，命贱，你命贵，行了吧。

王世界觉得自己刚才的语言有些重，就轻轻拍拍花儿的肩膀，说，花儿，我好歹也是个校长了，你也是校长夫人，是体面人了，不能再任性了，说翻脸就翻脸。顿了一下，就想再给花儿讲个笑话，把气氛稀释一下，说，这笑话是我听原校长张中华说的，他大概是为了和我套近乎，问我知道不知道乡政府那边新近流传的一个新段子，说是有个女人为了和田书记睡一次，喊了三个报告才被同意了。哈哈哈哈，我想起那次咱们让学生喊报告把田书记糊弄走的事情了，这叫无巧不成书，哈哈哈哈……王世界笑得前仰后合，连眼泪都笑出来了。

花儿听得直愣神，表情像刮了鳞掏了肚搁在案板上的死鱼。

王世界惊讶于花儿居然不和他一起笑。这么离奇、滑稽、幽默的事情，花儿居然不笑。

你为啥不笑？

……

你还生我的气啊！是不是把你气晕了，没听见我刚才讲的笑话？好好好，别生气了，我再给你讲一遍。

别……别……别讲了，我听见了。花儿说。

那你为啥不笑？

咯咯咯咯。花儿猛然笑了。

哈哈哈哈。王世界笑得痛快。

我笑得灿烂吗？花儿突然问。

啥？灿烂？我的花儿还晓得灿烂？灿烂不灿烂我说不清楚，开心了就好。

王世界刚才这么一乐，激动自然变成了冲动，就势把花儿压在了床上。花儿不但没有像平时那样给他全部的柔情和温顺，而且一使劲从他身子下折腾出来。王世界被毫不客气地撂在了冷床板上。王世界微微有些发怔。

花儿却大笑了，是那种撕心裂肺的笑，鬼叫似的。

王世界头皮有些麻，赶紧劝阻，别笑了别笑了，你怎么了你？再笑就犯神经了。说着耐心地进行开导，花儿，越是好事追着屁股的时候，咱越要冷静。我十分理解你现在的心情。古代有个范进，好不容易中了举人，当场就变成了疯子，咱不当范进……

花儿转身出了屋子。

那年的春天，山外突然传来一个消息，田博才进去了。不是裤裆里的那家伙进那里了，是整个人都进去了，进的是局子。是嫖了人家的新媳妇，被媳妇的男人告到县纪委了。县纪委的一调查，田博才田书记嫖过的女人，多了去了。就抓了。

听到这个消息，花儿哇地哭了。花儿从来没有这么痛痛快快地哭过，哭得有些海阔天空，回肠荡气，边哭边感慨，苍天有眼，你姓田的终于有倒霉的一天。

王世界对花儿的这种哭法有些反感，觉得花儿哭得实在有些过，甚至有些夸张。田书记被抓，他王世界觉得既感到意外，又似乎在情理之中，心里一半高兴一半惋惜，高兴是因为再也没有人骚扰花儿了，惋惜的是田书记好歹也为他办过实事啊，如果抛掉人情因素，凭他田博才嫖了那么多的女人，也该抓了，抓了就抓了，花儿却哭成这般模样，实在不至于这么激动。说穿了，就自家的损失而言，田博才只不过摸了她的一只手。

花儿哭得没完没了，王世界只好想办法宽她的心，劝慰她说，别哭了，姓田的只不过摸了你的手。现在好了，他不是进去了嘛！你还伤心你那只手啊！如果那些被姓田的睡了女人，都像你这样，还不得吃药，上吊，跳悬崖。

听到这里，花儿突然就止住了哭声，说，我想起你那天给我开的玩笑了，你说让我给田书记一次也未尝不可？

王世界说，看你看你看你，又来了又来了又来了，我那是开玩笑嘛！

花儿说那我给你开个玩笑，听吗？

王世界说，听。说！

花儿说我，已经给姓田的了，不止一次呢。

王世界说，看你看你，玩笑开大了。

花儿说如果不是玩笑呢？

王世界说根本不可能有如果，我的老婆我还不了解。

花儿说如果有如果呢？

王世界笑了，勾起手指，刮了一下花儿的鼻梁，说，那我就给你一根绳子。

花儿说给我绳子干啥？

王世界说自个儿找个僻背的地方，把自己挂起来。可不是荡秋千，是套在脖子上。说着开心地乐了，说，你上吊，我可真不管。你没看见乡计划生育宣传站在咱村墙上贴的标语，是针对那些动不动就寻死觅活的计划生育钉子户的：上吊不夺绳子，喝药不夺瓶子。

花儿突然扑进王世界怀里，大放悲声。

王世界生气了，说，看你看你，又来了又来了。

随着田书记的倒台，乡上的新鲜事儿几乎一茬接着一茬。一些传言传着传着很快被证明是事实，譬如据说国家真刀实枪地抓“三农”了，后来果然有县里来的工作组进到村里，逐家逐户地了解人均负担。那些平时耀武扬威的联防队员，再也不来田间地头摆谱了，一言一行像是变了个人，有了一些报纸上说的人民公仆的意思。花儿对王世界说，这世事真是怪！说变也就变了。你说说，是不是那年咱给省里写的信，省长醒过盹来了？

王世界乐了，说，你以为就咱给省里写了信啊！人家还有给中央写信的呢。报纸上说，上面这次可是下了死决心，中央要用五年时间，把全国农民的公粮全免掉。

花儿瞪大了眼睛，说，真的？

王世界说，估计不会有假，是国务院总理在人大会上说的。

花儿说，那今后乡干部再也不像催命鬼似的上门催皇粮了。

王世界说，再也不会了，告诉你一个好消息，像刘二球子这样的好学生，可以放心地考地区师范学校了。

花儿的心反而揪住了，说，他，有钱吗？

王世界说，乡上刚成立了贫困大中专学生助学基金。把个刘二球子高兴坏了，他说只考师范学校，毕业后，就来咱雀儿村小学。

花儿的泪哗哗哗地就下来了，说，事情是好事情，我就是怕……怕……

怕啥嘛？

怕会有变化。

王世界的心里咯噔了一下，说，估计不……估计不……但愿……但愿……唉！咱还是看以后世事咋发展吧！

乡中心小学又传来消息，在以竞争上岗为主要内容的人事改革中，张芍药由于多项业务不过关，不能胜任教学第一线的工作，被优化下来，暂时安排在传达室协助搞收发，工资也降了许多，气得张芍药犯了驴脾气，在几位校领导门前又是撒泼又是打滚，还砸了人家的窗玻璃，结果派出所的一来，手铐一亮，马上服帖了。他男人刘大仓去派出所领人的时候，人们看见水保员刘大仓早就没了往日的气派，西装不见了，皮鞋不见了，外衣兜上别着的钢笔不见了，一身村里时的打扮，就知道刘大仓准是被乡上辞退了。从那以后，刘大仓在村里再也没闪过面，他丢不起这个人。有人在城里的建筑工地上看见过他，和许多蓬头垢面的民工一样，在那里拼命干活呢。

后来张芍药大病了一场，都知道是心病，心病是不怎么好治的。许多人都看张芍药的笑话，认为这是报应，当初如果不是给田博才犯骚情，怎能得这病。听到张芍药生病的消息，花儿一开始感到意外，后来心里突然有些发酸，是那种说不清道不明的酸，而且还背地里掉了几滴眼泪。她突然想去看看张芍药，于是买了一些营养品准备动身。

对此王世界十分生气，说，该让你看望的你不去看，不该让你去看望的你偏要去。去看张芍药这个骚狐狸，你是成心给我丢人啊！

花儿说，那就给你丢一次吧。不顾王世界的阻拦，径直去了。

11

没有了职务的原校长张中华，心里像浇铸了铅水似的，有种扯心扯肺的下坠感。而田博才连骨带肉都进去后，张中华突然觉得浑身上下轻松了许多，铅水仿佛通过肛门排泄了，身子驾云似的有些飘。这么一轻松，才发现自己被田博才这块无影无踪的巨石压得真不轻。现在好了，眼前校园里这所有的一切重新又显得那么熟悉而亲近。如果不是田博才那个狗日的，校长的位子就不可能易人，这一切本该不属于他王世界的。

怦——

一个很响的臭屁从他下面蹦了出来，这屁声壮烈而激昂，才觉得这气实在是憋得太久。

张中华打眼一瞧，见王世界正在教室里给学生激情满怀地领读课文，心中有些好笑，如今你王世界离开了姓田的，和没有根基的水上浮萍有啥两样？如今自己吹口气，浮萍就得翻个个儿了。

这口气，先吹向了花儿。他把花儿堵在了一片长满高粱的背洼地。

当时花儿正在背洼地的崖畔下解手，旁边搁着篮子。她没想到原校长张中华就在面前的高粱里藏着，死死地盯着她解手的样子。当她提裤子的时候发现了他，她吓得哇了一声裤子又掉了，脸也变得煞白。

她回过神来的第一个反应就是提起裤子逃跑，但张中华的一句话又让她止了步。张中华慢条斯理地说，我给世界说过一个笑话，是一个女人在田书记办公室喊报告的段子，他给你讲了吗？

花儿的脸由白变红了，说，啥报告报告的，你这话啥意思吗？

张中华说，你不知道啥报告，我可知道，我还知道喊报告的女人是谁。

花儿说，你这话啥意思吗？

张中华笑了，没啥意思，你给田书记喊报告，喊得可真叫甜哪！

花儿的两腿一下就软了，提着裤子软软地坐在地埂上，泪水夺眶而出。裤子怎么也系不上。

张中华说花儿，你并不丢人，因为你找田书记睡觉的事没有多少人晓得，而且还赢人了，世界转正了，校长当上了。而我，可是把人丢大了，我如今都没脸见人了。你一个烧水做饭的女人，可把我害惨了。我也曾是个人面面上的人啊。

花儿说，你说这些到底是想干啥？

张中华说，我想睡你。

花儿说，你敢？

张中华说，过去我不敢，你上面有田书记；如今田书记进去了，我当然敢了。过去我连一个胆都没有，如今我有十个胆了。

花儿说，我喊了。说着就伸长了脖子。

张中华却不吃这一套，说，随你怎么喊吧。看来，你给田书记喊报告的事情，我得给世界往透里说说了。丢人，就一起丢。看你男人王世界怎么当这个校长。说完就要走人。

花儿的脸又白了，迟疑地说，等……等等！

在背洼地里，张中华终于把花儿睡了，睡得很扎实很顺畅，比梦中强多了，连地里的针尖草扎了屁股都没感觉到。花儿闭着眼睛，眼角泪珠不断，像死过一回的人似的。干完事的张中华像一只爬过竿的猴子，累得大口扬气。花儿说，张驴儿你听着，世界的脾气你是晓得的，你如果把我找田书记的事给世界说了，你就是驴日的。你要记住，世界转正，当校长，不是为了别的，都是为了咱雀儿村的娃娃，为了雀儿村的娃娃学文化。

张中华不阴不阳地笑着说，那是那是。

花儿又说，你还要记住，你今天这是强奸。

张中华依旧笑着说，算是吧。

后来张中华还想睡花儿一次，这次他没打算去背洼地，而是在张中华的宿舍。在背洼地里的那次成功，张中华至今想起来历历在目，意犹未尽，但背洼地毕竟不如在宿舍的软床上舒服，所以当那天花儿往他房子送水壶时，张中华就笑着说，花儿，又该来一次了吧！

花儿看着他说，张驴儿，你以为我是婊子啊。你说来就来。

张中华耍赖，那好，我这就去给世界往透里说说。

花儿不紧不慢地说，你说你的，我告我的。

张中华说，你这话啥意思？

花儿说，你不管咋给世界往透里说，他也是国家正式老师，是校长，但我告你这个强奸犯，你就得砸了铁饭碗进局子里吃牢饭了，和姓田的一个下场。

张中华怔住了。张中华没想到花儿来了这一手，居然一时有些哑口，他这才感觉到屁股上被针尖草扎过的地方有些隐痛。他有些后悔不该让花儿过早抓住他的把柄，如果是想当年，这根本算不得把柄，两口子一个做饭的、一个破民办，连命运都在他手里捏着呢，在花儿身上快活一次两次算个啥呀！而今他们走运，自己背运，已经三十年河东三十年河西了，搅乱他王世界的行市就得讲究策略。没想到还未把王世界这个浮萍吹一口，自己从下半身就输给了花儿，这是战略上的失策战术上的无知啊！张中华真想打自己的嘴巴，活该自己落魄到这般地步啊，谁让自己裤裆里不沉着冷静呢。

花儿还在说，我告诉你张驴儿，你上次在背洼地里欺负了我，不能就这么算了。

张中华支起了耳朵，说，你想咋的?

花儿说，我清楚你张驴儿的德行，如今世界当上校长，根基不牢，你要是乘机拆他的台，坏他的事情，我就立马去县里告你个强奸罪。实话告诉你张驴儿，你别看我每天烧水做饭挖野菜，我盯着你呢。

张中华尴尬地两手粘在一起，搓了搓，讪讪地看着面前这个女人，觉得有股冷气从脚底往上蹿，浑身萎缩着像个秋天的黄瓜架。

花儿看着张中华在她一个女人面前失魂落魄的样子，心中突然有些发酸，有眼泪在眼眶里打转，但她努力没让眼泪掉下来。此时次刻，她决不能让张中华看到她的眼泪。她有些可怜张中华，张中华当初那飞扬跋扈、专横霸道、盛气凌人的样子已经荡然无存了，就像一只见了猫的老鼠。就是这样一个人，当初收留自己的男人进村学当了老师，实现了多年的梦想，还让她在学校谋到了一份做饭烧水的营生。如果说他曾经是世界和她的恩人，也不是没有道理。想到这里，她的泪水就要夺眶而出了，她赶紧转身从屋里疾步走出来。

时光荏苒，斗转星移，一晃就是几年。雀儿村小学的教育教学工作在王世界校长的领导下，扎实苦干，开拓进取，有了翻天覆地的变化，每年全乡小学毕业统考，雀儿村一直保持前列。奖状、锦旗、证书啥的挣得满墙满桌都是。校园的气氛也像春雨过后的小麦苗，一派生机盎然的样子。村村寨寨到处都能听到学生娃高唱《让我们荡起双桨》《春天的故事》《走在乡间的小路上》等好听动人的歌曲。这些歌曲都是一位姓刘的老师给同学们教的。刘老师是首批享受乡贫困大中专学生助学基金毕业的师范生之一。刘老师大名叫刘振邦，小名叫刘二球子。刘老师多才多艺，还创作了一首叫《咱山里娃》的歌曲，学生娃们唱得很美！

别看我是黄土坡上一棵草，
每天都能看见蓝天白云飘；
别看我生在山里见世面少，
心里装着黄河泰山台湾岛；
……

这歌曲咋听咋入耳，弄得老百姓心里又暖和又滋润。

回顾这几年的奋斗历程，王世界有时也感慨万千，他原以为自己当上校长后，张中华、赵瘸子那帮人肯定不会善罢甘休，会拧成一股绳把他的摊子给踹了，没想到事情比他想象的要好得多，这就为他大胆抓教育教学工作创造了良好的内部环境。当然王世界无论如何也不会想到，张中华并非省油的灯，只不过，这盏灯之所以在他眼皮底下亮不起来，全因为有花儿这个灭火器在那里摆着。

有次花儿突然说，有句话，我反复掂量了好些日子了，我在想，你是校长，我是职工，两口子同一个单位工作，影响不太好。我想回村里。

王世界挠挠头发，觉得花儿说的在理，嘿儿嘿儿地笑了，说，只是，你一走，学校烧水做饭的那一摊活，又得找人了。

花儿说，用不着找的，有现成的呢。

王世界说，谁？

花儿说，张老师的老婆。

花儿确实考虑的是张中华的老婆，她把张中华的心思摸透了，她猜想张中华要不是嫌老婆妨碍他拈花惹草，早就巴不得让老婆来学校烧水做饭了，如今她一走，他张中华还有啥想头，肯定希望老婆来顶缺，只不过这想法憋在他心里，他张中华没这个胆子提出来。花儿的考虑是，张中华天生就是个不安分的臭皮囊，给王世界脖子底下支砖头是早一天迟一天的事情，不如主动让他老婆来学校做饭，等于给他一份厚人情，另外，有老婆每天在身边守着，他张中华的尾巴不夹也得夹，世界的校长也就好当了。

但王世界听得有些发蒙，说，哪个张老师？学校分配来了三个师范生，有两个就姓张，都是弓长张。

花儿说，张中华。

王世界惊了一下，张中华？

花儿说，张中华。

王世界说，你真是哪壶不开提哪壶，你没看见张中华见了我像见了仇人似的。

花儿就说了她的意思，末了又补了一句，你要主动给张中华提出来，这骚货会记你的情分的，他欠了你的，就得服服帖帖教咱山里娃。

王世界思前想后，就听了花儿的，亲自给张中华谈了。

张中华果然感动得涕泪俱下，说，世界，不，王校长，我其实一直有这个想法，但没胆子给你提啊！担心你要我，你……你……就看我张驴儿以后的表现吧。

王世界有些恶心，都想吐了，但他表面上没表现出什么，大大方方地拍拍张中华的肩膀，一副宰相肚里能撑船的样子，说，都是自己的同志，互相帮助是应该的，应该的嘛！

于是张中华的老婆顶替花儿在学校烧水做饭。每天清晨，当混合着燃烧的秫秸味和谷香的袅袅炊烟在学校上空升起的时候，村人就晓得学校的师生们紧张有序地起灶了，这说明，早操的钟声也即将敲响，下来还有上课的钟声呢。

（原载《长城》2005 年第 5 期，《作品与争鸣》2006 年第 4 期）

英雄弹球子别传

1

狼！先要说的是西北狼。如果不是因为狼，弹球子的事情就无从说起。

这是土改以后的事情。尽管长着两条腿的马步芳、胡宗南军队的残余和土匪武装大都肃清，但四条腿的精瘦刁钻的饿狼并没见得有所减少。常有走村串户的路人被草丛中的花裤带或者尺码太小的千层底布鞋弄得一惊一乍，欷歔不已，此地，说不定又有谁家的女人或者娃娃被狼撵上了。撵上，好端端一个人，怎经得起一阵啃咬吮吸，最后就只剩下散散乱乱的衣服。狼喜好叼女人和娃娃，用如今时髦的话说有点欺负妇女儿童的意思。狼不敢撵黑硬的男人，男人身上有股雄性与生俱来的杀气。这杀气足以让狼在进攻前躲在阴暗处掂量一番。如果说所有的男人狼都不敢叼，那倒未必，偶尔也有饿狼扑上男人的，那肯定是因为男人腿脚过于慵懒，被狼从思想深处就藐视了。狼实在划不来拿自己的钢牙利齿和男人的拳脚拼杀，那纯粹是又费时又费力又劳神的事情，轻轻松松叼走气力不足的女人或娃娃，轻便而实惠，何乐而不为！说来说去狼就是狼，狼和有些人一样，欺软怕硬。

关于英雄弹球子的故事，其实就是从一个尚在上小学的山里娃和狼的一场拼杀开始的。弹球子,孤儿，那时叫刘爱国，十五岁了才上三年级，还得到十几里外的清风寨去上。

有次放学后，刘爱国和村里的其他学生娃一道披星戴月回雀儿村。羊肠小道两边的庄稼地黑乎乎的，拧天扭地的旋风（陇右地区方言，指龙卷风）怪叫着旋来旋去，逼近了，连星星都吞没了。为了壮胆，刘爱国带头唱起了《解放区的天》。不是唱，是吼。伙伴们跟着声嘶力竭地吼开了：解放区的天是明朗的天……呀呼嗨嗨一个呀嗨，呀呼嗨呼嗨，呀呼嗨，嗨嗨……一个个吼得嗓子冒火，谁也不敢住口，鼻涕吊半尺长也顾不得揩掉。吼声和深谷的回应搅和在一起，鬼来了一样。拐过前梁时，突然从山垭口蹿出一只饿狼，饿狼显然在阴暗处已经把这帮娃娃分析过了，它扑住的是一位最没能耐的低年级女生——村民杨三毛的四女儿杨瓜女。

山里娃天生的机灵、敏锐和果断此时此刻淋漓尽致地体现出来了，炸窝样迅速四散，专拣下坡跑——狼善于跑上坡不善于跑下坡，连狗也清楚这一点，所以有狗撵下坡狼的说法。这是啥时刻？啥形势？但有一个山里娃偏偏没有拣下坡跑，他就是孤儿刘爱国。在少年刘爱国的心中，他觉得到了该冲上去的时候了。面前这只两眼放着绿光的饿狼，就是日本帝国主义，或者是国民党反动派，也可以说是美帝国主义野心狼，它已经对劳动人民的后代杨瓜女同学下毒手了。如果学生队伍里有他最崇拜的英雄王二小，有刘胡兰或者是黄继光，大概早就冲上去了。刘爱国容不得多想了。于是大家看到，此时的刘爱国大吼一声冲了上去，而且把书包在头顶抡得飞转。扭天扭地的旋风奔袭到深沟里去了，月光和星光像水一样洒下来。

狼怔了一下，四条腿骤然钉在了地上，牙齿锁着杨瓜女的脖子。杨瓜女连叫声都没有，像只被老鹰封了喉的小鸡，只有手脚抽筋似的蹦跶。狼昂头，收尾，竖耳，全神贯注而又疑惑不解地望着刘爱国。它大概没想到会有个如此瘦弱的娃娃不顾一切地朝武装到牙齿的它扑上来，那气势和头顶飞转的啥怪物，把这只富有经验的狼有些搞糊涂了，当轻飘飘的书包砸在狼腰部的时候——打狼先打腰，可见刘爱国的脑子始终是清醒的。狼身上最吃不住劲的就是腰部和腿部，最耐击打的部位是脑袋。曾有个流传极广的段子，说是狼曾可怜巴巴地乞求进攻它的人：你不要打我的麻竿腿，你不要打我的豆腐腰，单打我的铁垛脑（陇右地区方言，指脑袋）。狼愤怒地把嘴里的杨瓜女撂下了，狼撂下杨瓜女并不是它没这个能力把杨瓜女叼走吃掉，而是被眼前这个不要命的少年激怒了，这使狼的自尊受到了极大的伤害，它义无反顾地把目标锁定了刘爱国。它眼露凶光，这凶光像两束蓝色的光焰，要把刘爱国融为肉浆。

狼和刘爱国瞬间就撕扯在一起。说是撕扯，其实是狼在耍弄刘爱国呢，狼用不着全力以赴对付青皮少年刘爱国，狼在吃掉刘爱国前还想享受玩弄生命带来的精神愉悦，这等同于猫戏老鼠，或者说和流氓调戏女人的意思差不多。

但就在这时，附近夜游的一只疯狗突然狂吠了几声，这使狼的意志一刹那受到了削弱。也许狗的狂吠纯粹出于偶然，也许是发情所致，叫声绵长、凄婉而又亢奋，但是，正是这声狂吠，使现场的战局出现了根本性的变化，岂止变化，说成根本性转折更为准确一些。狼是最听不得狗吠的。狼逃走前，似乎极不甘心地乜斜了刘爱国一眼，才刷刷刷地蹿上坡，钻进了玉米地。而刘爱国却像散了架的一堆骨头，再也难以支起身子。闻讯赶来的村人抱起刘爱国一看，发现刘爱国左眼血流如注，才知被狼尾巴扫坏了，从此以后，那完全失明的左眼珠子便像一个生硬的银绿色的弹球子，古古怪怪地镶嵌在眼眶上，村人于是叫他弹球子了。

其实刘爱国身上还有一处地方也有些不对劲了，只不过谁也看不出来，这种不对劲只有他自己才能感觉到，那就是他裤裆里的兄弟，不再那么活泼好动了，甚至可以说原封不动了，准确地说更像一个泥涅的铃铛，只能来回摆动，却不能出窝。和狼遭遇前，裤裆里的兄弟还是很调皮捣蛋的，冷不丁就有一种雄赳赳、气昂昂的意思。在人前，裤裆顶那么高，刘爱国窘得要命。譬如平时和小伙伴围在村头看公牛和母牛配对，看着公牛骑在母牛身上那一往无前的样子，伙伴们的裤裆都像帐篷似的支棱起来了，像一片宿营地，都知道是兄弟在犯脾气，一个个窘得像贼似的，躲也不是，藏也不是，就把手探进裤兜里把兄弟死死地捂着，怕别人看见了笑话。当时的刘爱国更不明白小兄弟为啥就能随便起来，这太丢人了，牲畜这样，人岂能如此。自己和其他小伙伴不一样，自己是孤儿，是在村组织的关怀和哺育下成长起来的，裤裆里那么高有失身份，于是索性就蹲下来了，这样公牛和母牛的精彩交配就看不见，耳朵里只传来伙伴们兴奋的叫好声，刘爱国只好干忍着。和狼撕扯那阵，他曾觉得自己的裆里被狼的爪子惠顾了一下，钻心地疼，疼得汗珠子都往下滚了。但他没给救他的村人说裤裆里疼，裤裆里的事情，咋好意思张口啊！村人看他的汗珠子，都以为是眼睛在疼呢。后来，小兄弟就再也没起来过，不起来肯定不是啥好事，但弹球子认为也不是啥坏事，免得动不动就淘气，见了大姨大姐，真有些不好意思，如今好意思了，兄弟像个犯了错误的小学生，挨了批，检了讨，规矩多了。

以后见了公牛和母牛配对，同龄的伙伴们裤裆里又支帐篷了，而弹球子裤裆里风平浪静，波澜不惊，这使伙伴们羡慕不已，觉得弹球子能降伏下面的兄弟趴下不起来，简直比曲江池里降伏了红鬃烈马的薛平贵还厉害，真是英雄本色啊！将来不愁娶媳妇。人家薛平贵，一个穷鬼，连相府千金王宝钏都跟在屁股后面猛追呢，在寒窑里一气等了男人十八年。弹球子将来准得找个北京城里大首长的女娃当老婆。弹球子当然不想让伙伴发现他这个秘密，他宁可不看公牛和母牛配对。他每天挺胸，抬头，端起样子走路，在人前，还时不时学工作组干部的样子，优雅地抬手把鸡窝样的乱发拢一拢，找到了一种胸怀朝阳的感觉。

弹球子的本名刘爱国是土改时驻村的工作组干部为他取的，后来人们之所以记住了弹球子而忽视了本名刘爱国，因为弹球子这个名字是光荣、勇敢、崇高的象征，比刘爱国更要大放光芒。弹球子成了山沟里的大英雄。在弹球子之前，村里的复转军人刘四有被视为大英雄。刘四有早年先是被胡宗南的部队抓了丁，打延安时被解放军俘了虏，就换了军装当了解放军，解放兰州时立了战功，后来又去朝鲜打美国的长鼻子，回国后上级要提拔他，他却死活要求回乡种田，就回来了。脱掉军装的刘四有，和村里的赵九丙、张鬼子、赵存仓一帮人没啥两样。干瘪的一身身子骨，两手像鸡爪子似的在土里刨食吃——但谁也不能否认他的英雄身份。而今弹球子的事迹像热锅里的豆子似的被炒得烂烂糊糊，都要超过刘四有了。

弹球子心里说我何止眼睛光荣失明了啊，还有我裤裆里的兄弟被狼一爪子打趴下了呢，那难道不是光荣负伤？想是这么想，无论如何也是说不出来的。像人家刘四有，打了那么多的仗，从不给村人炫耀，这是何等的胸怀！自己裤裆里那点事情，还算个事？是事也不能说是事，球事！

村人激动地叫，弹球子！

叫得贴心，崇敬，那情分像冬日里洒满向阳坡的日头。

弹球子同样激动地答，哎！

答得自豪，干脆。周身的血液像雨天的房檐水，欢欢畅畅地满院子流。

弹球子觉得自己身上有种叫思想的东西在进步了。那天他在洒满阳光的田埂上走，看见复员军人刘四有家的老母猪在啃吃刘富贵家的玉米秧子，老母猪啃得忘乎所以，如醉如痴。他讨厌刘富贵，刘富贵太护短，他的娃子一旦和伙伴打架，刘富贵总是把伙伴们又是啐又是骂，唯独不拾掇自己的娃子。碰上老母猪啃玉米这样的事情，遇到平时他会暗自高兴的，希望多啃几棵，啃得越多越好，而且要为刘四有和刘四有家的老母猪叫好。但这次他没这么想，他发现自己考虑问题开始有了高度，不能因为刘四有家的老母猪吃刘富贵家的玉米秧子就看刘富贵的笑话。于是顺手抓一块土疙瘩追打老母猪。老母猪大概吃得太过瘾了，对弹球子的进攻忍无可忍，索性嬉皮笑脸地和弹球子兜起了圈子。弹球子就有些恼，觉得刘四有家的猪怎么不像刘四有，倒和刘富贵一样讨人烦，只好追着老母猪一阵拳打脚踢，老母猪这才气哼哼地跑了。弹球子觉得自己的思想境界像放在日头下的冰块一样在迅速升华着。

后来进入 60 年代，山里山外都学雷锋，就觉得激动得不行，自己和雷锋都是孤儿，而且都受过党的光辉的沐浴和培养，就有一种说不出来的亲近感和机缘感。都说雷锋是革命的傻子，雷锋自己也承认自己甘当革命的傻子。弹球子就觉得革命的傻子这个名称真是太动人了，联想到自己的名字，就觉得有异曲同工之妙。这让他的精神世界灿烂得像满山满洼的野草莓，在阳光的沐浴下，盈实而亮丽。

2

在那以后的课堂上，弹球子能看见黑板是黑的却看不见粉笔字是白的，能摊开作业本却不晓得划拉了些啥。全校都在学习他这个英雄。学校是念书的地方，自己坏了眼睛赖在学校里，还能念个啥，简直是哑巴死撑面子学秦腔。弹球子不得不离开了心爱的课堂回到了村里参加生产劳动，但他总是一副无怨无悔的样子。有学生娃学到见义勇为这个成语，就觉得弹球子就代表见义勇为。因此，好多学生娃都拿弹球子的事迹造句，譬如有的造句是：弹球子是个见义勇为的英雄，从狼嘴里救下了杨瓜女。有的造句是：弹球子见义勇为敢和狼搏斗，我们要像英雄的弹球子学习。等等。

弹球子瞎了左眼，弄得右眼也忌烟火，便不能起灶。不能起灶不等于没有饭吃。对于这样一个大英雄，村里是养得起的，互助组和合作社那阵，弹球子几乎是被村人供着，谁家有好饭，首先想到的是给英雄弹球子送去，于是每天早、中、晚饭时间，前来送饭的女人娃娃络绎不绝，弄得弹球子心里热乎乎的。到了兴共产主义食堂阶段，弹球子就和村人一起吃集体食堂了。这时候，年轻的弹球子该参加生产劳动时参加出产劳动，该吃饭时吃饭，都知道差不了几年就要进入共产主义社会了。弹球子和村人一样，根本没把将来的吃饭问题当作问题，将来最大的愁事情，大概是像工作组的同志描绘的各尽所能，各取所需了，那么多好吃的、好喝的、好穿的、好用的都享受不完，咋办？还不都快活地晕过去了，好在晕过去可以吃不要钱的药救过来，但吃药苦哇！不不不，在共产主义社会，大概药都成甜的了……

谁也没料到，共产主义还没实现呢，集体食堂居然垮了。

食堂垮不垮，当然不影响弹球子的吃饭问题。村委会破例给弹球子给了政策，让弹球子像工作组的干部一样挨家挨户吃派饭。一开始，挨到谁家，谁家就早早敞开大门，把大英雄迎进去。那时有一首很流行的民歌叫《山丹丹开花红艳艳》，有句歌词这么唱：

千家万户哎咳哎咳吆，
把门开哎咳哎咳吆，
快把咱亲人迎进来，
依儿呀儿来吧吆。
……

村人都说，这支歌啊，简直是唱给咱大英雄弹球子的。

在迎接弹球子吃派饭的事情上，最积极主动的当然数杨三毛一家。杨三毛一家就差点没跪着请亲人弹球子到他家吃饭了。喜欢男娃的杨三毛尽管生了四个女娃，平时总骂咋不让狼叼走一两个，但真正发生了杨瓜女的事情，杨三毛和老婆还是扯心扯肺地难受了一回，而且这一难受就难受了一辈子。杨瓜女当年被弹球子从狼嘴里救下后，被村人连夜用架子车拉到乡卫生院抢救，命是保住了，脖子上却留下了几个被狼牙洞穿的肉窟窿，吃饭说话，那几个洞洞也是一张一合，像眨眼睛似的，很吓人。

遗憾的是，杨瓜女那次遭遇饿狼，吓得丢了魂魄，常在睡梦里喊狼来了狼来了，那是一种声嘶力竭的呼喊。油灯下，脖子上的黑洞洞恐怖得变化着形状，弄得杨三毛一家不得安宁。再不久她啥也不喊了，又是尿炕又是吃屎——疯了。杨瓜女这一疯，本来就底气不足的杨三毛一家，更是像卸了脊梁骨似的趴下了。

弹球子替杨三毛一家又伤心又难过，就不好到杨三毛家吃饭，多数时间在村人那里轮着吃。村人对英雄的热情是真诚的、朴实的，村人为弹球子到自家吃饭而感到自豪和骄傲，尽管家家户户的面柜里没有多少面渣子，油瓶里没有多少油星子，但在招待弹球子吃饭的问题上谁都不含糊。一次，弹球子到复员军人刘四有家吃饭。到刘四有家吃饭，弹球子心里总是感到一种熨帖和默契的感觉，也可以说有一种英雄访好汉的味道。那天吃的是一年到头也难得一尝的上等饭：粉条烩洋芋。陪着弹球子在炕上的是刘四有和刘四有的女人如画，而真正吃饭的只有四有和弹球子两个，弹球子问刘四有的女人，如画嫂子咋不吃？

四有女人说，我早到厨房里吃过咧。

弹球子又问，那，几个娃娃呢？

四有抢着说，几个娃娃都出去耍去了。

但是，当弹球子吃完饭，由四有陪着出院门的时候，弹球子无意中看见耳房窗户上糊的破纸洞里，有几双明亮、羡慕的眼睛扑闪扑闪的，那是只有饿急了的馋猫的眼睛才能发出的光亮。他这才知道四有为了请他吃派饭，怕娃娃们眼馋，把娃娃们像关鸡似的都关进了耳房里。

弹球子激动的声音有些颤抖，四有哥，你……

四有见弹球子已经看出来了，憨厚地笑了笑，说，弹球子没事的没事的，娃娃们没见过粉条，一旦放出来，等于一帮小狼崽出来了，你就吃不了饭。

弹球子的眼泪就下来了。他上前掀开耳房门一看，几个娃娃每人抱着一碗糠面汤就着青萝卜在那里嚼呢。弹球子啥都明白了。

弹球子哽咽着说，四有哥！

四有说，弹球子，你是大英雄，咱不能亏了你，请你吃饭，咱心里高兴，要请黄继光、张思德，咱还没本事请到呢，何况，那边，活着的人，谁也没去过。

以后弹球子每次从主家吃完派饭，基本上都是哭着出来的。在院门口，弹球子总是和主家情绪激动地拉着手，久久说不出一句话。日头软软地把光线铺在家家户户的院里院外，街头刨食的瘦鸡扑棱着翅膀，用爪子翻着深土里的蚯蚓，成群的麻雀在树梢上莫名其妙地喳喳叫着，黄糊糊的风在巷道里东逃西窜。弹球子脸上的泪被风吹干了，主家的泪又下来了。那场景有点像当时电影里革命群众送别伤愈归队的子弟兵的镜头，生动得让人心碎。

有段时间，村人突然发现弹球子不见了。弹球子走得悄无声息，了无痕迹，村人一点都没察觉，甚至很长时间都没反应过来。当村人在好久没被派饭的异常感中察觉似乎有些不对劲时，已经是弹球子出走一个月以后的事情。弹球子这一走，弄得村人既莫名其妙，又牵肠挂肚，村委会那帮人几天都吃不下饭，觉得真是对不住弹球子，村人难道啥地方对不住弹球子了？杨三毛一家在人面前更是矮了半截，有人一提弹球子，杨三毛就想不如拉泡屎钻进去，说啥也别出来。弹球子这一走，就是好几年，村人都以为他饿死在外边了。后来成立了人民公社，村里的土地上收了，劳动力集中了，人们都在大集体里过日子了，村变成了大队，大队又分成了几个小生产队，每个队都有小队长，生产队里有了记工员，村长也变成了大队长。就在一个社员们快要下工的中午，弹球子奇迹般地出现在了村口。那是个又干又冷的冬天，干硬的西北风尖尖地刮着，空中飞旋着卷地而起的黄土、草皮和鸟毛。弹球子身穿一件破透了的羊皮袄，头发杂乱而肮脏，脸皮黑而粗糙，躬腰驼背，猴在那里，就像一只空瘪的粮袋。两手交织着深深地插进袖筒里，把一个火红得非同一般的东西小心翼翼地、紧紧地抱在胸前，这东西衬映得他上半截身子一如霞光普照，更像千年枯木盛开了一树鲜艳的红花。那是红宝书，弹球子当然不能没有红宝书。

社员们心情复杂地感慨，都以为你……

弹球子突然抹去眼角的泪水，不以为然地插进了话，说，没死！跳崖，上吊，喝药，撞墙，太窝囊，等于给黄继光丢脸。

有社员说，咋过的？

弹球子做出一副轻松的样子，没正面回答，却反问，当年红军哥哥爬雪山过草地都没啥奇怪的，我咋过的，不稀罕！就更没啥说头了。

社员们就觉得弹球子不愧是大英雄，思想境界实在是高尚得可以。其实那几年弹球子咋过的，人们后来从四邻八乡、上川下坝的庄户人那里鸡零狗碎地听说了不少，那就是弹球子不愿提及的事情。他是挨家挨户寻吃讨要过来的，在外村人的记忆中，来自雀儿村的弹球子，终日里戴着一顶破旧褪色的军帽，披着油渍麻花的破褂，拄着一根撵狗打狼的拐棍，进门就可怜巴巴的一声叹息，说，给上点！声音就像是从腹腔、胸腔里发出来的，沙哑而沉闷，准确地说，在给上点之前其实还有称呼的，如，逢老人就喊爷爷，逢同辈就喊大大（陇右地区方言，即叔叔）而不是大哥，逢年轻人就喊大哥或姐姐，总之尽可能把自己的辈分或角色放得很低很低。主家问，从啊达来（陇右地区方言，哪里来）？弹球子不假思索地撒了谎，从岷县来。岷县是个很远的县，也是个逃荒要饭的最多的县，人们也就信了，其实弹球子主观上并不想撒谎，他认准了一个理儿：当个四海为家、风餐露宿的乞丐，讨百家，吃千家，进了门，张口要，给了就吃，不给就走人，不给村里添麻烦，他弹球子才更像堂堂正正的英雄。如果不是兴了集体农业社这个新鲜事物，他死也不会回来的，宁可当一辈子乞丐。

队长紧紧地握着弹球子的手，眼泪就在干瘪的眼眶里打转转。队长哽咽着说，弹球子，你为啥要走？为啥一走就是这么多年？咱大山里没出过多少英雄，除了刘四有，数来数去就是个你。你却给谁也没言声就走了。

弹球子说，我走了，给村里省碗吃的。

队长说，你这是屁话，缺你一个人，能省几碗吃的！

弹球子说，全村人待我像亲人，我不能再扒拉村人口中的口粮啊！

队长紧紧握着弹球子的手，说，弹球子，弹球子！

弹球子说，队长，队长！

队长说，这下好了，变农业社了，村人的日子可能要变好，你不必担心了。英雄，该到享受英雄待遇的时候了；英雄，不能沿门乞讨当乞丐啊！

3

回村后的弹球子，强烈要求参加集体生产劳动。弹球子劳动积极，而且还是许多行当的行家里手。他两只眼睛视力不济，劳动时竭力地挤弄着眼睛，看样子是在用自己古怪而又独特的方式调整着视力。眼睑、眼眶、眼角一带的肌肉忽而绷紧，忽而放松，忽而又死死内抠，就像人们用散了光的手电筒对光束似的，这就使他脸上的表情变幻多端，千奇百怪，活像一个天亮了还未来得及逃遁的小鬼，在日头下苦苦挣扎。但他锄地却能分得清禾苗，耕地认得垄沟，打夯辨得准声音，扬场能把住风向，干的活路几乎和健全人没啥两样。熟悉拳脚行当的人，都晓得一招一式讲究手、眼、身、法、步，弹球子除了眼，手、身、法、步都神乎其神了。

弹球子就是在这个时候光荣地加入了党组织，成为村里为数不多的党员之一。党员加英雄，弹球子的成色比任何人都要足。

社员中就有人感慨，弹球子就是弹球子，大英雄就是大英雄。

本来队里有规定，残疾人不能拿全工分的，一般是拿六分工，最多拿八分工，但弹球子干活的路数和成绩在那里明明摆着，谁也不好鸡蛋里挑骨头，只好同意了让他和健全人一样享受十分工。

形势的发展与预想的不是一回事情，农业社大锅饭纯粹是为养懒汉而成立的，日子不但没好过，而且社员们像拉磨的驴似的，终日被固定了活路，固定了活法，固定了手脚，干与不干一个样，反正穷日子一块过，这样心里啥盼头都没有了，只等哪天下一场透雨，便窝在家里暖热炕。最烦心的事就是大队长站在崖畔，一手叉腰，一手举军号，鼓着腮帮子吹，号子一响准有事情，男女社员就聚在村头大槐树下，听各队的队长给社员分配活路：男社员干啥干啥，女社员干啥干啥。

靠工分吃饭，这就有意思了。家家户户都靠工分吃饭，如果突然家里多了一个白吃白喝的，不亚于狼窜进家来了，工分又不是为狼挣的。

这对英雄来说是个考验，也就是说英雄得过工分这一关。

英雄到工分的天平上，是半斤呢还是八两呢！弹球子心里一想就发毛。英雄不等于工分。

这时弹球子尽管照样吃派饭，但他已感觉到与农业社前不大一样了。这年月山里人家请吃饭，一顿两顿是出于热情、敬佩和心意，三顿四顿面子上就不好过了。都是穷日子，按工分分得的口粮就是村人的命根子，弹球子在谁家吃饭，不亚于要有些人家的命，这就是了不起的大事！弹球子不像人家工作组的干部，人家工作组的干部一般在村里待十天半月就走，而弹球子看样子是要把全村人吃定了，这就引发了有些村人的苦不堪言的思考。饿肚子的年景，能揭开锅的有几家？岂能凭空再增添一张大嘴！后来，慢慢地，挨到谁家，弹球子就得敲人家的门了，主人迎他的时候，脸上的表情就开始走样。还有几次，刚敲了主家的门，就有狗在院内汪汪汪地怒吼，却听不见主家劝阻，有一次，他刚一脚踏进一家院子，就有狗扑将出来，他其实认得那狗的。村人和狗都像是老熟人，甚至比人更像老熟人。人和人难免有个磕碰，而人和狗似乎永远也不会有疙瘩。平时见了面，他朝它点点头，它朝他摇摇尾巴，还要汪汪几声表示客气。而今天这狗对他的仇恨有些邪乎，仿佛看见阶级敌人了，四蹄离地扑过来，差点咬着他的脚筋，吓得他扭头就跑，一头撞在了洋槐树上，弹球子的泪就刷刷刷地倾泻下来了。两眼最见不得泪，见泪就痛痒，弄得他死不得，活不成。

有站着说话不腰疼的社员就劝杨三毛，人家弹球子落到如今这般地步，全是为了你家老四，干脆，给弹球子包吃算了，值！人家弹球子拣了你娃一条命。

杨三毛的头发都竖起来了，说，你以为我这人没良心？我如今连这一帮女娃都养活不了了。

社员不好说啥了，但杨三毛还在说，我家四娃，那年还……不如……不如让狼叼走算了，如今害了她，也害了人家弹球子，还弄得我里里外外不像人。

社员吓得再也不敢言声。这时就有哗啦啦的掌声，从屋里传出来，紧接着传出欢迎欢迎热烈欢迎的口号声，这是杨瓜女。

此时的大姑娘杨瓜女蹲在炕上的屎尿里，一张傻乎乎的大脸紧贴在木格子窗子上，朝院中的社员眨眼睛。她是误把社员当成新来的工作组的干部了。在杨瓜女的意识和记忆里，印象最深刻的大概就是工作组进村时，社员们被赶驴一样集中到村口鼓掌欢迎的情景。

弹球子眼泪巴巴地对队长说，你说过，农业社会好一些，如今农业社这么多年了，但没人给我吃的了。

队长明白是咋回事情，就气哼哼地站在村后的高崖上，双手叉腰，用足了气，把大队社员日天日地地臭骂了一通，一直骂到日落西山，他也就没底气了，倒不是因为骂累了，而是突然意识到家家户户的房顶上并没有几户冒炊烟的，老泪就吧吧吧地往下掉。也实在是难为社员了，已有人家开始剥树皮吃了，谁顾得了谁？

英雄是啥？英雄不等于小麦玉米萝卜白菜。

只有工分才等于小麦玉米萝卜白菜。

队长紧紧握着弹球子的手，给英雄打气，咋没人给?！还有组织呢！今后，到大队干部家中轮着吃。

但是，弹球子在大队干部家中也没吃几次饭，就又迈不动腿了。啥原因？从队长后脖子上的几道血印子就看出来了，谁抠的？除了老婆，还能有谁？弹球子不是没脑子，他清楚老婆为啥要抠队长的后脖子。他实在不忍心看着人家两口子为了他的吃饭问题抠来抠去的。

4

于是就有了弹球子的第二次出走，尽管两次出走的初衷有着天壤之别，但两次出走都很无奈。

弹球子第二次出走是在70年代初，但这次出走使他背了黑锅。因为农业社后不久，许多生产队越来越多的农户都揭不开锅，逃荒潮一浪高过一浪，公社这就慌了手脚，开始专门收容和遣返那些脱离集体逃荒的乞丐。这是农业社时期集体意识最强烈的特殊阶段。上面通过对农村流动人口的严格控制，所有劳动力都集中到土地上了，各生产队基本上见不到乞丐，哪里有乞丐马上就会被押送到公社问个究竟，还得讨生产队要个说法。弹球子就被公社派民兵押送过一次。

问：你为啥脱离生产队?

这个问题弹球子很难回答，如果说肚子吃不饱，那就是对人民公社不满了，如果说不愿吃派饭，那是对人民群众有情绪了。但除了这两个答案，似乎再没有啥好的答法，就只好缄默装傻，最后被公社遣返到村里接受贫下中农的教育。英雄哪有接受教育的，他英雄的名声当然就大打折扣了。

他还得硬着头皮吃派饭。

队长责备弹球子，现如今随便出走，那可是政治问题，你咋就又走了呢?

弹球子苦笑一声，说，队长，我给你说过，自从变成了农业社，我吃派饭时被狗撵过多次了。

队长说，但是，并不是家家户户的狗都咬你啊！我家的狗咬过你?刘四有家的狗咬过你?文书刘把子，会计刘爱学，还有各队的记工员赵九丙，赵全堂，王永胜，赵存仓……他们家的狗咬过你吗?

弹球子说，这些人家的狗没咬过，但是……

队长说，但是啥?

弹球子说，他们家的狗是没咬过我，但是看看你们后脖子上的血印子，我心里比狗咬还难受哇！

队长说，难受个屁！血印子越多，正说明惦记你的人越多，牵挂你的人越多啊！

弹球子哇地号啕大哭，紧紧抱住队长，泣不成声。

弹球子的第二次出走和被押送回来，给人一种革命阵营里的意志薄弱者逃脱后被拎回来的感觉，这就不是小问题，因此理所当然再次成为村里最新鲜的事情。

事实上，弹球子第二次出走前，曾想结束掉自己的生命的，甚至想找个月高风清的夜晚，把自己这一百来斤给狼贡献了，落个干干净净。他的确这么做了，那晚，他在月光下摸到一片玉米地前，把褂子从胸前扯开，静静地蹲在地埂上，背朝黑压压的玉米地，期待着饿狼从后面的突然袭击。他明白狼的嗅觉比鬼还要灵敏，他敞开的胸怀对饿狼来说是散发着新鲜的人肉气息的源头，很快会被附近游弋的饿狼闻到。玉米地里突然有夜鸟乍然飞起，从他头顶扑棱棱地掠过，凭知觉，他知道狼已经发现他了，正在他背后做着袭击前的准备工作。狼是聪明的，它不可能准确判断出他是自愿送到它牙齿边的鲜肉，因此显得迟疑、审慎、矜持。他平静地闭上了眼睛，昂起头，尽量把脖子伸得长一些。他感觉到了狼在身后暗绿色的目光。狼一旦把爪子搭在他的肩膀上，首先朝脖子下口。

但就在这时，他突然浑身一激灵，大脑突然白昼一样的清醒。

这个当口寻短见，情况肯定和以前不一样，那不仅是对人民公社的态度问题，作为党员，等于是自绝于人民了。他容不得多想，虎哮一样一声大吼，迅速猫腰，就地一滚，几乎在同时，一条大灰狼像利箭一样从空中飞掠而过。

他飞快地扯掉褂子，从衣兜里掏出火柴，打开，抓起一撮，擦燃，几十个小火苗汇成一个小小的火把。他点燃褂子。狼早已回过了身子，伸长舌头，目光中闪烁着被羞辱的怒火和愤慨，前爪紧紧地抠着地面，后腿顶起，随时准备做疯狂的反扑。对火，狼从来都是谨慎的。长毛皮的家伙都畏火。

褂子已经借助风势，熊熊燃烧起来了，火舌吞噬着十几米开外的夜色。弹球子再次大吼一声，拎着燃烧的褂子朝村里疯跑。狼在后面追，但是追得很勉强，属于那种左躲右闪的追法。火星子像散乱的星星一样在弹球子身后飞舞，生生灭灭，闪闪烁烁，一旦有一丁点儿落在它的身上，就会伤及皮毛。

狼在村口终于停止了脚步。月光下的它，无可奈何地把地面抠了几个深道儿，这才悻悻地消失在夜幕中。

不死就得活，应了句弹球子最不愿意听到的老话：好死不如赖活着。

他不想好死，也不愿赖活。

尽管弹球子随时都在接受贫下中农的再教育，但社员心里亮清，弹球子出走绝对与政治没啥关联，因此，谁也不敢堂而皇之地教育弹球子。所以，回村后的弹球子，照样享受吃派饭的资格，而且队里对弹球子的吃饭问题更加给予了高度重视。如果再让弹球子出走一回，让公社遣返回来，队里就交代不过去了。

队里专门为弹球子吃派饭的问题多次召开会议进行研究，最后决定：谁家摊上派饭的任务，队里会从集体的角度给谁家适当供应一些粮食。一般是吃一顿，供应四两谷子；吃一月，供应胡麻油半斤。

没想到弹球子自己给自己也出台了一个政策：轮到在谁家吃派饭，他就主动把当天的工分送给谁家。用他的话说，自己是党员，也得发扬点啥。都知道弹球子这是不想占集体的便宜，也不想在社员那里落个白吃白喝的名声，他把工分拿出手，吃也好喝也好，意思就马上变了：他是凭工分吃饭，凭力气吃饭。这饭，吃得他舒服，吃得他舒畅，吃得他痛快。

事情突然发生了戏剧性的重大变化，全大队各家各户争着、抢着、拼着到大队部争取被派饭的资格，简直有点又回到当年那首歌中千家万户哎咳哎咳吆把门开哎咳哎咳吆的氛围中了。弹球子的身价暴涨，简直有价值连城的意思，每天早、中、晚，就有人提前拉扯着他去家里吃饭，为了争到弹球子，不少人家还备了酒，不久家家户户的小炕桌上都有酒喝了，就这，也未必能把弹球子争到家里来，为此不少邻里街坊还翻了脸。

有次弹球子被张鬼子拉去吃饭。弹球子赶紧解释说，鬼子哥，今天轮到去刘富贵家吃。

张鬼子说，啥轮不轮的，去我家吧！我是自愿请你来咱家吃。派饭是公对公，我请你不是公对公，是情分，你说哪样重要？

弹球子一下就噎住了，他只能随了情分，跟着去了张鬼子家。

张鬼子也是备了酒的。弹球子蹲在炕上，承受着张鬼子一家最高规格的礼遇。吃着馍，夹着菜，喝着酒，张鬼子高举酒杯，吼起了酒歌，他唱的是《十里亭》：

送亲人送到一里亭，
泪蛋蛋洒在沙蒿蒿林，
七十里铺天边远，
有事没事传信信。
……

从一里亭、二里亭一直唱到九里亭、十里亭。

弹球子窘红了脸。陇右这一带的酒歌像坡上的莓了一样多，他不是没唱过，唱《十里亭》是讲究场合的，那是给掏心窝子的人唱的，他弹球子是张鬼子掏心窝子的人吗？张鬼子心窝子里的，该不是工分吧！

院外突然传来刘富贵的女人王苹果扯天扯地的骂声，张鬼子我日你妈哩。我日你家先人哩。弹球子挨着咱家吃派饭，你凭啥中间插一杠子。

伴随着一阵狗咬，像是为王苹果助战。

张鬼子放下碗筷，对弹球子讪笑一声，说，你先吃着，我出去把狗日的王苹果安稳安稳，说着就跳下炕，风一样地卷出去了。

很快传来张鬼子破锣一样的骂声，王苹果你个狗日的，你本身就是个母的，凭啥日人哩！是你那瞎眼裤裆里长黄瓜了吗？

接着就听见王苹果杀猪似的号哭。

王苹果肯定被张鬼子打了。而且听王苹果的叫声扯天扯地的，张鬼子肯定下手很重。后来听看到的人说，张鬼子打王苹果时，还顺便在王苹果下面结结实实摸了一把，便宜是占够了。

张鬼子打了王苹果，肯定会惹了王苹果的男人刘富贵，刘富贵这时正在自家的自留地里锄草呢，他若回来，看着老婆一败涂地的样子，岂能善罢甘休，还不抡起锄头把张鬼子裤裆里那棵三寸长的禾苗儿给锄了。

屋内，弹球子一口饭也吃不下，张鬼子老婆一个劲地往弹球子碗里夹粉条和土豆，弹球子喉咙里像是哽了一块老鼠肉，死死挡在那里，啥也进不去。

那天，从地里回来的刘富贵果然和张鬼子干了一架，那一架干得很热闹，刘富贵攥着锄头使劲往前扑，张鬼子顺手到村头一个公用的茅房里拎了一个破铁锹，迎了上去，后来社员们点评这场决斗时，一致认为张鬼子如果不是有破铁锹挡着，极有可能被刘富贵锄成太监了。

弹球子没想到社员们是那么在乎他辛辛苦苦挣来的工分，他可真不愿意看到社员们为了得到他的工分而弄得鸡飞狗上墙，琢磨再三，决定把每天挣来的工分干脆无偿捐献给集体，这一举动成为全大队最火红的事情，农业社以来，还没听说把工分捐献了的，除非是不食人间烟火的傻子，这一火红的举动就像在社员们脑海里掀起一排巨浪一样，震撼了好久。社员们心里不是不明白，弹球子做出这样的事情，不为怪，因为他不是别人，他是弹球子，英雄弹球子。

争着，抢着，拼着拉他吃饭的热潮很快消退，一切都开始恢复到了正常派饭的程序，那些拼命地争抢仿佛没发生过似的。弹球子开始有次序，有规律地走东家、去西家吃派饭。

好在，轮到吃谁家，社员的态度倒也热情，伙食也过得去。酒，当然没了。

但弹球子无论如何也高兴不起来，弹球子悲哀地意识到，尽管社员不指望他的工分了，但队里给他们的四两谷子和半斤胡麻油仍在起作用，如果没了这些，将会是啥样，弹球子使劲眨了眨眼睛，摇摇头，他实在不愿去想。他想，啥叫英雄气短，这才叫英雄气短哪。

5

狗急了会跳墙。为了摆脱吃派饭，弹球子着实急了，他终于有了摆脱吃派饭的办法，这个办法如果成功了，就可以尽可能地少吃派饭。这个办法与他两次讨饭生涯中听来的古今（泛指故事）有关系。

有过两次讨饭经历的弹球子，皮囊里塞满了千奇百怪的古今，破嗓子还学来了一副别有情趣的九曲十八调，这就成了宝贝了，生产队上工、下工、歇响，社员们都爱拥着他听古今，尤其是雨天歇工，他的破炕上就挤满了人，吃饭时分，被派饭的主家来邀他，往往被众人轰走，早有人从怀里掏出精细白面烙的锅盔馍和几根大葱，侍候着弹球子了。那时，常有工作组的干部紧一阵松一阵地抓四旧，因此，弹球子讲古今前，先要观观火候，如有工作组的人闪过，就气势磅礴地大讲《欧阳海之歌》，或者是刘文学和地主做斗争的故事，然后才开始讲今古奇观、狐仙鬼怪和上川下坝的奇闻逸事，他讲得最多的是“三言二拍”和民间传统评书《罗通扫北》《薛仁贵征东》《薛丁山征西》《粉妆楼》和《贾家楼》，他还善于控制讲解节奏，渲染气氛，譬如讲到诸如罗通盘肠战番兵、秦怀玉连杀四门、薛仁贵大战摩天岭、薛丁山三羞三请樊梨花、杨再兴大战小商河、白素贞温酒显原形、猪八戒梦断女儿国等段子时，还要来个且听下回分解，一时招惹得男女社员们心醉神迷，几天几夜睡不好觉，一天不见弹球子，仿佛魂儿被小鬼勾了。村里来了电影，起性的是娃娃们，而大人们早被弹球子那慢条斯理的腔调迷住了。

弹球子真有些欣慰，他觉得应了一句老话：鸡不尿尿，各有各道。也就是说自己这叫花子样儿，凭着给社员们耍贫嘴，又活到份上了，而且还活得很滋润。

弹球子似乎找回了做人的尊严似的。有那么多社员们围着他转，有那么多社员们给他端汤送馍，充分说明了自己在社员们心目中的地位，这就使他的心情出奇地好，一时不愁天不愁地，整日乐呵呵打发日月。

这是弹球子精神状态最好的时期。

弹球子潜意识里十分亮清，他这种精神状态，对其他男人来说根本算不了啥，人家那活的是啥精神状态，起码人家有女人围着呢，回到家，满眼的都是女人的片片嘴、毛眼眼、大屁股、热奶子，这些，他没有。

弹球子想女人想得着急了。弹球子这才发现男人不能没有女人，这是天经地义的事情。三十多岁的弹球子，说不想女人还真说不过去，他几乎是晚上一落枕早上一抬头就想了。夜深人静的时候，他的土坯房内曲尽人散，陡然降临的暗夜使屋子显得空旷和寂寥。清冷的月光给他低矮的土坯房涂抹了一层寂寞而单调的灰白色，一丝月光透过木格子窗棂，就像是偷窥着炕上他无奈而又孤独的灵魂。在这样的夜晚，弹球子不能不想女人，除了眼睛像受潮发霉了的干核桃，让他辨不清这月光和阳光到底有多大区别，他作为一个男人的躯体仍然是青春而富有活力的，对女人的渴望使他内心焦灼而沉闷。他觉得自己青春的身躯就像一个膨胀了的大气球，不释放自己，迟早有被撑破的一天。他渴望和一个属于自己的女人一起释放，他是人，是一个男人呢！这种状态，裤裆里的兄弟早该抖擞精神，直指蓝天了，但事实是：没有。那兄弟就像冬眠的癞蛤蟆，连哈欠都不打一个。

他意识到，裤裆里的兄弟除了尿尿，还得在女人那里派用场的。小兄弟如此不慌不忙，不紧不慢，这个秘密兴许根本就不是啥好事情。就觉得问题有些严重。先是怪自己太无知太愚昧，归根到底怪那只可恶的狼，这狼，真他妈的卑鄙下流，哪儿抓一下不行，把耳朵抓走一只也不是不行啊，偏要抓人家的老二，没看清那是只公狼还是母狼，八成是只花哨的、发情的、缺德的母狼。他妈的，玩高级了！

裤裆里的事情，自己得给自己鼓劲，别人谁也帮不了忙。那么，见了属于自己的女人呢？它还那么稳稳当当吗？

英雄弹球子苦苦地等待着这一天。

女人是最奢侈的东西。弹球子终于得到了一个女人，女人小他几岁，是后山里赵家嘤大队的。名字很喜庆，叫赵欢欢，赵欢欢长得圆头圆脸，粗胳膊粗腿，屁股和鼓面一样大，不怎么俊俏，甚至根本就不俊俏，但算得上是一个肉肉乎乎、结结实实的女人。走起路来，就像半片厚实的猪肉突然从案板上立起来，颠儿颠儿地摇。

只不过，女人是个先天的哑巴。

是母的就不错了。

这个叫赵欢欢的女人是杨三毛托赵家崾大队的姑姑给介绍的，为了让哑巴赵欢欢给弹球子当媳妇，杨三毛的姑姑磨破了嘴皮子，她给哑巴反复比画着说，弹球子，尽管没爹没妈，眼睛有毛病，但弹球子人好心好，更重要的，弹球子还是英雄呢，说着就讲了弹球子当年的英雄壮举。

哑巴的眼睛开始发亮了，她大概被英雄的壮举吸引住了。

为了这个女人，弹球子把几十个工分送给了杨三毛，说，杨哥，我弹球子除了工分，再没啥能送哥哥的了。

杨三毛赶紧挡了手，说，弹球子，我咋能图你的工分，我图的，是为英雄干点实实在在的事情，这样，我心里才不亏啊！

这时，被绑在炕上的杨瓜女又疯喊了起来，欢迎欢迎，热烈欢迎！

杨瓜女腰部紧紧地绑着一根绳子，绳子的另一头牢牢地系在窗子上，这样，杨瓜女的全部世界就是这面土炕了。杨三毛不得不绑着杨瓜女。有好几次，杨瓜女在村里疯跑，见了男人，冷不丁就把裤子脱了，弄得村人躲也不是，不躲更不是，杨三毛这才意识到，自己的疯女儿长大了，都到做女人的份上了。年龄不饶人，到了年龄，驴也发情呢，何况这么大一个闺女。后来杨三毛就索性把杨瓜女绑在了炕上。由于很少见到阳光，杨瓜女的皮肤白如新刷的粉墙，不过是那种惨淡的、青灰色的白。

弹球子心头猛一热，实在不忍心看到杨瓜女那疯魔样儿，就赶紧转身走出了院子。杨瓜女使他想到自己的命运，自己的命运和杨瓜女的命运其实没啥区别，都是倒霉蛋子，只不过杨瓜女成全了他英雄的名分，所以对杨瓜女，他除了同情和怜悯，还有种说不清楚的情结缠绕在心里，当然，缠绕在心里的不是责备，更不是后悔，他不可能后悔的。

英雄无悔！

弹球子的婚礼是简朴而隆重的，全大队的人都来了，大队书记、大队长、小队长，有的当证婚人，有的当记账员，有的跑堂，有的布置新房，也就是说，弹球子的婚礼，连地方组织和行政的最高首长、官员都参加了，这就等于高规格，这婚礼就很有些与众不同。晚上闹完洞房，布置一新的土坯房内显得生动而灵性，四面的墙上贴着崭新的报纸，正墙上领袖像两边是一幅鲜艳的对联，上写：军民团结如一人，试看天下谁能敌。再两边是火红的双喜剪纸，煨了麦秸和草皮的火炕，把一阵阵带有焦土味的热浪塞满整个空间。叠在炕上的两床大红被，摆在炕头的大红枕头，使屋里增添了一份令人心动的情调。

这一切对弹球子来说，显得那么新鲜和陌生，就像置身于一个远久的梦。

哑巴赵欢欢矜持而羞怯地坐在炕沿边，双膝并拢，两手绞在一起，低头不语。弹球子看不到她的脸，只能看到她那梳得溜光水滑的头发，在几支大红蜡烛和煤油灯发出的热烈而柔弱光亮的映衬下，乌亮得像是过了漆似的。弹球子的心情自始至终激动着，他能感觉到自己的心脏像只不安分的兔子似的活蹦乱跳着。他终于拥有了一个实实在在的女人，拥有了一个实实在在的家，拥有了只有在梦中才有的如此之奇妙、真实的氛围。他激动地拥住了哑巴赵欢欢，他觉得他拥住了自己的整个一生和整个的世界。

女人最初羞怯得不行，还像模像样地扭捏了一阵，后来就像只发情的母羊，在他的身子底下扭动起来，扭捏发展成为扭动，就进入状态了，忘乎所以地发出摄人心魄的呻吟，女人的扭动不是盲目的，女人的扭动最厉害的是下半部分。弹球子知道女人这时最需要的是啥。此时此刻的女人其实更像弹力极好的海绵，渴望着水分的滋润。这么想着，弹球子的心里就像窝着一团火，——可是，可是下面的兄弟根本一点动静都没有，像一只病鸟似的窝在那里睡觉呢，仿佛男女间的过招与它毫不相干似的。他想起了参加支部学习时刚学的新词：事不关己，高高挂起。这病鸟自由主义的毛病犯得不轻。

女人扭动得更厉害了。而弹球子就像被蒙了眼睛的猛张飞，手执的不是丈八蛇矛，而是一把软面条，找不到下面的热水锅，急得呼呼呼直喘粗气。女人绝望地啊啊啊地叫着。弹球子像一个蹩手蹩脚的牧羊人，不晓得把羊往梁上赶还是往川里赶。弹球子觉得体内有一堵墙在慢慢倒塌。他突然发现自己的双颊有些潮湿的感觉，泪水像不断线的房檐水，顺着下巴往领子里灌。就像一泡热尿尿浇到灶膛里，灭了柴火不说，锅里的菜也夹生了。火热的激情突然就冷却了许多。他尽量不让眼泪洒落在哑巴身上。

女人一骨碌，脸朝墙睡了，肩头一耸一耸地啜泣。

早晨，日头那柔和而明丽的光线透过窗棂，洒满整个新房。弹球子唯一的右眼紧紧盯着墙上对联中的下联：试看天下谁能敌。一种巨大的自卑感、羞辱感使他浑身发冷，还谁能敌呢，自己早已一败涂地，落花流水了，连跑到台湾岛的蒋匪都不如，电影里经常演呢，蒋匪见了女人，挺骚情的，把人家女人弄过后，女人就像大病一场一样，对周围的亲人掉眼泪呢。

6

关于怎么样才能和女人好好睡一觉的事情，成为弹球子一度苦心思考的问题，那时大队刚组织社员学习了一段新语录，大意是：这个问题要搞清楚，这个问题不搞清楚，就会变成修正主义，要使全国知道。弹球子不知道语录里的这个问题指的是啥，从活学活用的角度考虑，这个问题应该指他和女人的问题最恰当不过，要搞清这个问题是不能随便请教别人的，他思前想后，决定和队长谈一谈，队长觉悟高，善解人意，不会以此取笑他的。

队长开门见山地说，你那兄弟，啥时候开始起不来的？

弹球子如实回答，十五岁那年。但他没说狼的那致命的一爪子，他实在没脸说出口。

队长说，这么说，十五年前应该挺不错的。

弹球子说，是挺不错的，说起来就起来了。

队长善意地笑了，说，不要紧的，不要紧的嘛，说明不是先天的，是心理作用作怪呢，多来几次，就起来了，最好啊，换个地方，譬如麦草垛后面啥的，心理状态理顺了，就起来了，起来了，用铡刀都铡不断，硬着呢。

其实队长说的是经验之谈，没错！问题是弹球子提供的信息并不是全面的，弹球子并没说自己的兄弟被狼爪子光顾过的事实，这就使队长对事物判断的准确性大打折扣了。不管怎样，弹球子还是很在意队长的说法。他想，先按照队长说的，换个地方试试。

弹球子就嗫嗫嚅嚅地对赵欢欢提议，那，咱大白天关了院门，在院中铺上麦草，试试！

于是在院中铺了干净的麦草。小南风凉凉地吹拂着，带来山野里青草和泥土的芬芳。干净柔软的麦草在风中暧昧地摇曳着纤细的小手。树上有发情的麻雀愉快地相互追逐、扑打着。日头正好的时候，弹球子和女人躺了上去，日头实在是太好了，女人的身体就像袒露在日头底下的一座优美、迷人的小山，凹凹凸凸，层次分明，琳琅满目。弹球子使劲咽了口唾沫，这口唾沫仿佛一气就吞到了丹田里，使积蓄已久的所有力量迸发……

看来，换个地方，也不行。弹球子没有把这种巨大的痛苦和悲哀表现出来，而是配合着女人在麦草上来来回回地滚了几遭。但就在这时，女人突然惊恐地啊了一声，一脚把弹球子踹在一边，双臂胡乱地扒拉起两边的麦草，把自己的身体遮盖起来。

女人这一脚踹得不轻，把弹球子踹疼了。弹球子疑惑地说，你？

女人以目示意，弹球子顺着女人的目光一回头，望见对面的崖畔上，有几个小娃娃的头在晃动，就知道那些小娃娃在偷看呢。他这一看，就有火往头顶上冒。

弹球子的脸苦成了药渣滓。他先是朝崖畔上骂了一句，你这帮驴日的，从崖畔上掉下来，我可不搭救。他这是气话，他知道这气话奈何不了那些娃娃，就顺手捡起地上的土疙瘩，一扬手，向崖畔上投掷上去，娃娃们这才散伙了。

弹球子扒着遮盖在女人的脸上的麦草。女人的泪水已经把麦草都浸湿了。他下意识地回头朝崖畔上一望，那些娃娃们又聚在那儿了，赶紧抱起赵欢欢，颠颠颠地往屋里跑。崖畔上的娃娃很容易使他想起少年时代的自己，崖畔上的娃娃偷看自己和赵欢欢折腾与当年伙伴们看公牛和母牛配对的意思是一样的，那时伙伴们看配对都看上了瘾，如今娃娃们能从他弹球子和赵欢欢这里看到啥？恐怕只有他弹球子蔫黄瓜烂面条似的熊包样。

女人终于给弹球子做了几个令人沮丧而又无奈的手势。

弹球子明白那手势是啥意思，意思是：要走了。

弹球子没阻拦，他觉得他没勇气，也没资格阻拦，他只是重重地点了点头。

女人扑通就跪下了，很响地磕起了头。弹球子赶紧把女人扶起来，说，妹子你心里别过意不去，我亮清你，都怪我。天老爷已经不公平，把你在阳世三间变成了哑巴，你不能说人话已经够受罪了，跟了我这个窝囊废，这罪就更大了。

两人哭着，抱做一团。

女人并没有马上就走，而是忙乎了好几天，把院子、屋子收拾了几遍，用草泥把柴火扎绑成捆，该码的码了，该摞的摞了。还把墙角那个草棚又翻苫了，把锄、犁、锨、耙、镢等家什都归置进去。女人干这些事情的时候越干越细心，譬如她晓得弹球子眼神不好使，不顾女人不能上房的风俗，自个儿从隔壁借来梯子，一个人爬上房，把被风掀起的瓦片复位了，把淤了泥土的瓦清理了，把裂了的瓦片涂了牛毛泥粘了，还把弹球子所有的衣服都拆的拆，洗的洗，缝的缝，补的补，边干边珠泪涟涟。

女人终于要走了。

弹球子说，我送你一程。

女人做了个手势，意思是不必了，再送，就走不脱了。

弹球子只好扭过头去，再转头的时候，眼前除了影影绰绰的沟壑和树木，女人的影子早没了。

女人其实是躲在一棵洋槐树后面，眼泪巴巴地朝这边看呢。女人的泪水打湿了树皮。

弹球子潜意识里很亮清，这也许是他一生中最后一个女人，也是唯一的女人了，像他这德行，拥有女人简直是太造孽了。他下面不行的事情肯定会被赵欢欢传出去的，大队的社员肯定把他看成阉割过的公驴了。他暗自发誓再也不能要女人，他根本就不配拥有女人，他不能再给第二个女人丢人现眼，但是，令他措手不及的是，哑巴女人赵欢欢离开他不到一个月，就有各大队的不少媒婆登门为他提亲，尽管女方无外乎是瘸的、麻的、聋的、哑的，但好歹也是女人。弹球子想肯定是自己在婚姻上的悲惨遭遇得到了媒婆们的同情。对媒婆们提到的女人，弹球子一一回绝，一个也不愿见，媒婆们嗔怪地责备他，英雄不能看不起女人啊！如今都讲妇女是半边天呢，你啥英雄啊，这么瞧不起女人。弹球子哭笑不得，但他不能说自己不行，他只说，我一个人惯了，不想要女人。弹球子纳闷的是，他无论怎么解释，照样有媒婆登门。和赵欢欢结婚前，打光棍那么长时间，提亲的人门可罗雀，和赵欢欢散伙后，提亲的人居然一拨连一拨，弄得他疲于应付。

有次社员正在地里上工，弹球子肚子里有些涨，就躲到一个背洼的地方拉屎，却听见崖畔后两个偷懒的女人在扯谈。是黑球的女人和白球的女人。

黑球的女人说，论全大队男人们裤裆里的功夫，弹球子最厉害呢。

白球的女人说，你咋晓得他裤裆里厉害？

黑球的女人说，你晓得赵欢欢为啥跑的，她被弹球子身子下的功夫弄怕了，你没听赵欢欢比画，弹球子厉害着呢，甭看眼神不好，下面刀枪剑戟的，十八般武艺，全活呢，每次弄得赵欢欢像死过了一回。

白球的女人说，咱当女人的，还没听说被男人下面的功夫吓跑了的。

黑球的女人说，可不呗，弹球子那是大英雄，英雄就是和常人不一样，英雄的裤裆那是啥裤裆！扎死母牛的裤裆啊！赵欢欢真是没那个命，可惜你我都没这个福分享受。

……

弹球子听得发呆，他这才明白赵欢欢尽管离开了他，但仍然处处维护着他作为男人的尊严，在人面前给他弹球子很大面子。他这才明白赵欢欢走后，为啥有那么多瘸的、麻的、聋的、哑的女人央媒婆前来提亲。他已经很对不起赵欢欢，而赵欢欢不但不嫉恨他，损毁他，反而千方百计在给他英雄的形象涂彩抹粉，这使他很感动。赵欢欢真是个好女人，弹球子喃喃地念叨着赵欢欢的名字，欢欢！欢欢!！欢欢!!！这么一念叨，就忘了自己在干啥，浑身一软就一屁股坐在了稀屎上，整个一个屁股蛋就不好看了。

弹球子执拗地不要女人，这就使社员们大为不解，社员们误以为弹球子因为眼睛问题而过于气短，就背地里奚落他，气短啥啊，裤裆里那么厉害，还气短，一个男人，吓跑了一个女人，多争气的事情啊！没有女人的日子，你再厉害也是白厉害，看你咋忍得住！

最替弹球子着急的大概要数杨三毛，作为男人，杨三毛不能忍受大恩人弹球子身边没有女人的窘态。终于有一天，弹球子正躺在炕上发呆，听见院门哐地响了一声，摸出去一看，进来了一个女人，而院门又被人从外边关上了。

弹球子辨清了，女人竟然是杨瓜女。

弹球子猜测八成是杨三毛把女儿送来让他做一做的。月光下，女人没穿裤子，两条腿显然洗过，白得晃眼，弹球子尽管半瞎，却感觉到了那份从没见过的白色。

女人傻傻地看着弹球子，指了一下她的下面，说，热烈欢迎，欢迎欢迎！边说边鼓掌。

弹球子二话没说，把院门打开，把杨瓜女连推带搡弄了出去，破口大骂，杨三毛，我日你先人，你把我弹球子当啥呢……

7

弹球子和女人的事情，弄得弹球子心灰意冷，他尽量不让自己在精神上垮下来，他要为赵欢欢争口气，更要为自己争口气，是赵欢欢，牺牲了自己的尊严，为他裤裆里的事情增添了无限光辉，他得在人前挺起来。英雄，就得有英雄本色，只不过，这本色是给别人看的，他的内心，却有一种被掏空了的感觉。不久，弹球子就好上了酒，也不爱讲古今了。

队里照顾他，让他放羊。羊是农业社的羊，羊很多，几百只呢，有绵羊山羊、公羊母羊。弹球子喜欢把羊赶到豁亮的山坡上去放，那里不仅草多，而且视野开阔，能见度好。他待羊很好，包括公羊和母羊之间的交配，他也不忍心让他们分离，而是十分平静地看着它们交配完。所以几乎没有交配不成功的羊。公羊是那么的强健有力，母羊是那么的柔顺缠绵。在温暖的阳光下，公羊两条腿搭在母羊的后臀部，甜甜蜜蜜地美着。这使弹球子想起自己和赵欢欢在炕上的窘迫样，心想自己一个男人，难道不如一只公羊？再看那母羊，始终幸福地高翘尾巴，微撇两腿，不时回头，用温热的目光注视着公羊，用目光传递着来自心房的战栗和幸福。

这是只很出色的母羊，是绵羊，很白，弹球子叫它雪里白。雪里白的浑身的细毛蓬松而滑爽，在阳光下给人一种亮泽的感觉。雪里白的眼睛大而明亮，有一种温情脉脉的神韵。粉嫩的小嘴唇灵巧而精致，像一个初夏的石榴。硕大的尾巴一般不轻易给异性翘起来，舒缓地夹着，那是作为一只美丽的母羊最风光无限的地方，它的尾巴一翘起，就有可能引起所有公羊的不安和躁动。

有次羊群像片片云朵似的罩在山坡上缓缓地移动。不久就移动到了坡下，坡下有不少香甜的青草，但背光，弹球子就有些盯不住，但他见羊群那专心致志地吃草的样子，就不忍心把它们赶到坡上来，就蹲在坡上喝酒。但就在这时，他发现羊群有些异常，瞬间就像炸了窝似的四散奔逃，他猛然意识到了什么，他最担心的事情果然发生了。他隐约看见，一只大麻狼扑上了一只羊，而且这狼扑上的还是美丽的母羊雪里白，更使他惊诧的是，事情在瞬息万变着，现场还有一只羊，逃窜了几步居然又折回来了，而且用并不怎么坚硬的角当作武器，使劲抵住了狼的屁股。这是只公羊，准确地说就是和雪里白交配过的那只。此时此刻的弹球子容不得多想，他丢弃了酒瓶，拎起随身携带的三尺鞭杆，哇哇哇地吼叫着，向大麻狼扑去。狼显然被扑过来的弹球子怔住了，但它在鞭杆尚未重重地落到它身上前，显然进行了快速的思考，大概考虑到牧羊人的出现并不稀奇，而抵住它屁股的前来送死的公羊，拖延了它叼走雪里白的时间，为牧羊人的进攻创造了机会，这是它难以容忍的。一种强烈的报复心理使它对后面的公羊充满了仇恨，它丢了雪里白，头一甩，嘴一张，用尖利的牙齿轻而易举地锁住了公羊的脖子。

公羊几乎没来得及叫一声，就软了身子。

就在鞭杆落到狼身上的一刹那，狼叼着公羊向坡上逃窜。弹球了在后面紧追不舍。此时的大麻狼嘴里叼着硕大的公羊，速度就有些跟不上，眼看要被弹球子赶上，狼只好松了口，一跳二窜地到了坡顶，把弹球子甩到了后面。

公羊脖子上有几个血洞，早就闭上了愤怒的眼睛。这几个血洞，使弹球子想起了杨瓜女脖子上的血洞。公羊的角色很像当年的自己，只不过公羊是为了一种叫作爱情的东西死的，而自己当年不是为了别的，就是为了救人。他这辈子没有爱情。

弹球子很为这只公羊感动，大麻狼混入羊群施暴时，公羊完全可以保全自己的性命，但它却最终选择了营救雪里白，最后悲壮地牺牲了自己宝贵的生命。此后的几天，弹球子像位仁慈的父亲、准确地说像位充满爱心的丈夫似的照护着受了伤的雪里白。在山坡上，他边喝酒，边用手指头悉心地梳理着雪里白细长而柔软的毛。从灌木丛中捋了一些羊喜欢吃的沙棘叶、枸杞叶，捧在手里，让雪里白吃。雪里白吃得很香，小巧的嘴唇发出唰拉唰拉的咀嚼声。弹球子微弱的目光充满无限的关爱，酒精早就催红了他的脸，他的脸从来没有如此的红过。他的手在雪里白的身上爱怜地抚摩着，抚摩着……

突然，他的心剧烈地震颤了一下，雪里白紧紧地依偎过来，而且，而且硕大的尾巴高高地翘起来了，是朝他翘起来的。弹球子的感觉突然有些恍惚，他一句话也不说，轻轻揽着雪里白的身子。他感动地热泪盈眶。他轻轻把雪里白的尾巴合起来，但那尾巴仿佛装有弹簧似的，又倏地弹起来了，义无反顾地弹起来了。

弹球子紧紧地抱住了雪里白，眼前迷蒙一片，几乎啥也看不见。

弹球子下定决心，不能再放羊了，不是他心狠舍弃了羊群，舍弃了雪里白，而是他再也不能眼看着狼在他的眼皮底下把羊叼走。还有一个他心灵深处才萌生的原因：他得离开雪里白。

这是个他无论如何也不能说出口的理由，他不能再见到雪里白了，雪里白使他很容易想起女人，温柔的女人，姣好的女人，美丽的女人，像雪里白一样的女人。想起女人，他的心就像掉进了无底洞。

弹球子没法娶媳妇，酒却是喝上头了，醉了便对天对地吼酒歌，吼累了便在村口麦草垛中蜷缩一夜。队里的羊屡屡被狼叼走，队里就按他的意见又给他换了活路，让他给队里几十号牲口当饲养员，当饲养员，可以远离狼群了，他便很高兴，一感动，有了天降大任于弼马温的感觉，没明没夜围着牲口转圈，把牲口伺奉得膘肥体壮。他嘴贫，却从不偷吃饲料。他给牲口起的名字几乎灌进了每个人的耳郭，什么白龙驹、小矮虎、花额大虫……生动得听一次就忘不了。

偶尔，他很想去羊圈看看雪里白，但他使劲说服自己，不能，不能去啊！只是，很长一段时期，他讲古今时老是走神，《说唐》里突然就冒出了朱元璋，潘仁美冷不丁成了张士贵，林黛玉居然和武松有一手……

村里的读书娃聚到牲口圈的热炕上缠着他讲古今，他却嘿儿一笑，说，我这古今万万不能给你们读书娃讲。我讲的古今三分真七分假，我说薛仁贵战杨六郎就战哩，我说王昭君嫁张居正就嫁哩，我说唐僧日弄天竺国的女人就日弄哩。社员不把我当人，我把社员当尿耍哩。不过，我把你们读书娃不能当尿耍，你们还是人芽芽哩，是祖国的下一代，主席说了，你们这些娃娃，好像是上午几点钟的日头呢。

8

弹球子当饲养员，一直干到包产到户。他的眼睛可是越来越成问题了，就像快要熬干的油灯，有时把马当成骡子，把骡子当成马。

庄户人挨到包产单干，男女老少就像突然被松了绑的囚犯，倍加珍惜日月，争先恐后地在田间地头日弄光阴，年轻点的一个个削尖了脑袋往村办企业里跑，弹球子感到了从未有过的失落和空虚。村委会理解他的难处，给他分的是几亩上等的水平梯田，事实上给他分地不如不分，因为他早已不像当年，如今耕地盯不住垄，收割瞅不准苗，撒种、散粪、间苗、扬场、拣渣、箩籽都很费劲，只好租给别人侍弄。他觉得，自己又变成了孤鬼。

那时候流行一句话叫团结一致向前看，但村里许多人把这句话往歪里理解了，理解成了团结一致向钱看，钱字当头，那英雄还能值多少钱，就更有些说不清楚了。钱这东西，上面有大团结，有炼钢图，有纺织女工，可比工分好看啊！

譬如后来有人突然发现弹球子那身坯子还是有力气的，于是就有村人找弹球子，弹球子，帮我家碾场吧，一天三元五。

弹球子说，三元五太低了，四元吧，四元行不？加五毛。

主家生气了，说，亏你对行情了解这么透，四元？你晓得四元是给啥人的价。

弹球子只好说，好好好，三元五就三元五吧。我眼瞎，就该少五毛。

还有人找，弹球子！把我家茅坑的粪掏了！管饭。

弹球子说，啥饭？

主家说，臊子面，有肉的那种。

弹球子说，这活累，能不能加个鸡蛋？

主家就火了，眼看着火都要喷出来了，弹球子赶紧说好好好！

用现如今的话说，弹球子大概是全村最早的打工仔，他打工的范围很广，后来村里逢着死人入棺、瘫子上炕、孕妇临产，都请他上阵，临走能得到几个馒头、一瓶烧酒、半斤熟肉啥的。再后来人们突然发现弹球子的酒歌有迎喜添乐的妙处，于是每逢新婚大宴、房舍竣工，非得把弹球子牵来凑趣，席间你敬我让，非得让弹球子酩酊大醉，然后没命地唱《二度梅》《打樱桃》《花亭相会》等酒歌。弹球子是个饿肚子，喝酒前必讲条件，你让我唱，我乐意，但得让我一次吃饱。主家才不管这些，他们定的规矩是：先监督着让他喝，喝足了逗着让他唱，唱一曲给他掐一口馍，唱两曲给他塞一块肉，同时少不了开几句玩笑，给你这下九流一次吃饱，你就不唱了。

弹球子苦笑一声，唉！都是我爷我太爷我祖爷我天爷哩！把我当啥呢？

众人齐笑，把你当弹球子哩！

弹球子听得这话，便有酒从胃里反刍上来，当场醉倒在地，不省人事，鼻涕眼泪糊了嘴脸。他原想村人会说把你当英雄的，但村人没有，村人把他当弹球子，明显是在取笑。当年村人叫他弹球子和如今叫他弹球子的意思明显大不一样了，过去是有些褒奖，现在是讽刺了，这就使他心里难受得不行。

有次碰见乡计划生育手术队，医生说他已喝坏了胃，再喝，要出事情的，他吓了一跳，发誓戒酒。

这一戒酒，倒坏了事情，等于把村人都惹了。

戒酒就没法唱酒歌，村人的喜事突然少了弹球子的酒歌，这氛围就冷清地有些突兀，村人去请他，他郑重其事地学着大夫的腔调说，再喝，要出事的！

村人求他，给个面子吧，全村人就养活着你一个人，像养活干部一样养着你，村人有事情，你能不管？如今家家户户日子这么红火，不愁吃不愁穿不愁玩，电视里说了，这叫物质文明建设，但是我们的精神却空了，你一唱，我们的精神就来劲了，你能不唱？你，还是村里的大英雄呢！

轮到为村人喝酒助兴，又称他为大英雄了。这样的大英雄，还能值几个钱？这是拿他找乐呢，和嫖客们逛窑子寻欢作乐差不多。弹球子早就听说，这几年，像张鬼子、刘富贵这些在山外搞工程先富起来的，经常玩女人呢，先是在旅馆里玩，后来是在宾馆里玩，再后来专门玩未开苞的小丫头。这世道真他妈的怪了，钱，可以让英雄欲哭无泪；钱，可以让女人撇开两腿。

自己到底是弹球子还是英雄意义上的弹球子，看来这问题必须要搞清楚，这问题不搞清楚，就成心中永远的结了。时过这么多年，自己落魄的像只乏狗，他清楚自己在村人心目中是啥货色了，但仍然有村人称他英雄，这种取笑使他觉得有些滑稽，甚至有些窝囊和难受。这年头听说又出了不少英雄，收音机里经常号召大家学呢，光耳朵里灌进去的英雄名字就已经不少，听得最多的一个英雄好像叫张华，是个大学生，为了救落入粪池的老农，让粪水淹死了，报纸上在争论大学生拿命换老农的命值不值呢。还有老山前线，那简直就是个出英雄的摇篮，什么孤胆英雄，什么董存瑞式的英雄，什么排雷英雄，英雄的名字一拨一拨的，收音机里每隔几天就出来一拨英雄，弄得田间地头忙活的村人都很激动，人们感慨，死了的，都是多么年轻的人啊！死了，成了英雄了，听说，现如今死了的，受伤了的，家属每年每月还能享受政府发的什么什么优抚金呢。

换句话说，不享受优抚金的家属，那就不是拥有英雄的家属。

最明显的例子在眼前摆着。忽然有一天，乡上来了干部，说是国家有政策，要给老志愿军战士刘四有同志补发啥补助呢。后来便听说，刘四有每月开始享受一种啥钱。

刘四有有的，他弹球子没有。

弹球子对优抚金、补助啊啥的这种新事物很敏感，既然优抚金啥的是针对英雄的，这就自然而然地把优抚金和自己联系在一起了。弹球子开始认真琢磨自己作为英雄的分量，活了这么多年，他什么也没享受过，也就是说，在聪明的村人心目中，早就明白他这个没享受过啥优抚金的人，根本就不是啥英雄，他是个挂名的、徒有虚名的、甚至是冒牌的英雄。弹球子陷入认真的思考，村人这样的认识，似乎不能说不对。

他有些生气，当初在狼口里救杨瓜女，难道不是舍生忘死，难道不是英雄壮举？他把这个想法给村长谈了。最后说，村长，当年工作组都说我是英雄，难道是挂名的，工作组的话还算不算数。

村长的脸突然憋得通红。

村长说，弹球子，你别有啥情绪，我认为，你是英雄。

弹球子说，你认为我是英雄就是英雄啊！

村长说，当年工作组的同志都说了，你是英雄。

弹球子说，我的意思是，工作组的话算不算数？

村长说不上来了。

弹球子说，那，英雄，谁是英雄到底由谁说了算呢？

村长说，这个……这个……

弹球子本来想说优抚金的，但是他终于没说出来，他担心说出来被村长误会，自己毕竟曾是被人称作英雄的人，提优抚金的事情，有一种死皮赖脸向组织张口的感觉，他弹球子是有骨气，有志气，有觉悟的人，他是坚决不会为了优抚金，向组织证明自己是英雄。但是，得不到优抚金，谁又能证明自己是英雄呢？这就使他急出了一身冷汗。

弹球子硬着头皮对村长说，村长，我提前说明一下，我不是向组织要优抚金，我是说，没有优抚金，我心虚啊！算啥英雄啊！我再给您说明一点，我只是想弄明白我到底是不是英雄，不是为了优抚金，坚决不是，请相信我。

村长紧紧地握着弹球子的手，一句话也说不出来。

村长沉了好久，终于说了，他十分难为情地说，弹球子，我心里亮清，对英雄就应该和烈军属一样享受优抚政策，你的事情，我们早就和乡上的同志缠了多次了，但乡上不让，人家说没听说和狼搏斗致残的叫英雄，在和平年代，除非像人家刘文学、向秀丽那样，才像，要不，就像人家刘四有那样，上过战场。不过弹球子请放心，乡上说归说，在我们心目中，你就是英雄，你为了救杨三毛的女儿杨瓜女，连一只眼睛都赔进去了，但这种英雄是不是人家乡上说的那种应该享受优抚金、补助啥的英雄，谁也搞不清楚。

弹球子突然就火了，他的嘴张得很大，像要吼几句，但终于没有吼出来，他其实是想吼我弹球子何止赔了一只眼睛，还赔进去了女人、家庭、子孙后代呢。他最终没有把这些冤枉全吼出来，只吼了一部分，村长，我这英雄当得实在是太冤枉，我赔进去的除了眼睛，还有女人啊！

队长说，我理解你，要不是眼睛的问题，你会有比赵欢欢更好的女人的。

弹球子说，女人的事情不关眼睛，是……是……是算了，我不说了。

队长哈哈哈地乐了，队长乐得很夸张，队长其实是想稀释一下这凝重、尴尬的气氛，队长乐呵呵地说，是啥啊是，你眼睛的问题不假，但是关于女人的问题就假了，谁不知道你弹球子裤裆里像采煤的钻头似的，把赵欢欢都吓跑了，我说啊，光凭你裤裆里的威风，就是实打实的英雄好汉啊！

弹球子突然大哭，扭头就走，临走给村长留下了话，我他妈的这辈子，活着不如牺牲了。

村长被弹球子的这句话惊得张大了嘴。既感到莫名其妙，又隐约觉得在弹球子身上似乎要发生点啥。

村长决定去刘四有家和四有商量个事情。村长说，四有，这个事情，不是为我，也不是为我老婆和娃娃，是为了弹球子。

四有说，啥事？对我用不着客气。

村长说，你和弹球子都是咱村的英雄，只不过英雄和英雄不一样，你是能够享受啥钱的那种，而弹球子，啥也享受不了，不但享受不了，连英雄的名分都保不住了。

四有果断地说，村长这样吧，把我每月享受的钱给弹球子分一半，对外就说是乡上发的，给村人还弹球子一个名分。

村长半晌说不出一句话，差点没跪下去。

但弹球子却死活拒绝了这笔钱，拒绝地很果断，说，不该我的，我分文不要。我弹球子就不信，离开这些钱，我就不是那种有名分的英雄！

这时的弹球子早被酒精浸泡得不知所以，他发疯地在村人的红白事情上喝酒，发疯地吼酒歌，弄得村里的气氛很滋润。

9

村头麦场发生了大火。

火是夜晚燃烧起来的，熊熊大火张开血盆大口吞噬了半个夜空，整个村子被照亮了。着火的是麦草垛，可能是走夜路的村人不慎扔掉的烟头引燃的。扑火的时候，村人都拎着水桶、脸盆来了，弹球子当然也来了。火太大，稍不留意就会引火烧身。

弹球子始终在救火第一线扑腾着，村人知道他最见不得烟火的，烟火一熏一烤，他那眼睛还能叫眼睛？村人上前劝他，他却全然不听，拼了命救火。此时此刻的弹球子，其实眼睛已经被熏烤得啥也看不见了，他是凭自己的知觉在和火魔做斗争。他其实明白自己这次救火后，眼睛还不和瞎的一样了，今后的日子怎样过，他没有去多想。五十好几的弹球子，现在没有考虑眼睛和今后生活的问题。

但是他想起了另外一场火，不是一场，而是一团，那团火不大，是一条褂子燃烧的火焰。如果不是燃烧的褂子，他早就喂狼了。

弹球子脑中激烈思考的问题是：这次救火，是不是一次牺牲的机会。他想起小时候听老师讲，革命英雄壮烈牺牲前会想许多崇高伟大的事情，比如像黄继光那样千千万万的英雄在壮烈牺牲前，在那么短暂的几秒钟内，会想到敬爱的领袖、亲爱的祖国和伟大的人民，想到胜利的曙光和光明的未来，想到无数抛头颅、洒热血的先驱者，甚至还会吟诵起诸如砍头不要紧，只要主义真之类的诗句。弹球子发现，此时此刻，所有这些高尚的东西，他根本没时间去想，他只想到了村长给他提到的刘文学和向秀丽两个和平时代的英雄：一个是在庄稼地里被做贼的地主掐死的，一个是保护企业财产被烧死的。

火终于被扑灭了。黑乎乎的小山似的草灰使村人的心情沉重而低落。有段时间，村子突然奇臭无比，有人说是死狗味，还有人说是死猪味，也有人说是死狐狸味，但谁也不晓得味出何处。这时有人提议让弹球子钻进村里的废地窖、枯井中去找，始知月前弹球子救火后就再没闪过面，后来有人发现村头麦场上的草灰堆周围有绿头苍蝇飞得热闹，好事者拿树枝一挑，只见弹球子尸体已腐烂成一堆黑乎乎的泥汤。

村人就有些奇，村里发生火灾并非第一次，但救火者被烧死，却是第一次。

村长似有所悟，赶紧跑了一趟乡上，乡上也把弹球子救火牺牲的感人事迹给上面反映了。弹球子十分顺利地被确定为烈士。

烈士是啥？烈士就是死了的英雄。好几天，英雄弹球子的事迹在报纸上登着，在收音机里讲着。这次火灾，冲在最前面的，是老党员弹球子同志，他在关键时刻发挥了党员的先锋模范带头作用。许多人感动得都流泪了。

有村人说，弹球子，本来就是英雄嘛！这话让宣传媒体的同志很感兴趣，于是在宣传弹球子的事迹里又增添了不少新内容，主要是追溯弹球子救火的英勇壮举，是有思想根源的，他从小就见义勇为狼口救人，连眼睛都光荣受伤了。也就是说，弹球子成为名副其实的英雄，绝不是偶然的，这就十分地吻合了英雄成长的基本逻辑和普遍规律。

给弹球子送葬，是在一个秋意深浓的早晨，日头刚探了头，秋霜把村舍和田野都厚厚得罩住了，素洁而清冷，彻骨的秋风一阵比一阵紧。山道上，一溜黑乎乎的人影扛着铁锨、镢头，前面几个人抬着一个装着弹球子尸体的木箱子。没有后代的死亡就是这么与众不同，没有披麻戴孝的孝子贤孙，没有呼天喊地的哭号，只有几声干咳划破早晨的寂静，那情景不像是送葬，更像是农业社时集体出工。

突然就传来了哗啦啦的掌声和欢迎欢迎热烈欢迎的口号，掌声清脆而富有激情。掌声和口号太响，送葬队伍就像听到命令似的停了下来。这时日头已跳出老高，雾蒙蒙的光晕中，对面坡上的老女人杨瓜女席地而坐，披着满头银发，乐不可支地注视着下面的队伍，掌拍得起劲，口号也喊得起劲。

在杨瓜女的掌声和口号声中，队伍又开始向前走。杨瓜女像是一个战地文工团员，在为奔赴前线的士兵鼓劲。

关于弹球子的并不算故事的故事，到这儿应该画句号了，但有件事情很有必要补充一下，那就是在弹球子死去近二十年后的今天，也就是最近，乡上抓两个文明建设，而且要求两手都要抓，两手都要硬，于是十分意外地又把弹球子从人们的记忆里给翻腾出来了。现如今全村人都在康庄大道上奔小康，也就是说物质文明这块早就上去了，而精神文明这块呢？村干部们始终没想出创新的办法。

这时就有人感慨地说，主意都是逼出来的，只有狼在咱屁股后面猛追，自然就逼出主意来了。

大家都乐了，说，可惜现如今生态不平衡，狼越来越少了。

村长突然一拍大腿，说，有了！

村长由狼想到了弹球子。

大家奇怪地问，啥有了？

村长说，有了有了，精神文明建设有了。

于是，全村上下齐动员，把弹球子生前住过的东倒西歪的土坯房翻修一新，门前挂一匾，上书英雄弹球子同志旧居的字样。落成那天，村委会请乡上的领导光临，乡领导说，这个事情确实很有特色，但给烈士建旧居上面有政策，至于给弹球子该不该建，也不知道上面有没有说法，你们就先建吧，唯一的缺憾是英雄应该是有名字的，叫绰号显得过于轻浮、俗气，有失英雄的身份。乡、村两级干部深入调查了近半年，终于搞清弹球子原名刘爱国，于是就把原来的名字凿了，换成了刘爱国。

（原载《天津文学》2003 年第 7 期）

幻想症

1

打我记事起，就害怕和我婆睡一个炕，洞穿西房暗夜的喊声让我毛骨悚然，分明是鬼叫嘛，可谁信我哩。我大骂我：“小小年纪，就嫌你婆了。你能听到，你婆咋听不到？家里就两个炕，东房炕上睡我、你妈和你弟弟妹妹，你不睡西房，想睡哪里？你再耍心眼儿，我让你睡大队的牲口圈去。”

一开始，我背了个患有严重幻想症的臭名。也就是说，我最早晓得世上有幻想症这个破玩意儿，就是从我自己开始的。我大领我到牛产队的赤脚医生那里，赤脚医生说：“这娃得了幻想症，听到的，看到的，都是虚幻的事情，是心里出事儿了，弄不好，会很麻达……幻想症，是出现于听觉器官的虚幻的知觉，是精神病人常见的症状之一。”从此，我完全被药罐子泡上了，一日三次，睡前饭后，一次半碗……喝腻了，喝怕了，一见药罐子就吐。同学们讨厌和我一起上茅坑：

“你裆里长的啥嘛！尿出来，也和别人不一样，又骚，还又苦，满茅坑，成药铺子了。”

可我还是能听到那鬼一般的喊声。那时我已经能够翻山越岭走山路了，我大领我到了公社卫生院。医生把我的耳朵、眼睛来来回回翻弄了好久，最后一声叹息：“真没见过你家娃这样的，药，加大剂量吧。”

我当场就吐了。医生说：“还没吃药哩，咋就吐哩？”

我大替我解释：“我懂我娃，我娃真格叫药吃怕了。”

“这是条件反射。以后吃了药，千万别吐啊！很贵的。”

“家里穷得一分钱恨不得掰两半来使，为了我娃的病，不管啥反射，我……卖血也得……”泪花在我大的眼窝子里打旋儿。一张黑脸，只有泪花白着。

公社的医生比村里的医生开的药还要苦。狗急了还跳墙哩，我计上心来。反正我大我妈白天要上工，熬药的事情由我婆揽了。趁我婆不留神，我把熬好的药偷偷倒进树坑里，然后一咂巴嘴儿，告诉我婆：“我喝啦。”可有个大雨天，生产队暂时停工，全家人闷在屋子里。我无计可施，只好在一家人目光的天罗地网里，闭眼，端碗。刚喝了一口，我惊住了。药味清淡了许多，比赤脚医生的药还要清淡。天哪！咋会哩。真格的！绝对不是幻想症作怪。晚上上炕，我试探着问婆：“婆，这药，您是不是兑了水。”

我婆居然点头了。我激动得扎在婆的怀里：“婆，你真是我的好婆。您放心，这个秘密，你知我知，我不会说给任何人的。”她老人家平日里对我的好，对全家人的好，对生产队的好，使她在大队男女社员中拥有无与伦比的信任和威望。连公社下派的驻队干部都夸：“您老人家如果能说话，绝对是大队书记的人才，咱最缺的，就是妇女干部。”我婆，真格是天底下最好的婆。记忆中，她常常领我到村外一个叫望西梁的山峁上去。那儿地多盐碱，寸草不生。盐碱怕雨不怕晒。咱这里十年九旱，盐碱地坚硬如钢，可是，那里视野开阔，望西一瞭，能瞭到绵延起伏的大山，能瞭到山脚下的小河，能瞭到远处悠悠的白云，能瞭到南来北往的大雁。婆一瞭，仿佛一望无际的西尽头有个拴桩，把目光像缰绳一样牵扯了，半天不回头。有赶路的就开玩笑：“哑巴婆，你脖子抻得像瘦鹅样儿，这是瞭啥哩?”

我婆就比画一阵，大意是，让我的孙子瞭山外都是些啥。

“哈哈，你这瞭法，我当是千里眼哩，都要瞭过兰州城了，再瞭，到河西走廊了，那达还不如咱这达哩，到处戈壁滩，连个喘气的都没咧。”

事态的升级大概是我刚上小学三年级那阵。麦黄的夜晚，大山里安静死了。可是，我又一次听到了那种喊声。喊声把我从梦中拽到了黎明前的暗夜里。这喊声既熟悉又陌生，既怪异又尖锐，只有苍老的女人才有。我使劲眨巴几下眼睛，一是证明自己确实醒了，二是证明的确不是幻想症作怪。我两耳竖立，既怕那声音扑面而来，又怕漏掉一个细节，恐惧像麻绳一样把我五花大绑在炕上。

真格的！我相信那喊声的源头绝对不是在梦里，肯定是在梦外。梦里的我，正在给生产队放羊。羊儿在坡上吃草，我圪蹴在坡顶吹笛。我吹的是《我是公社小社员》。对面山梁上，男女社员们正在集体锄草，村学的后墙上，老师领着红小兵们正在张贴标语。其实作为一名光荣的小学生，我还没到给生产队放羊的年龄，可那是我真诚的梦想，我渴望早日成为人民公社的小社员，成为生产队的向阳花。就这样一个梦，生生地，被那个苍老的声音搅黄了。山坡、羊群、社员……瞬间蒸发，无影无踪。窗外，时不时传来一两声猫头鹰莫名其妙地吼叫，鸡窝里的母鸡们顿时发出“咕咕咕”的哀号。紧挨着炕围子的老牛，没事似的，一如既往地回草，“咕噜”一阵，“咔嚓”一阵。

我早已不是过去的那个我了。凭判断，喊声就来自炕上，具体说就在我婆那一侧。我和婆共用一张破被，她此刻睡意正酣，呼噜声风平浪静。

可那喊声一遍遍在我脑海里回响：“姐妹们——快冲出去啊——”

完全是电影里的意思。发出这样喊声的，如果不是英姿飒爽的女红军连长啥的，至少该是恶贯满盈的女匪首了吧，而且必定是清一色的普通话，可这喊声分明是外地口音。外地是啥？晓不得。我生在尖山，长在尖山，连传说中的天水城都没去过。我只晓得世上有两种语言：普通话，天水话。啥叫普通话？就插队知青、驻队干部吊在嘴边的那种；啥叫天水话？还用问吗，就是把奶奶叫婆，把父亲叫大，把吹牛皮叫烧料子，把没出息叫完怂的那种……

“婆……”我怯怯地喘了一声，用肘子轻轻蹭了一下婆的胳膊。“喊声，在您那达。”

奇迹发生了。不！不是奇迹，是惨剧。婆突然一转身，像麦捆子一样挟裹着黑暗压过来，两手鸡爪子一样卡住了我的脖子。那一瞬间，我又听到了喊声：“快，把刀给我！”

我呼吸困难，死命折腾。从喊声传递的信息不难判断，炕上不止一个人。婆压住了我，旁边一定还有拎着刀子的人，一个？两个？或者四五个？

婆突然慌了，慌忙点燃煤油灯，慌忙把我搂在怀里，慌忙抚摸我的脖子。幽暗的煤油灯下，婆的表情怜惜得一塌糊涂，目光里蓄满灶台火苗才有的那种光芒。她嘴里“哦哦哦”“啊啊啊”着，两手不停地比比画画——那意思大概是：千万不要害怕，啥事儿没有，我的宝贝孙子只不过……只不过幻想症犯了嘛。

“不！犯幻想症的，八成是您。您要是没犯幻想症，咋卡我脖子哩，您把我当啥了？往死里弄。”

婆使劲摇头，两手在耳朵和眼睛方位比画一番，意思是耳朵、眼睛都好着哩，绝对没有幻想症。

“难道……卡我脖子的，是鬼不成。”

婆还是摇头，摇着，摇着，不摇了，慢慢变成了点头。她这一点头，之前所有的猜测等于全部得到了证实，我吓得“妈呀”一声。我魂儿飞了，魄儿散了，魂魄一定飞出了院子，只剩下不到扁担长的躯壳。婆又一次紧紧搂住我。

“婆，我明明觉得，卡我脖子的，是您啊。”

婆比画一阵，她承认是她在攻击我，但她的意思是帮我捉鬼。鬼，已被她赶跑了。

2

连我婆自己都承认西房有鬼，事情的性质，完全变了。

对我而言，最辉煌的成果是：暂停吃药。我暗自庆幸，幸亏这世上真格有鬼。我宁可让鬼捉走，也不愿再吃那个比鬼还要折腾人的药。

婆其实是个骨子里就不信神鬼的人。“破四旧”那阵，生产队配合工作组拆家庙、砸佛龛、毁宗祠、削坟头，捉拿游走在四邻八乡的巫神马角、阴阳法师，有些人家暗自啜泣，有些人家大义灭亲。我婆连眼睛都不眨一下，敦促我大把家里所有的香蜡、铜炉、冥纸、神像如数上缴，连祖上给我的长命锁、阳寿符也不放过，当着工作组的面，能砸的，砸。能烧的，就地一把火。

我大终于重视起来。他在我跟前圪蹴下来，两手疼惜地捧着我的脸，眼含热泪：“我的娃，大，错怪你了，医生错怪你了。大亲自给娃煮一个鸡蛋压惊。”

“哇——”我号啕大哭。那种终于被平反昭雪的感觉，让我的泪水山洪暴发。

我大做出了一个与他这个共产党员、民兵队长身份完全相反的举动，他翻山越岭几十里，从山高皇帝远的牛集寨偷偷请来了一位地下阴阳法师。那天晚上，我家院门多加了一根顶门杠。西房内外，紫香闪烁，蜡烛吐焰，瓦盆里的纸钱燃烧得血红血红。阴阳法师白袍加身，头戴法帽，一手高扬拂尘，一手挥舞桃木宝剑，口中念念有词：“你从东方来，便到东方去；你从西方来，打马西方归；你若不听话，我告阎王知。罚你做牛马，永世不转生……”

全家人跪倒在西房门外，谁也不敢抬头。风乍起，纸灰飘飞，仿佛群鬼在争抢冥币。我大时不时瞅一眼院子中央，那里，一大堆儿用浮土苫盖的蒿草，暗火通红，浓烟滚滚，烟雾弥漫了整个院子——这是家家户户驱蚊的招法。只是，这次蒿草多添了几捆，一来为了掩盖久违了的香蜡味儿，二来为了掩护捉鬼现场。即便有人从崖畔走过，休想瞅得清我家院子里发生的大逆不道。

那是我第一次给牛鬼蛇神磕头。我敢断言，我是村小唯一参与了封建迷信的学生。我家闹鬼的事实从根本上颠覆了老师平时对我们的说教。这世上，有鬼，真格的！我牢记我大的教诲：“家丑不可外扬，这事情传出去，咱家就完了，后果，比闹鬼还要麻达。”每次跟着老师挨家挨户搜香蜡、冥纸，我的心都提到了嗓子眼儿，我小心翼翼地环顾左右，心里默祷：“过路的鬼爷、鬼婶、鬼哥、鬼姐、鬼……你们……饶了我吧。”

毫无疑问，捉鬼取得了辉煌的胜利。好长一段时间，西房内天下太平，我和婆相安无事。

“叭——叭——叭——”望西梁那边传来一阵阵枪声。民兵们一年一度的冬季训练开始了。按照公社武装部的要求，为了进一步加强对苏修入侵的防御力度，今年各村首次增加了夜间打靶训练。那天晚上，我在灯下写作业，婆在一旁纳鞋底儿，可我发现婆有些跑神儿。平时她纳鞋底儿，鞋底子牢牢卡在两膝之间，左手攥锥子，右手抻绳子。两臂大张大合，像一个人在拉大锯。可今个儿不是，她分明被望西梁的枪声迷着了。每一声枪响，她的眉头都要跳一下，满脸梯田一样的皱纹像是变成了水浇地，活泛地直冒墒气，插根筷子就发芽的意思。

我想起来了，婆对枪支似乎情有独钟。记得有天晚上，我大我妈出山去镇上看革命现代秦腔《红灯记》，我刚刚进入梦乡，被一阵“哗啦啦”的声响扰醒。睁眼一瞅，婆不在。循声隔窗一瞭。乖乖！月光下，婆在院子里玩我大的步枪哩。她时而把枪栓拉得“哗啦啦”响，时而举枪做射击状，时而躲在柴垛子后隐蔽起来，时而前弓后箭来个刺杀动作……这样的场面我丝毫不感到稀奇，民兵训练可不都是这几下子嘛！可我发现，婆的动作比女民兵还要麻利，麻利到啥程度，我说不出来。

平时，婆还爱帮我大擦枪。枪托、枪管被她擦得锃明瓦亮。我大劝过我婆：“妈，您不是民兵，这不是您干的活儿，再说，步枪上有刺刀，弄不好，要人命哩。”婆就笑着比画一番，大意是我这老婆子命硬，你们训练辛苦，替你们擦擦枪算个啥。有一次，全体民兵在我家院子里开会，几十支步枪沿墙根摆了一排，会开完了，所有的枪被婆擦了一遍。有位民兵跷起大拇指，学着电影里新四军首长的话说：“你真是革命的老妈妈。”婆就笑了。大家列队唱着《打靶归来》步出我家院子的时候，我婆的目光追随着他们的背影，整个一张脸，像九月里盛开的菊花。

“哦——”婆突然发出轻轻的呻吟。这呻吟穿越幽暗的光线，夹带着难以克制的疼痛。是锥子扎了手。血从婆的指缝里往外冒。

“婆——”我失声了。我心疼地瞅着婆枯瘦的手，气不打一处来：“都是枪声害的。”婆却不买这个账，意思是根本与枪声无关，自己老了，实在是太老了，眼神跟不上了。婆包扎伤口的动作比束麦捆子还要麻利，一块破布条，一缠两绕，就包扎好了。此起彼伏的枪声渐次稀落。婆示意我，该睡觉了。

熄灯了，黑暗合围了西房。可我睡意全无，我在惦记着第二天如何才能第一个去望西梁捡弹壳。那是我们小学生最开心的时刻，谁的弹壳最多，简直比小英雄雨来还神气。为了不让婆操心，我只好佯睡。不久，婆的鼾声像金黄的落叶一样在秋风中轻轻泛起。可我的眼睛，睁得比核桃还大。

“枪声，快，那边又上来了！”

天哪！又来了，是喊声。那一刻，我可不是在梦里，我的思维比镜子还要亮清。千真万确，板上钉钉，喊声来自我婆，是我婆在说梦话。我完全被吓软了。而婆在继续：“你们这帮狗强盗，臭流氓，放开我……”

怪了！日怪了！哑巴说梦话了。婆即便患上十万个幻想症，也没有胡言乱语的资本啊！我没有勇气叫醒婆，既没有力气，有没有胆子。事实已经摆那里了，之前所有的鬼，保准在婆的身体里。婆就是鬼，鬼就是婆，婆是被鬼附体了。我屏息静气，像邱少云叔叔那样顽强地、坚定地潜伏着。面临险境，我设身处地地体验到了革命意志的滋味。我心里亮清，我，正在长大。

我婆，准不是一般的我婆。假如……不是鬼呢？

3

我的决策在第二天一早就开始了实施，我不是直奔望西梁而是钻进了东房，才晓得我大麻明就披着星星出山赶集去了，我撒开脚丫子就下了山。我非得找到我大不可，事不宜迟，刻不容缓。

我对婆的身世产生了强烈的质疑。一直以来，我只晓得我婆是解放前跑土匪那阵从天水城里逃出来的。都传哩，解放前的天水，兵荒马乱，匪患不断。既有男匪，也有女匪。有骑马射箭百步穿杨的，也有拎刀挎枪捎带土炮的。大股的土匪有从北边河州来的，也有从东边关山来的；有从南边武都来的，也有从西边漳县来的，本地小股土匪更是数不胜数，都是日头下人模人样下地干活儿，月光下却黑巾蒙面地打家劫舍。说是土匪每次攻打天水城，全城的男女老幼就翻过南北二山，四散奔逃，往各村各寨的堡子里挤。最惨的要数民国十九年那次，天水城被河州人马廷贤、韩进禄、王占林、马入仓的部队攻下，两小时就杀掉三千人，奸了上千女人。东关、中城一带的大户人家不光金银财宝、柴米油盐被抢掠一空，还被斩草除根，城垛子上排满了大大小小的脑袋。很多侥幸拣了一条小命的女子娃，无论富家小姐，还是贫贱丫鬟，谁敢返城？逃哪，嫁哪；嫁哪，算哪，真正的嫁鸡随鸡嫁狗随狗了。我婆，就是其中的一个。

都说我婆年轻时长得美，地道的天水白娃娃哩，只可惜“一哑遮百美”。嫁给我爷爷——我爷爷曾被围攻堡子的土匪打瘸双腿，被认为“哑巴嫁瘸子，扯平两不亏”，不然便是鲜花和牛粪的意思了。我从没见过我爷爷。我大告诉我：“你爷命苦，腿伤感染了肚肠。记忆中，你婆刚给我和你姑姑的开裆裤缝了裆，你爷就下场了。”解放后，我大曾尝试领着我婆进城寻亲，不但遭到我婆拒绝，而且哭得翻江倒海。从此，谁也不敢再揭这个疤。这个疤一定大着哩！人活一世，谁没个亲人？天水城，伤心地。我婆在天水城的所有亲人，一定被杀尽了，只剩她一个哑巴了。

不管我婆早先生在哪达，长在哪达，我对我婆至少有了三个判断。其一，假如真的是鬼魂附体，那么，那些鬼一定是解放前会使刀枪的女匪，死了，还想折腾阳间的人，找到我婆这达来了；其二，假如世上没有鬼，那么，我婆本人兴许当过土匪，至少也给国民党当过兵，而且久经沙场，杀过人，也被追杀过，还有可能被逮住过。据说，解放后镇压反革命那阵，一些命案在身的国民党潜伏分子和惯匪都被政府处决了，我婆会不会是漏网之鱼呢？其三，她是不是……我不敢多想了。我想到了臭名昭著的西路军——就是传遍陇原的那支红军队伍，那都是给战无不胜的红军脸上摸了黑的人。这些年，咱天水一带村村寨寨揪出来的西路军流落人员——具体讲叫革命逃跑分子的，简直比驴还多，有男的，有女的，有当了倒插门女婿的，有嫁给老贫农的，有一辈子当光棍、当寡妇、当乞丐的……

兴许是想远了吧。——土匪、西路军都是坏人，可是我婆一点儿不像坏人。有一点是肯定了，她不可能是幻想症患者，我都不是，她咋是哩。

集镇上人山人海，骡马喧叫。高音喇叭里播放着革命歌曲，来自天水县城、公社的工宣队、农宣队正在街头巷尾跳忠字舞。镇子唯一的开放式大礼堂台子上，“地富反坏右”们头戴高帽站成一溜，正在接受红卫兵和贫下中农的批斗。与以往不同的是，这次接受批斗的革命逃跑分子似乎多了些。在咱天水一带，贫下中农及其子女与革命逃跑分子做斗争的故事，像一段段妙趣横生的传奇，一拨落幕，一拨登台，好戏连台了。比如双十铺村红小兵周三娃的亲爷爷张根生，给生产队驮粪时不慎被驴把脑袋踢了。这一踢，十成的智商就跑了五成，说话没个把嘴的了。他给孙子周三娃忆苦思甜时，不知咋搞的，味道就变了。他告诉周三娃，他根本就不是甘肃天水人，他真名叫杨继雄，老家在江西兴国县，1934 年，十五岁的他撂下锄头当了红军，后来跟着红军一路长征，突破了甘肃的腊子口。红军三大主力在会宁会师后，他被编入西路军，在河西走廊和马步芳的队伍厮打了几十个昼夜，后来受伤被俘押到了青海，再后来趁看守不备，又逃回了甘肃。俗话说："金张掖，银武威，金银不换是天水。"天水这地方养人。于是改名换姓，自称流浪孤儿，一路寻吃讨要到了天水，使劲学会了天水话，摸到双十铺的周家当了上门女婿。他是在周家祠堂明了心的："生了娃，随母姓……"

张根生——不！杨继雄的下场非常惨。揭发举报他的，就是亲孙子周三娃。每次批斗，红小兵周三娃亲自上阵，声泪俱下："咱全家，得感谢生产队那头驴，那真是一头有政治头脑、有思想觉悟的好驴。如果不是驴，真晓不得咱全家会被我爷爷——不！被杨继雄骗到何时。这老家伙一辈子真是猪鼻子插葱根——装大象啊！居然年年都被公社评为生产模范……我悲哀，我身体里流淌的竟然是他的血，我悔恨，我的眼睛还不如驴眼雪亮……"

大喇叭里的领导讲话气吞山河："……今天，又一批躲藏在贫下中农中间的西路军逃跑分子现了原形。西路军的失败，是张国焘机会主义、退却主义路线彻底破产的产物……"这样的批斗现场，咱见多了。

西路军——河西走廊——红军历史上最惨重的失败。我有时候就想，咱甘肃真够倒霉的，坏就坏在那个最大的逃跑分子张国焘身上。听老人们讲，甘肃是红军三大主力唯一全部经过的省份，腊子口战役、俄界会议、哈达铺会议、榜罗镇会议、会宁会师、血战河西走廊都在甘肃，毛主席笔下的“更喜岷山千里雪，三军过后尽开颜”“六盘山上高峰，红旗漫卷西风”也说的是甘肃，就连宁都起义的队伍里，甘肃人就占了三四成，可是这帮灰头土脸的西路军，当逃兵，当俘虏，老鼠害了一锅汤，把咱甘肃生生地祸害了。

在人群里找到我大时，他正在和贫下中农一起振臂高呼。

我把我大拽出来，我首先问了一个问题：“大，您听说过哑巴说梦话吗？”

“这不是屁话吗，你是不是真格有幻想症了？”

“说梦话的，是我婆。”

“到底是你婆在说梦话，还是你自个儿在说梦话？你两个都嫌幻想症不够麻缠是不是？”

“信不信由你，而且——”我发现我的思想觉悟和革命敏感性已经提高了一大截子，“而且，我婆的梦话里全是打仗的事儿，她平时也爱擦枪，爱听民兵打靶的枪声……这事，必须得报告工作组。”

我大的一张黑脸倏地泛起了一层灰白，他紧张地环顾左右，抢了我的话头：“你先不要给任何人言传，你婆，哑巴，是鬼在替你婆说话。鬼附体的事情，你又不是没听过，四邻八乡，多了。耕耕妈的事情，你不是不晓得。”

我大这么快就做出判断，完全出乎我的意料，也就是说，我该问的还没问完，该说的还没说完，我大就把答案给我交底儿了。我大提起耕耕妈，让我脊梁骨一阵阵发冷。多年前，耕耕大和耕耕妈上工时，家里被狼盯上了，一盯两盯，耕耕就没了，连骨头都没剩一根。从此，耕耕妈每天披头散发，见着我们这些男娃娃，就喊耕耕。同时又学着耕耕的声音喊妈妈，像极了！分明是耕耕附体了。喊了几年，把自己喊死在了炕上。

天大的事情，终于被我婆和我大从根子上解决了。西房里再也没闹过鬼，这期间，也就是1982年，我婆下场了，享年六十六岁。

我不晓得具体是咋解决的。只记得，当天从镇上回来，我大就连夜领着我婆下山，说是要去几十里外的姑姑家看小外甥。两天后，我大背着一个装满蒿草的背篼回来，可我婆却没有回来。我清楚记得我大下山前是没有背背篼的，也就是说，多了一个背篼，少了一个我婆。我忍不住追问："大，您真的把我婆送姑姑那达了？"

"你碎娃娃心眼真多，小心缠上幻想症。"

我赌气不再过问，我的注意力全部集中到了背篼上。我趁着月光溜进柴房，迅速翻开背篼里的蒿草，发现底部掖着一个上锁的木头匣子。我当即想好了，等天色大亮，非打开瞅瞅不可。第二天，我趁我大我妈上工的当口再奔柴房，却发现背篼、蒿草依然，匣子早已不翼而飞。我马上意识到，我前半夜的行踪，我大了如指掌，他后半夜已经行动了。

"大，匣子里装的是啥？"

"是……是阴阳法师画的符。"

我半信半疑的革命表情引起了我大的不安。三四天工夫，我大就瘦了一圈儿，瞅我的眼神儿怪怪的，带着警觉和慌乱。下工回来，像丢了魂似的，这达瞅瞅，那达瞅瞅，有点神神道道。我想，他一定是把藏匣子的地方忘记了。一周过后，一种浓烈的药味把院子弥漫。天哪！我大是不是得幻想症了？这种特殊的味道，我是最敏感的。可我大说："娃，我瘦成这样，是肠胃乱套了，吃药，是拾掇肠胃哩。"我没敢戳穿我大，无论咋样，幻想症不是闹着玩的。不久，我大挨了处分。打靶时，他却瞄准了一头猪，枪一响，靶没倒，猪倒了。“实话给你说，你大得了幻想症，你千万别惹他，他连猪都敢枪毙……”我妈说到这达，泪水成了屋檐水，一溜儿一溜儿的。

我心悬一线，再也不敢提匣子的事情。两个月后，我大再次出山，把我婆领了回来，像完璧归赵似的，看不到一丁点儿的变化。有变化的是我大，婆回来了，他似乎亮清了许多，药，也开始慢慢减量。日子，就这样推着往前走，每晚上炕，婆纳鞋底儿，我做作业，然后，吹灯，钻被窝。我感觉婆轻轻的呼噜更均匀了，更平稳了。我出山到镇里上中学后，麻明，婆送我到村口；夜晚，她早早到村口等我。我慢慢长得更大，婆慢慢变得更老。和婆一起的日子，如此这般吧。

我婆并没有进我家的祖坟，她早就给自己选好了一片地方：望西梁。这鬼地方说啥也不该当坟地的，可我大愣是答应了。全村人看扁了我大：“看来，幻想症也有后遗症哩。”我大遭人骂的事情还在后头，那年夏天，老天爷鬼使神差地下了一场透雨，望西梁的盐碱地顷刻变成了稠泥汤。天晴了，盐碱地坚硬如初。全家人爬上望西梁一瞅，我婆的坟堆儿早被泥石流挟裹得无影无踪。四周的盐碱地像是重新组合了一变，我大“哇”的一声哭了：“妈，我的妈，你在哪达哩？我给你应承了的，我会等到迁坟的一天，可是，这个望西梁，这个老天爷，这个泥石流……”除了山鸣谷应，剩下的只有盐碱地上浮泛的白气。

情况发生变化，是在我婆下场的第二年，大概是1984年秋天，上边来了通知，说是按照新政策，要彻底解决在乡西路军红军老战士称号和生活待遇问题，凡经政府确认为西路军流落人员的，在没有发现重大政治历史问题的情况下，一般应当给予承认，并统一称为西路军红军老战士。我大终于告诉我："瓜娃，我如今能给你说了，你婆，她是西路军女战士，中共党员，四川达县人。"

"您……您咋晓得的？大……"

"你婆给我说的，就那年我领你婆下山那次，她第一次开口说话。"

说好了要迁坟的。帮咱家迁坟的人很多，县里的，乡上的，还有从四川达县远道而来的。婆和爷终于埋在了一起，只是，婆的棺材里，除了一坛来自望西梁的盐碱土，还有一个用红布包裹的木头匣子。

有人怀疑匣子里是半截舌头，我顶上去："你是不是有幻想症啊！"

2016年7月12日于天津观海庐

寻　找

1

一茬茬，两茬茬，三茬茬，这达冒一曲，那达冒一首，成串儿传，风过处，就漫过了七沟八梁、四邻八乡。官家大老爷在轿子里哼，大户人家的小姐在阁楼里唱，耕地的庄农人在前坡里吼，放羊的碎娃娃在后梁上喊。反正哩，比秦腔接地气，比秧歌还顺溜。还用说嘛，我当然指咱天水的歌谣。

馒头山（哩嘛）山馒头，翻里转面秦球球。
秦球球（哩嘛）球球秦，斜里顺里想做人。
……

这支歌谣咋冒出来的，鬼晓得？但鬼一定晓得秦球球是我大，用官话讲就是父亲。馒头山便是咱尖山村对面的那个大山包了，早年寸草不生，板结了厚厚一层又干又硬的盐碱，白森森的，连山羊也懒得多瞅一眼。我大成为这支歌谣的主角儿，至少几十年了吧。几十年来，我大愣是让馒头山换了装，林子由无到有，由少到多，由小到大，郁郁葱葱，遮天蔽日，像苍茫的大海上冒出了一个绿岛。

“额的个老天啊！丙子年，九月天，秋老虎的夜晚，热！一家人还没上炕哩，枪响了，狗叫了，全村人失急忙乱，来不及背米牵牛，就扶老携幼往堡子里逃命。你爷爷还纳闷呢，土匪从来都是悄悄来，悄悄走，放血用刀子，只有碰上硬茬人才放枪，可这次……”这是我大后来悲怆的回忆。我大的讲述像炕头泥炉子里闪闪烁烁的火苗，与罐罐茶里翻滚的水泡对峙。丙子年——民国二十五年，也就是 1936 年。当时世上还没有我，用咱天水话说我还在我妈的肚子里转经着哩。当时年仅十七岁的我大，一定不曾料到这是改变他一生命运的年份。

土匪、堡子、逃亡……这耳屎一样的往事早就塞满了我的耳刮子。村后，高高耸立在梁顶的堡子至今尚在，只是被岁月消磨地像个苟延残喘的老人。天水这一带，堡子到底有多少，要说成千上万？必定少说了，反正天水周边的甘谷、武山、秦安、清水、张家川、西和、礼县、漳县、徽县等十几个县，逢村必堡。每一段干打垒的老墙都镶嵌着一段段刀光剑影、骨飞肉走的往事。就说咱村的堡子吧，说是同治二年，堡子被马化彪手下的马队攻陷，来不及逃走的人全被挑了血脖子，几十具尸体被倒挂在洋槐树上，只一夜，全被狼啃成了背篓架子。民国三年，堡子又被白朗的队伍拿下，抢走了十个大姑娘和所有的牲口，几个青壮年的眼仁儿被剜出来喂了鹞子。民国十九年，河州人马廷贤、韩进禄、王占林、马入仓攻打天水城，两小时就杀掉三千人，育生巷、古风巷、东关、双桥一带随处可见不肯受辱上吊、跳河、投井的女人。很多城里人翻过南北二山逃命，光咱堡子里就收容了一千多人……听老人说，最惨的要数甘谷、礼县、漳县一带，由于驻天水的国军、保安团鞭长莫及，军痞、土匪一到，好多堡子两三天内就变成血盆。啥叫血盆？人人被翻肠子、倒肚子，堡子盛血如盆。《天水县志》有载："血凝如脂，臭气冲天，野豹、狼犬、秃鹫厌而不食。"

快人，快马，快箭，快枪，快刀，这是土匪的特点。每次围村攻堡，都选择在夏粮入仓、逢年过节、迎亲嫁女这样的当口，大捞油水。土匪黑巾遮面，他抢，你得给，不给，就灭你，从头到尾不说一句话——还能说啥嘛！土匪也是土生土长，四乡八邻，田挨路，地连埂，迎亲赶集，要饭讨水，谁没见过谁？村里的泥腿子，看着一个个老实巴交，可是到了前半夜，村外一声口哨，必然有人拎上砍刀，钻天鼠一样旋出村。后半夜，又鼓上蚤一样拎着大包小包翻墙回来，擦刀，上炕，美滋滋的，和女人翻里转面戏要日弄。天亮扛锄头下地，碰着女人喊婶，瞅着娃娃给馍，逢着羊群让道，还不忘吼几声秦腔："岳飞我打坐在中军帐内，为我王打江山精忠报国……"

我问过我大："土匪这么混账，县保安团难道都是一帮瞎怂吗？"

"你简直是个瓜娃，你能保准有些土匪就不是保安团扮的？"我如梦方醒。当时的保安团，还肩负着为天水一带毛炳文、鲁大昌、王均的国军筹粮要款的任务。"明修栈道，暗度陈仓"。当年刘邦老儿在咱秦岭大山里用过的招法，如今用到种田人头上了。

人上有人，匪中有匪。最麻缠的是赤匪，敢明火执仗与国军干。上面从县到乡到村早就教化好几茬了：赤匪，一身灰，头顶有颗五角星，名号红军，是全民公敌。民国二十四年，也就是去年，赤匪攻破腊子口，早就从岷县、卓尼、康县、两当、徽县一带向天水这达流窜了。听是听多了，谁也没撞上过。

官家告示：杀一个赤匪，奖励五石小麦；窝藏一个赤匪，全家砍头示众。

2

那个夜晚的不寻常，注定了。我大他们刚刚逃进堡子，土匪就围成了蛛网。山门多加了几个大碌碡，青壮年们不约而同地把守在墙垛子上，有的张弓搭箭，有的紧握长矛，有的抱着滚木擂石，紧张地瞅着满坡的土匪。惨白的月光下，土匪押着十几个没来得及逃出村的老人，朝堡子大呼小叫："不开山门，就把他们剁了脑壳子。"老招法了。堡子里的人急得十指抠墙，顿足捶胸。

"哎——我的娃哎——，斜顺不要听他家的，别上当，他家是来抓丁的……"

朝堡子喊话的是刘满良七十岁的老妈。老妈被五花大绑，像束紧了的麦捆子。抓丁？那是官家和国军的事儿，土匪抓啥丁哩吗？刀光闪处，"咔嚓"一声响，老妈的脑袋飞离身子，像一个破鏊笼，"咣啷啷"滚下坡去。一只野狗纵身一扑，兴高采烈地接住了。

"啊！"刽子手中箭倒地。箭是刘满良射下去的。

"轰轰轰——"土匪们的土炮响了，炮弹在堡子里遍地开花，血光冲天。堡子外，刀光十几闪，十几颗人头飞了起来。黑乎乎的野狗们前追后撵，抢食一团。

每讲到这达，我大就说："要不是红军来，咱村就灭了，还能有你娃？"

事态像做梦似的掉个儿了。一支传说中的灰衣人突然与土匪交上了火，枪声顿时像炒豆子似的，炸，疾，烈，一阵紧似一阵。见过土匪之间火并的，还真格没见过这阵势。活着的人吓得窝在堡子里不敢露头。半晌过去，枪声也没有消停下来的意思，眼瞅着子弹像流星一样满天飞。我大壮着胆子朝堡子外一瞅。额的个天！县保安团与土匪合股，与灰衣人来来回回厮杀，走马灯似的……

战斗的原委超出了乡亲们的想象。原来，县保安团派出一个小队，化妆成土匪替国军抓丁，当晚堵住了刚刚放羊返回的小伙子刘岁保。刘岁保撒腿就跑，子弹已经尖叫着追进了他单薄的身体。麻明，枪声消停。坡前坡后横七竖八地躺满了死人，有保安团模样的，有土匪模样的，有灰衣人的……一位灰衣人用纸喇叭朝堡子喊话："老乡们！我们是中国工农红军，是革命的队伍，是专门为你们报仇的，你们出来吧……"

谁有这个胆？我大告诉我："后来，天空飞来一些鼓囊囊的褡兜，大家吓一跳，以为是炸药包哩，可是，褡兜半晌也没爆炸，我放胆一瞅，褡兜里全是麦子、青稞、干肉。"这东西，是不是诱饵呢？

第一个搬开碌碡、掀开山门探出堡子的，是我大。按事先约定，山门立即重新关闭。我大很快加入到了灰衣人打扫战场的行列里，直到战场打扫完，乡亲们这才心有余悸地探了出来。下来的事情我无须赘言，一切像后来电影里常演的那种：红军卫生员帮老乡们治疗伤口，杀了村里的地主刘毓仁，开仓放粮。前村后店，几十个男娃二话没说，褡兜里装了他妈烙的锅盔馍，跟着红军过漳县，走武山，奔通渭，越走越远。这一走，就……就永世没有回来。

红军留下了好多歌谣，"里格里格"啥的、"介支个介支个"啥的，和咱天水这达歌谣的意思不一样，可唱起来蛮顺口。其中有一首，我大至今会唱：

一送（里格）红军（介支个）下了山，
秋风（里格）细雨（介支个）缠绵绵。
山上（里格）野鹿声声哀号，
树树（里格）梧桐叶呀叶落光，
问一声亲人红军啊，
几时（里格）人马（介支个）再回山。
……

如今看来，我大一生的遭际，就在于掩埋红军连长那档子事儿上。打扫战场时，我大与几位江西、湖北、河南口音的红军战士一起，亲手把红军连长的尸体埋在了馒头山上，并插了一根筷子作为记号。馒头山地势显高，埋个人，将来容易找到。为了防止国军和保安团卷土重来掘坟剐尸，大多数红军的尸体与保安团的尸体混埋，并扒衣烧掉，不留一个坟头。红军出发十几天后，保安团果然来了。一根麻绳套紧了我大。我大力辩："我埋的不是赤匪，是咱保安团的一个小队长。"

"但有人说，你埋的是赤匪。"

"长官也不想想，当着赤匪的面，我只能说埋的是赤匪了。实际上埋的是咱的弟兄。"

"何以见得？"

"咱先去找筷子。"

坟被掘开了。卷在破席洞子中的尸体已经腐烂成泥，面目全非，但保安团的黄色制服、皮带、大檐帽却一目了然。"事实胜于雄辩"。我大不但被奖励五石小麦，五石青稞，还被任命为甲长。十户为一甲，十甲为一保。当个甲长，便是村里的人上人了。对于这个招人嫌惹人骂的芝麻官儿，我大坚辞不受。团长火了："你驴日的给脸不要脸，是不是心里有鬼啊?”吓得我大赶紧应承。不久，我大用麦子和青稞换来了赵集寨最漂亮的“白娃娃”赵岁莲，她就是我妈。“天水白娃娃”。老话了，谁让天水的女子咋那么白哩。后来，我大理直气壮地用石块、土坯砌了一个很是气派的坟头。

“想起来也后怕，当年我脑子咋就那么够用哩。红军一走，我就连夜刨开了两个死人坟，一个是红军连长的，一个是保安团小队长的，三下五除二把保安团小队长的一身黄皮给红军连长换上了。”

“衣服不是都扒下烧了吗?”我问。

“小队长的没烧，我留了一手。”

我大的这一秘密，天不知，地不觉，神不晓，鬼不察。每逢清明、过年，我大都要一个人上馒头山，在坟前培土、敬酒、烧纸、焚香……这事儿传着，传着，就传成了歌谣：“馒头山（哩嘛）山馒头……秦球球（哩嘛）球球秦……”

“这歌子，明明是欺搅我哩嘛，你瞅瞅老人们乱颤的胡须和娃娃们鼓圆的腮帮，把你大当火锅涮哩嘛!”这话，只有解放后才敢说。

据我大讲，他雷打不动的守陵行为，不仅受到当时天水县政府的嘉奖，还被授予“典范保甲长”称号，代理县长庄以绥亲自为他披上了绶带。那年中秋，小队长的遗孀坐着轿子翻山越岭给我大送来月饼，身后跟着两个丫鬟和四个荷枪实弹的士兵。那阵子，有关红军在甘肃全境的各种消息像麻雀一样，扑腾得铺天盖地。我大出山赶集时每听到一个新消息，都要选择一个风清月白的夜晚，登上馒头山，“扑通”跪倒，对红军连长说一阵子悄悄话：“红军连长你晓得不？又有一路你们的人过藉河了，过漳河了，过渭河了。”

“晓得不？又有一路你们的人去通渭的榜罗镇那里聚上了。”

“晓得不？又有你们的三路人马在会宁那里见面了。”

“晓得不？又有你们的人在河西的戈壁滩上和马家军干上了。”

“晓得不？又有……”

我大还在坟头哭诉过这么一件事，那事在天水一带疯传得很玄乎，说是民国二十六年，鲁大昌的部队反扑甘南卓尼县，把藏族土司杨积庆全家杀了个片甲不留。理由是民国二十四年，毛泽东、周恩来、彭德怀带领的红军攻打腊子口时，杨土司带领的藏军明里听从鲁大昌调遣，暗里给红军让道，还给了红军三十万斤小麦，妥善安置流落红军二百多人。休整后的红军，终于顺利过境天水一带……

隔厚厚一层黄土，谁晓得里边的人听着没？可我大的念叨，没完没了。

解放后我曾遍查资料，这才晓得，咱甘肃是三路红军唯一全部经过的省份，光天水的红军故事几鋬笼也装不下：1935 年 8 月，红二十五军进入天水。1935 年 9 月，红一方面军（陕甘支队）进入天水。1936 年 8 月，红二、四方面进入天水……红军除了和胡宗南、毛炳文、鲁大昌、王钧的国军打，还要和土匪打。被红军削掉的土匪名号一堆堆儿：天水的“胡子团”、武山的“斧头队”、清水的“鹞子帮”、徽县的“黑枪营”……被红军处决的土匪名字一串串儿：杜伯成、张五十四、刘根代、杨双成、杨虎娃、贺岁娃……

“额的个天哪！”我不由仰天长叹，为红军，为天水，也为我大。

麻绳再次套了我大，是民国三十八年的事，也就是 1949 年 8 月，“共匪”王震的队伍解放了天水城。我大亮清了，王震的解放军，十几年前就是叫红军的。也就是说，十几年前红军又打回来了。天，是整个变了，估摸着再也变不回去了。可是，我大的罪名也浮出了水面：反动甲长、为伪政府卖命的狗腿子、给国民党反动派守陵的孝子贤孙。面对一大摞帽子，我大反而显得信心十足，他似乎有足够的理由证明自己。“哈！你们得自个儿给我解麻绳哩。这真格叫大水冲了龙王庙，一家人不认一家人，”

我大被抓的前一个夜晚，有个像叫花子一样的人摸到了我家，满口都是夹生不熟的天水话：“碎娃，你大哩?”

我说：“我大放牛去了，过一过就回来。你，是要饭吗?”

“不是，哦哦哦，那……我等等，等等。”

“这位老爸，你这口音咋就这么生哩。”

“哦哦，我老家河南的，姓樊……给你娃说不清，我等你大。”

当我大和牛同时在门口出现的时候，我发现两个长辈的目光先是一阵迟疑，然后像兰州拉面一样被抻直了。我大脱口而出：“额的个天爷爷哟！可把你……”

河南人的脸倏地白了，上前捂了我大的嘴。老樊和我大关了堂屋门，叽叽咕咕、神神秘秘地只谝了一袋烟工夫，老樊就匆匆离开了。出于好奇，我曾贴着门缝偷听过，但他们二位嗓音压得很低，我只听见“西路军”“张国焘”“陈昌浩”“徐向前”啥的。尽管我对这些概念和人名蒙混不清，但还是有一道闪电划过了脑海，老樊该不是当年的红军战士吧！不！咋会哩，活下来的红军战士，如今早成革命干部了，哪有像叫花子的。我大果然告诉我：“这个老樊，是前些年逃荒来的河南人，在后山的窑沟当了上门女婿，和我一样当过麦客，这次来商量走陕西赶麦场的事儿。你这娃，大了，也是个麦客，这是咱庄稼人的命。”

我百分之百相信我大的话。真格的，咱这一带河南人比山羊还多。都传哩，民国二十七年，蒋委员长为了阻挡日本人，下令炸开花园口黄河大堤，上百万河南人没了。那阵子，天水到处都是涌上来的河南难民，拖家的，带口的，卖儿的，卖女的，上门的，嫁人的。我问我大："张啥泰、陈啥浩、徐啥前是谁个?"

"你真没事干了！啥都问，都是我一搭的麦客嘛。"

第二天，工作组找上门来。我发现我大曾经满脸的自信早已打了折扣，那心虚的样子，像个偷惯了鸡、摸惯了狗的老贼。

但我大不忘千遍万遍罗列他的理由："坟里真格是红军连长，不是保安团的弟兄……啊啊，不，不是敌人，真格的。"

"从 1936 年算起，你都公开守了十三年了，还抵赖？既然你说守的是红军，证人呢?"

"证人就是和我一起安葬连长的战士，好几个哩。可是，子弹不认人，有几个红军能活着回来哩。像咱这一带跟红军走的，一个都没回来。我还指望个啥?"

"村里有证人吗?"

"没有，当时都在堡子里不敢出来，就连卷叠连长的席子，也是咱家的。"

"看来，谁也证明不了你。"

"有。"

"谁?"

"不是人，是一个坛子，装有连长的血衣，我埋馒头山了。"

"那你把血衣找到再说吧。"

"埋坛子时，怕被保安团发现，就没敢留记号，反正就在这馒头山上。"我大不忘补充，"请同志们放心，坛子，我一定能寻到的。"

麻绳被解了下来。用如今的话说，我大开始了地毯式的搜索，一寸也不放过。镇压反革命那阵，我大的问题又复杂化了。那阵子，各乡几乎都有毙掉的人，有国民党潜伏特务，有土匪头子，有帮助旧政府欺压过老百姓的反动保长、甲长。传得最久的有这么一件事：二十几里开外的娘娘坝有位叫李逢春的人，民国二十五年在毗邻的李子园小学当教书匠，还兼职甲长。有天晚上，一支从南路过来的红军被王均的国军包围，红军死了很多人。当时只有十八岁的李逢春亲手帮助红军安葬了一位红军的头儿。红军北上后，县政府抓去李逢春审问了好几天，李逢春矢口否认掩埋过红军的头儿。因为没有证据，县政府只好先撤了他的教师之职，结论是“通匪一事待查”。解放后，李逢春作为伪甲长连同“地富反坏右”一起被专政了起来，成天挨斗。

我亮清了，假如找不到坛子，我大的下场一定比李逢春还要倒霉。

挖，挖，挖；找，找，找，一直折腾到1953年，仍然没有和坛子见面。那时我已经十五岁了，弟弟也已经十岁。为了我大的命运，我和我妈、弟弟义无反顾帮助我大寻找坛子。这样，我大挖，我妈挖，我挖，我弟弟挖，连我们自己都记不清到底挖了多少土方量。假如是开荒，至少也几十亩了吧。要命的是，挖过的地方，风吹日晒，和没挖过一样。为了避免窝工返工，我大又下了决心：“凡挖过的地方，咱栽上柏树，当记号。”

这不是让秃子长毛嘛。可我大是铁心了，每挖一片，就用毛驴从山下驮来黄土，把盐碱土替换一遍。他还动员我们沿着沟底墒情旺的地方开出了一片育林用地，在山下挖了一个常年可以沤绿肥的大坑，为育林提供养分，然后走村串户收集柏树籽，培育柏树苗子，清明前后，就上山移栽……除了农活，全家人的日子就这样和挖坑、换土、施肥、育苗、栽树、浇水、管护套紧了。与刺槐、毛白杨、榆树、臭椿比，柏树是个奇物，一旦移栽成功，便风吹不动，旱扰不垮，霜击不倒，百年千年都是老样子，怪不得咱这里常让柏树陪祖坟哩。可是，咱这达的土质太狗怂，育苗比病秧子女人保胎还麻缠，十成保五就算烧高香了。日怪的是，我大总能从后山捎来成捆成捆的优质柏树苗子。

枝肥叶满，根系连同泥土一起包裹得严严实实。后山，仿佛有个专门为我大提供苗子的大本营似的。

“是后山的麦客在帮我。”我大解释。

“最铁是一搭赶过麦场的，最怂是一起分过家产的。”老话，我信。

岁月增长了我的见识，我开始对我大的行为产生了怀疑。挖了这么多年，寻了这么多年，不可能寻不到坛子的。何况就我大那样精明的人，不至于弄不清坛子的大致方位。这个折腾法儿，别说是个坛子，是根针也该找到了。我终于忍不住开了腔：“大，你到底埋没埋那个坛子啊?!”

“……”我大惊住了，继而怒吼，“你个狗日的，你连你大都不信吗？没有红军，就没有你大，没有你大，就没有你。”

“可是……”

“没有可是，只要咱的命能保住，咱就守着这馒头山，寻，寻，寻，往死里寻。”

我还能说啥哩嘛，那就，挖吧；那就，寻吧。

“馒头山（哩嘛）山馒头……”让人心里恓惶的是，这支解放前奚落我大的歌谣，解放后照样用得上。我只晓得，馒头山上的坑越挖越多，树越栽越多。柏树是四季常青的，耐寒，抗旱，木质坚韧，老远望去，黑乎乎的一大片，像脑袋上的一个大疤，而且，这个疤不但没有愈合的时候，而且越来越大。我还晓得，因了我大，我们全家在村里灰头土脸，低头短气。上村小那阵，同学们跟着我的屁股喊：“秦球球，二杆子；他女人，三杆子；他娃娃，四杆子……”

那时候，村里人茶余饭后谝传时夹杂了一些稀奇古怪的事情，比如，某乡有一位哑巴女人突然说起了梦话，满口都是红军、蒋匪、河西走廊啥的，听口音像是四川人。全家人吓了一大跳，以为是鬼魂附体了。再比如，某村有个老头疯了，张口闭口都是“董军长”。有识文断字的就怀疑了，当年冯玉祥的西北军有一支部队在江西宁都与红军打仗时，临阵起义了，起义队伍里就有上千甘肃人。这老头喊出来的董军长，是不是那位在河西走廊被马家军割掉脑袋的董振堂呢？那些日子，上边专门对西路军流落人员进行了大面积排查，一下子就在天水、武山、清水、漳县一带查出了一大串儿，有江西籍的，福建籍的，湖北籍的，河南籍的……有被俘后逃出来的，有被打散的，有受伤后掉队的……他们大多改名换姓，有装聋的，作哑的，有成家的，有当光棍的，有当叫花子的……

西路军是啥？乖乖！查出来的，有好果子吃嘛。批斗挨整，那真格算轻的。

额的个天！原来红军和红军也是不一样的啊！这是我最惊人的发现。

“大大，你还会等和你一起掩埋红军连长的战士回来给你作证吗？假如那战士，后来成为流落的西路军，他还敢露头吗？”

“屁话！跟我找坛子。红军多得很，不光有个西路军。”

风声又紧了。核心的问题是，我大仍然没有找到坛子。上面来了命令，认为我大的历史问题不容否认，应抓去进行劳动改造，所谓劳动改造，据说是判刑后押到引洮工程参加劳动。我大赶紧找工作组商量：“领导，劳动改造是个啥？”

“就是通过劳动，改造一个人。”

“有没有用植树造林改造坏人的？”

“有。”

“那能不能把馒头山名正言顺交给我，我把他变成一片林子。再说了，我一走，这些年的工夫就日踏了。”

在我大看来，引洮工程尽管是重体力活儿，但远不及在馒头山挖坑栽树的劳动强度大，如今政府号召植树造林，他愿意在工作组、村委会和人民群众的监督下，一边寻找坛子，一边植树造林，一举两得。好在那时候公检法不够健全，我大说的也在理，上边一番研究，竟然也就同意了。但明确指出，改造你秦球球，就是改造你秦球球，不能把全家都搭进去。从此以后，馒头山就成了我大一个人的光阴。

有谁见过这样较劲儿的？年复一年，日复一日，柏树像蛇吞象一样一寸寸挑战着馒头山，与周边光秃秃的山梁对比分明。柏树盖头大，像大大小小的麦垛儿。有的树干粗如背篼，有的细如锨把儿。这一粗一细，以年轮的名义昭示着栽树时间的跨度和岁月的延伸。说是唐僧经历了九九八十一难，用十四年取得了真经，我大呢？遭难不可谓不少，可是，坛子啊坛子，你在哪里？

一线希望，从给“五类分子”落实政策开始。全村人开始胆正了，联名给上面写信求情，希望给我大恢复自由，理由有一大堆儿：一是秦球球解放前没干过坏事儿，每次闹匪，能主动帮村里人躲进堡子安身；二是红军和保安团交火之后，秦球球是第一个走出堡子与红军取得联系的人；三是秦球球当甲长时，暗里和老百姓合一股绳儿，没让老百姓吃亏；四是到底为谁守陵那点事，等找到证据再说也不迟，何况时过境迁；五是秦球球几十年如一日，植树造林，造福一方，一个人干了全村人的活儿，有功劳，有苦劳；六是……那一年：1979。

上面尊重了村民的部分意见，恢复秦球球的自由可以，但历史问题马虎不得，为敌人守陵还是为红军守陵，是个原则问题，待查……

该工作组和全村人吃惊了。我大恢复自由后，挖坑栽树，一如既往。

“自由不自由没啥，只要不挡我找坛子就成。”

3

当年的红军还真有活着回来的。1983年夏天，当年的红军晏福生、陈明义、伍修权等人重走长征路抵达天水，寻找当年牺牲在娘娘坝的战友。于是，一段尘封往事石破天惊地被掀开了。原来，当年被李逢春埋葬的红军头儿，是红二方面军第十六师师长张辉，晏福生就是当年的师政委。时任成都军区副政委的晏福生扑在张辉墓前痛哭失声："老战友啊！革命胜利三十多年了，我……"

张辉的革命经历很快被确认如下：

> 张辉：江西安福人。1910年出生于一个贫农家庭。1929年春，毛泽东、朱德领导的红军来到他的家乡，他参加了红军，先后担任班长、排长、连长，并加入了共产党。1932年3月提升为营长。1934年夏，红六军团在中央代表任弼时、军团长萧克、政委王震率领下突围转移，张辉被提升为该军团第十八师五十四团团长，率部西征。10月，红六军团到达湘西，与贺龙、关向应领导的红二军团会合，他又率部参加了创建湘鄂川黔革命根据地的斗争，调任第十六师四十六团团长。1935年11月，张辉率部随红二、六军团长征。1936年7月，被任命为第六军（即六军团，合编后称六军）十六师师长，于8月进入甘肃南部地区。9月，参加成（县）徽（县）两（当）康（县）战役，他和政委晏福生率部英勇作战，连续击退国民党王均部队的阻拦，攻占两当县城。10月初，红二方面军奉命北上，第十六师担任右翼先锋，他率部在天水县李子园全歼王均部队一个连。10月5日，在娘娘坝遭遇王均部队阻击，不幸中弹牺牲，时年26岁。

那一年，我大已经六十四岁，老眼昏花，头发白了，胡子白了，腰杆子弯了。煤油灯下，活像一个枯瘦如柴的老鬼。我妈的唠叨有了新话题：“我说你个老颠盹，人家张辉师长的战友都寻到娘娘坝来了，你那个红军连长的战友咋就寻不来哩?”

“你个女人家，咸吃萝卜淡操心。”

李逢春的历史问题拨云见日后，也给我大的问题带来了转机。上面认为，馒头山史无前例的森林覆盖率，是秦球球勤劳、诚实、艰苦的劳动取得的优异成果，尽管历史问题依然是个谜团，可是秦球球主动、自觉的改造行为广大人民群众看在眼里，记在心上。事到如今，历史问题可以不再追究。可我大并没有见好就收，突然提出了一个要求：“听说，娘娘坝那边，要给张辉师长树碑，能不能捎带着给红军连长也树一块碑?”

“……”

“那……我还是寻坛子吧。”

也就是说，我大至死也没有停止寻找那个坛子。当年，我大被天水县评为“全县植树造林工作先进个人”，奖励现金一百元。我大断然回绝。我反而对我大的质疑更重了，馒头山上，真有他埋的坛子吗?他长年累月这是做啥哩嘛!

有个老汉寻到了馒头山，那时我大正在挖坑换土。来看他的老汉不是当年的红军战士，更不是红军连长的战友，而是李逢春。李逢春说：“这坑，咱老哥俩一起挖，这树，咱一起栽。”

“你这辈子，和我意思差不多，难道也不懂我吗？我是寻找一个坛子。”

“那，咱俩一起寻吧。”

“这坛子，不好寻的。”

“我陪你寻。”

“哇哇——”我大当场号啕大哭，哭得天昏地暗。

我大就是那年离开人世的。按照我大生前的愿望，他被埋在了馒头山上。县里给我大树了碑，上书“全县植树造林模范秦球球之墓”。郁郁葱葱的柏树林，已经好几百亩了，几乎覆盖了整个儿馒头山，肃穆，庄重，威严，厚实。很多人感慨：“多么像个陵园啊！这么大，全天水恐怕也找不出第二个来。”据传，在镌刻碑名的事情上，上面动了一番大脑筋，有人提议务必在“秦球球”三个字的后面加上“同志”二字，有人坚决反对，也有人认为“还不是时候”。

要说坛子，墓碑下还真埋有一个，是李逢春花钱买的。坛子里装有黄表纸一张，上书五个规规矩矩的毛笔字：红军守陵人。我以为是李逢春写的，可他说：“我可写不好那五个字，是请窑沟的一个老汉写的。”

窑沟，容易让我想起当年那个叫花子一样的上门女婿，那个说着夹生天水话的河南人。我想，当年的中年麦客，如今该变成老麦客了吧。

风过处，馒头山——如今的天水县烈士陵园一片浅唱低吟，层层叠叠的柏叶“嗡嗡”作响，像古老而新鲜的天水歌谣，它早已把我大和馒头山有关的那支歌谣湮没了，像叙说另一段百年往事。全县革命战争时期和社会主义建设时期牺牲的天水籍烈士遗骸均从散落各处的大大小小的陵园搬出，集中迁入馒头山。

我拜访过李逢春：“您断断，馒头山上，到底有没有我大埋下的坛子呢？”

“有。”

“在哪达？”

“就我埋下的那个。”

附记：

1984年2月29日，国家民政部、财政部、卫生部、总政治部《关于解决在乡西路军红军老战士称号和生活待遇问题的通知》规定，凡经当地政府确认为西路军流落人员的，在没有发现重大政治历史问题的情况下，一般应当给予承认，并统一称为西路军红军老战士。一年后，老樊的真实身份这才浮出了水面。老樊并不姓樊，而是姓范，叫范云清，他就是当年和我大一起掩埋过红军连长的战士之一。红军三大主力会师会宁后，范云清随西路军血战河西走廊，在倪家营子战斗中被俘，后成功逃脱，一路寻吃讨要到了天水。老麦客——不，老红军范云清告诉我：“你大从来没有埋过坛子。”

2016年6月9日端午于天津观海庐

（载《飞天》2016年第8期，转载《小说选刊》2016年第9期）

附录

在历史的回声中介入现实

——商昌宝、秦岭对话录

（代跋一）

商昌宝：（天津师范大学文学院副教授、文学博士、评论家）

秦　岭：（天津作家）

1．**商昌宝：**毋庸置疑，小说家有理由对中国历史和社会复杂而巨大的变革提供更多有价值的声音，这一点，国外小说家曾提供了很好的范例，例如人们耳熟能详的《乱世佳人》《百年孤独》《静静的顿河》《古拉格群岛》等经典名作，阅读这些小说能真切地感受到历史的现场和回声。但是，纵观当下大陆中国小说家们的创作，除了在更多平面化、同质化的叙事中对现实生活、社会情态等进行自说自话式的描摹之外，很难嗅到文学之于现实和历史关系的透彻表达和深度反思，这一点，与处于巨大变革时期的大陆中国极不相称。问一个老生常谈的问题，您如何理解文学（小说）与历史的关系？

秦岭：作家对于小说与历史关系的认识和理解，必然有各自的判断入口和思维方式，只不过入口的半径有大与小、宽与窄的问题。事实如何，您刚才提问中实际上已经触及到了答案的大部分。在我看来，关注现实的小说，必然是代替历史说话。当我们意识到今天的现实在分分秒秒地变成历史，那么，在为现实捉刀之前，为何不规规矩矩地为历史的狂欢、萧瑟和鲜血肃立呢？历史就是小说，小说就是历史，这样的论断虽然缺乏学理依据，但是从文化和社会学角度解读是没有问题的。可以这样说，历史是小说关注现实的引擎，小说是现实的历史呈现。或者说，我们所感知到的历史，有客观的，也有主观的；我们所获知的所谓历史身影，往往多是从前人的著述中获得踉踉跄跄的印记。例如，司马迁的《史记》提供了强大而丰饶的历史信息，成为后世判断西汉之前的社会较为精准的参照。但一定要清醒，《史记》毕竟是司马迁在获取重大历史事件、历史人物等重要历史信息后构建的世界，肯定有其客观性，却并不能完全代表一个历史阶段社会形态的全部，也就不完全算是客观的历史。在我看来，小说借助于客观世界而拥有的虚构和想象功能，与生俱来地兼容了主客观两个世界，这就是为什么《三国演义》《水浒传》至今被作为历史镜子的原因，因为它把历史、社会、生活融为一体了。您提到的国外经典《乱世佳人》等诸宏文亦然如此。当然，每个人的创作不一定非得揪住历史不放，比如情感写作。但你如果要介入现实，必然同时要关照历史，如果对这个关系置若罔闻，所有对现实的描写、刻画和呈现，必然像虚张声势的海市蜃楼和最单薄的谎言一样，随便一丝风过来，就烟消云散了。您刚才对大陆小说平面化、同质化的理解，我是认同的，半个世纪以来，我们见惯了不同历史阶段文学故事堂而皇之地引领，习惯了各种文学流派、标签、概念之间的纷争甚至覆灭。回头观望当年曾经盛况空前的所谓伤痕文学、反思文学、改革文学、知青文学、新写实什么的，会悲哀地发现，如果我们奢望通过那样的“现实”体味那样的“历史”，跟上贼船没什么区别，历史远没有那么轻佻，轻佻到如此的单薄、偏执，甚至冒傻气。

2. **商昌宝：**您所说的关于历史与文学的关系以及对 20 世纪 80 年代以来文坛现象的评价我基本都赞同。我还注意到一个现象，那就是很多作家和批评家，都在呼吁小说家要多关注现实，似乎作家与现实有了太大的距离。这是个奇怪的现象，因为作家本来就生活在现实中，关注现实是天经地义的事，然而广泛阅读后，又确实感觉到文学与现实之遥远、隔膜。能不能这样理解，小说家对现实生活的无可奈何与矫揉造作，除了知识储备不够外，更主要的是历史感的缺失呢？您的长篇小说《皇粮钟》曾被文坛名宿丛维熙视为“一个历史的刻度”，短篇小说《杀威棒》被段崇轩等评论家誉为当年“最具历史反思意味的小说”。二人都在您的小说中读到了“历史”，我个人也是认同的。在这两部作品中，您怎样描写和塑造与之有关的历史？

秦岭：我认同您的理解。大陆作家偏重现实，却缺乏窥视现实本质的定力；敬畏历史，却背对历史的正脸。但中国作家自有聪明之处，王彬彬不是撰写过《过于聪明的中国作家》嘛，他们会揪住现实生活中的现象、热点、细节不放，然后用技术手段绕道而行，再迂回到人性层面祈求共鸣。正如中西作家同时分析一场好奇的街头斗殴，西方作家会挖空心思地追寻斗殴的社会背景、历史根源，然后从技术上寻求最好的、深刻的、多义的表达方式，而中国的一些作家则避重就轻，去选择直接消费斗殴带来的刺激和现场感。两者都在关注现实，但结果迥然。我当然不敢自恋我的长篇《皇粮钟》就是历史的刻度，但我清醒地发现或者意识到，在城乡二元结构已被划定的一段时间以来，人们在热议农业税（皇粮）被取消这一颇具象征意味的历史事件时，政策性的解读热闹得一塌糊涂，历史、哲学、社会学界的反应与文学界却不尽相同，甚至在某些方面是完全不同的，而在城乡居民那里的反应，更是表现得惟妙惟肖。可以说，城市居民的诧异和农民脸上的淡然，构成了一幅奇特的现实漫画。为什么如此诡异？就因为历史放不过你。当绵延达两千六百年的皇粮史在21世纪被取消，当其强大的象征性掩盖了微不足道的现实性，当皇粮在漫长岁月对农民精神结构的质的改变化作于无声处，我们足以想象皇粮历史的现实影响力是多么具有故事性、覆盖性、渗透性和愚化性。因此，我尽量让笔下皇粮时代的乡村人物在喧嚣的现实中，更多地为历史买单。尽管，让农民为历史买单是残酷的，不厚道的，可是实际上，农民从来都是历史的冤大头。《杀威棒》是知青题材，很多论者认为我是让农民替代知青诉说那段不堪的历史。我无意于替代，但有意在历史真相中寻找当年每个人与社会的关系，这个关系不光属于作为受害者知青个人，其中也包括农民和整个农村社会，假如忽视了后者，这样的知青文学充其量就是个人日记或是自说自话的情感告白。20 世纪 80 年代，我曾悲哀地被当时的知青文学所迷恋，吸引我的竟然是青春孽债的反思与命运遭际的控诉，这类小说的思想格局注定与历史割袍断义，只能纠结并停留在现实的切割面。我不能说《杀威棒》就是一段历史，但知青耕过的土地、吃过的粮食以及与农民形成的微妙复杂的关系，却是历史的。当阅读陷落，创作必须迷途知返。

3. **商昌宝：**有一个问题，此前跟您交流过，现在仍想再次求教。作为 70 后，对于皇粮（我老家叫公粮）、缴皇粮等历史现象，我是经历过的，虽然不像全全（《摸蛋的男孩》）那样经历曾经积极后来反抗的过程。我那时随着父亲赶着马车进城不过是对城市充满了好奇，对缴纳公粮没有什么认知和体会。关于乡村教师，我自然也是耳濡目染，我的小学班主任就是民办乡村教师，直到我毕业那年才通过考试转了正。不过，这些乡村印记，都是停留在 20 世纪 80 年代。进入 20 世纪 90 年代，我东北老家（吉林省敦化市）那边就不再有您小说中的那些缴皇粮、缴鸡蛋、缴猪之类的情形了。看您的小说，我总有种时空错落和穿越的感觉，就是您所描写或记述的情形与我对家乡的记忆至少差十年。我不知道这种感觉是东北与西北的政策之别，还是经济发展快慢导致的？您注意到其他地区农村和农民的情形了吗？还有，2005年农业税取消，在我老家的村子和农民中，并没有产生您在《碎裂在2005年的瓦片》《皇粮钟》中所描写的那样大的反应，您对此有何看法？

秦岭：这个问题有较真儿的意味，和很多知识分子的质疑一样可爱。就像生活在大平原的人对修梯田百思不得其解，就像江南水乡的人对构建水窖惊诧莫名，就像农业机械化地区的人对山区的二牛抬杠感到不可思议，就像包二奶的权贵对乡村光棍依靠倒卖妇女延续香火报以嘲弄……您也知道，为了掌握农民饮水状况，我这些年跑了全国很多乡村，岂能仅限于故乡？文学对公共事件差异性的解构，如果非得照顾到不同地域的整体形貌，必然就失去个体生活呈现的价值了。一如不能拿《白鹿原》与东北风情对比一样，如果把《女人和狐狸的一个上午》《借命时代的家乡》《坡上的莓子红了没》《碎裂在2005年的瓦片》这样的故事与江南水乡链接，必然形同白日呓语。幅员辽阔的中国自然条件迥异，比如缴公粮的种类，北方以小麦为主，南方以大米为主；水乡以鱼虾为主，牧区以牛羊为主。再如缴公粮的运输手段，川区农民可以开拖拉机，至少也是驴车，但山区农民就得人扛畜驮。您刚才提到“赶着马车”进城，那可是名镇三江的东北平原的景观啊，您听说过在峰顶峁尖上赶马车吗？进入20世纪90年代以后，政策赐宽，富裕地区可以拿钱代替公粮，贫困地区照样与粮食玩命。不同地域对“皇粮”的感受绝对是不一样的，无关痛痒则无故事，切肤之痛必有大故事。民办教师现象同样如此，似乎早已消失于视线，湮没于历史，可是在这个权力与物欲掌控一切的时代，山区有多少公办教师挤进城市，有多少农民放下锄头重返讲台成为代理教师（名分不如民办教师）？百闻不如一见，您不妨从平原走进山区体验一番。您一定会理解为什么山区男教师要在女学生中找老婆，为什么校长会包养高中女生考大学，为什么女学生要辍学当妓女。所谓发展与进步、现实与伦理、命运与生存，有时与法律、道德无关，只与生存逻辑有关。一句话，存在，就有可能；秘史，才是正根儿。

4. **商昌宝：**看来地域差异还真是蛮大的。由此也可见，大陆中国农民，不但因为生活于农村就远比城市人享受的资源可怜得多，而且还要因为地域的差异成为非国民待遇中的弱势群体。这个所谓的“领导阶级”，真是实在太可悲了。我忽然想到，西部农村在20世纪90年代后税费负担仍然很严重，是不是也与1994年分税制改革有关呢？我和很多作家、评论家聊起过这个话题，但感觉他们对此似乎在意不多，即使有所了解的也多停留在直观印象层面。不知秦兄对这个话题感兴趣不？您不会认为我这样问离题太远吧。

秦岭：这样的话题放在西方文学界，是很正常的，而在中国文坛，准被认为是旁门左道。我当然认为它是与文学有关联的。现实题材创作是当代文学的重头戏，却很少有作家把近二十年来的现实故事追根溯源到分税制，可谓身在其中却不知其然。小说固然不为寻史密踪，但作家不能当糊涂虫儿。我所幸在党政机关工作多年，见证了分税制对社会的巨大影响。我的《不娶你娶谁》《硌牙的沙子》《本色》等小说中，都涉及了这一社会话题。您一定记得1990年由中国承办的第11届亚运会吧，当时上边发动全民捐款，我这个当时甘肃天水山区的穷教师也被从工资中扣除了五角钱。那个年代的国债非常多，我有几个月的酬薪不是工资而是国库券，可见国库亏空到何种程度。1994年国家实行分税制的秘传电报下发到县团级要求统一思想的当晚，作为领导秘书的我至今记得，有位区长和几位职能部门领导惊得目瞪口呆。从理论上讲，分税制是中央政府和地方政府之间关于事权和财权的重新划分，把增值税的75%收归中央，给地方只留25%，其实质是中央拿大头（国税），地方拎小头（地税），而且实行乡财政包干制。分税制有点像饿虎扑食，中央和地方的承担比列严重失衡，而且未顾及东西、南北地区的差异。所谓乡财政包干，意味着县级财政不仅不再承担乡镇支出，而且要求乡镇填补县级财政窟窿。缺乏工商业支撑的乡镇只好通过现在看来臭名昭著的“三提留五统筹”以及加大农林特产税、教育附加费、罚款等上百种税费的方法从农民口袋里抢钱，很多乡镇甚至把教师、医生等乡属事业单位职工逼到征税、收费、罚没第一线，把“催粮要款，翻箱倒柜”的恶行推向极致，联产承包带给农民的实惠一夜之间丧失殆尽。其结果是，国家盆满钵盈，地方寅吃卯粮甚至空空如也，农民争相进城打工，很多地区连教师、医生的工资都发不出去。享受到国税实惠的人是无法理解底层现状的，因此当我在小说里出现教师配合联防队到学生家中征税、学生偷偷给教师水桶里灌沙子、村民围攻教师、医生这样的故事时，居然有很多人质疑它的真实性。在我看来，当前愈演愈烈的贫富差异和两极分化，与这个分税制有很大关系。尽管作为作家来说，分税制客观上给社会带来的史无前例的影响为作家提供了千载难逢的异质故事养料，但是我要说，作家宁可不要这样的养料，只求社会可持续的和谐与公正。

5. **商昌宝：**我能理解您对农村和农民的这份拳拳之心。您的《皇粮钟》与《杀威棒》都捕捉到了中国大历史转型中的关键问题，不论是农业税的取消还是农民与知青在政治激进主义中受伤更严重。不瞒您说，我个人更喜欢《杀威棒》。我想知道，从文学介入历史与现实的视角、格局、深度以及未来有可能经典化等角度出发，在二者之间，您更钟情于哪一部？或者说，未被选择的另一部，当年创作时存在哪些问题您今天需要提请读者注意的呢？

秦岭：在《皇粮钟》与《杀威棒》之间，我理解您更喜欢后者的理由。小说是作家分娩的孩子，很难做到厚此薄彼，但《杀威棒》无疑是我短篇小说创作中比较令人钟情的一部。有论者认为此作“拓展了知青文学的新领域”，并被中国现代文学馆纳入《中国当代文学经典》（短篇卷）。在我看来，我只不过把那个时代的知青和农民安排在了等价的人性天平上。知青是人，农民也是人；知青是公民，农民也是。知青文学如果绕开了农民的精神世界，一厢情愿地陷入自我理想的迷失和精神的困顿，这至少说明情怀和境界出了问题。我至今认为，反映知青生活较好的作品，仍属史铁生的《我的遥远的清平湾》。史铁生把握住了那段特殊历史中人与人之间的关系，知青和农民相同的、不同的困惑、迷失、寻觅、纠结、悲悯、情感始终融为一体，构成了一个真实而丰富的、悲怆而浑厚的知青命运与精神的本相。既然我理解如是，亲自涉足时，必然要首先考虑属于自己的视角和格局，再进入人性的纵深。值得一提的是，作为长篇小说的《皇粮钟》，我的思考与发挥还不够尽兴，我有择机重新修订的计划，反思、批判和关怀大致是我修订的方向，到时候会给读者一个更好的交代。

6. **商昌宝：**20世纪70年代末以来，乡土文学中曾提供了许多具有历史代言意味的农民形象，譬如《人生》中的高加林、《平凡的世界》中的孙少平、《芙蓉镇》中的胡玉音、《绿化树》中的章永璘，其他如李铜钟、李顺大、陈焕生等人物形象也都为人们所熟知。可是，从有计划的商品经济到有中国特色的市场经济的三十年来，在以经济建设为中心、以工业和商业化为重心的历史三峡中，农民在这一巨大社会冲击和颠簸中所遭遇的问题是史无前例的，远远超过了高加林时代，他们那样束手无策地跟着工商业经济拼命夺路奔逃，无论肉体还是精神早已疲惫不堪。从您的中篇《借命时代的家乡》中，我感受到了一个时代的前胸和后背，您的“我不相信这个世界上有谁敢斗胆挑战乡下人生存的基本逻辑，统统没有，有的只是知识分子厚颜无耻的干号”和“别瞧不起农民人借命，你们都是独生子女，女婿当儿子用哩，媳妇当女儿用哩，那不是借命是啥？独生子女有个三长两短，老儿口想借命，找谁去？比农民惨哩”，给我留下深刻的印象。这两句话蕴含的信息很广博，也很重要，特别切中当下中国的一些紧要问题，能就此再深入谈谈吗？

秦岭：这注定必将是历史的一个巨大伤疤，这个伤疤的痛痒，同时还与政治和历史有关，我看至少要影响中国几代人甚至更长。我非常欣赏您提到这个在中国作家的创作范式和叙事指向上似乎事不关己的话题，这里面有对历史的态度。事实上，继高加林、孙少平等乡村人物形象之后，农民形象的链条完全断裂了，分离了。谁也不敢贸然认为这是农民生活自身单一性造成的恶果，政府主导下的市场带给农民的课题远比高加林时代要复杂得多。同样从历史中走来的乡村人物，遭遇的作家却是不同的。我不能说当下的作家缺乏路遥、张贤亮、古华、高晓声等时代的智慧，但一个不可争辩的事实是，当下作家笔下的农民形象多被作者牵着鼻子走进了个人情绪的宣泄里，很少把人物置身于历史、社会与传统文化的天平上去衡量。中篇《借命时代的家乡》被《中国作家》推出后，有位资深的知识分子曾用质疑的口吻告诉我：“我喜欢小说中农民对待宗族、伦理、权力、市场的部分，新鲜，也震撼。但我不喜欢娃娃亲、上门女婿那些所谓借命的东西，那些东西有些过时了。”这就是共和国所谓的知识分子，他的观点完全把文学时尚化、现场化、流行化了，混淆了文学的当下性与历史性的关系。他不可能认识到，一方面，严酷的市场化、工业化让大量农民不得不放弃畸形市场支配下早已难以维系日子的土地，离乡背井进城当了所谓的“农民工”；另一方面，以削弱人口数量为主要目的的计划生育，使难以担当重体力劳动的女性人口大幅锐减（B超显形期堕胎、贫困地区外嫁富庶地区等）。另外还有一个现象，政府对贩卖妇女儿童的有效打击，对新一轮契约式娃娃亲现象的遏制，从法律、人道等方面看无疑是正确的、正当的，但问题是，恰恰是这些所谓“封建余孽”，在支撑、平衡、延续着偏远乡村的日子和烟火。有位老光棍告诉我：“我多么羡慕娃娃亲时代啊！至少日子就有了盼头”。当下的中国乡村，“空壳村”“空巢村”“光棍村”比比皆是，传统的农村宗亲、家族结构进入了前所未有的脆弱期，由此产生的传统道德、伦理危机非常普遍。即便在城市，“借命”过日子也早已常态化。独生子女时代让人口生态危如累卵，“两小养一小再加四老”的家族结构，给整个社会带来怎样的连锁反应，蓄满怎样的故事，我想不必赘言了。这就是我写《借命时代的家乡》的现实背景。小说主人公董建泉父子妻儿所处的社会环境，从生产队到联产承包直至市场经济所面对的一切，大概只有高加林、孙少平们能体会到。在最近的一次全国文学论坛上，有人谈到《借命时代的家乡》，我明确告诉他，我是把不同阶段的中国农村安排在同一个“当下”来考察的，假如把湮没于历史的姨太太和催生于时代的二奶同时放在历史文化的天平上衡量，不难发现，历史也是当下，当下也是历史，他们都在大地上。二者的矛盾只是个时间差和尖锐程度问题，生活的本质并没有什么变化。

7. **商昌宝：**最近连获好评的《女人和狐狸的一个上午》，被学界认为是近年来“最好的短篇小说之一”，并斩获《小说月报》最佳短篇小说的“百花奖”，也使您第三次登上“中国小说排行榜”。关于这个小说，评论家们几乎众口一词从人性、大爱、人与自然和谐等角度出发，但引起我注意的依然是小说中隐隐呈现的那种深度的历史反思和现实关怀，即是什么原因造成了普通农民生活困顿、精神迷茫？或者说，这个变态、怪诞的社会硬塞给农民一张关于生存和生命的考卷，催逼他们对历史与现实做出完美高深的答案。我想这其中，您应该有自己的思考。

秦岭：在我看来，这是个非常残酷的话题，一如女人和狐狸在那个上午的死亡。您一定注意到，在我们这个社会，每天发生着的包括死亡、流血在内的千奇百怪的事件，早已成为生活视野里波澜不惊的常态了，随便拎出一例，其中包涵的故事及其冲击力都会远远超过一个名不见经传的西部女人和动物的死亡。记得《女人和狐狸的一个上午》给《人民文学》后，徐坤就预言：“这个小说肯定会引起方方面面的关注。”后来的一切果然验证了这位资深小说家和编辑家的判断。有位评论家后来告诉我：“我一开始曾质疑过这篇小说，但是，当它被一些高校教师搬进课堂时，我突然意识到小说中难得一见的普世力量和历史气息，时代需要这样的小说。”当小说带来的感动来自社会而不仅仅是文坛时，我的获奖感言才有了更多的回味。在竞争激烈的工业化社会，占有人口绝大多数的农民是拥有生产资料最少的群体；他们不光无法参与残酷的市场竞争，公权力主导下的市场反过来觊觎、剥夺他们赖以生存的土地和劳动力，这就注定了农民物质生活和精神质地的整体性坍塌和滑坡。我用女人和狐狸的死亡，不光在隐喻这种牺牲，我还在试图寻找与牺牲有关的国民文化和心理。当这样霸道的物质社会置公平、正义、和谐于脑后，当一拨拨城市人依靠强大的经济支撑乔迁国外，你会惊奇地发现，人类弥足珍贵的大爱、悲悯、情怀仍然存留于可怜的农民那里。这样一种世纪末的悲凉景观，既是农民的现实，也是农民的宿命，同样也是农民精神历史的回光返照。当攫取土地的挖掘机不惜碾死上访农民瘦弱的身躯时，农民却在用生命代价呵护一只怀孕的狐狸。这是自古以来人与人、人与兽、人与自然最为真诚、和谐的道德力量。有论者说："女人和狐狸的互动行为，既能撕开现实的画皮，也能呼应历史的回声，更能安慰我们千疮百孔的心灵。"这样的话让我感动。今年去陕南的汉江流域采风时，面对山洪冲下来的一只狐狸尸体，我用衰草掩盖了它。那一刻我想了很多。当这样的现实进入历史，后人该如何判断这段历史真正的质地？我认为，小说比学者们的八股文更有说服性。

8. **商昌宝：**很多评论家认为，是某种外界条件限制了作家对历史与现实的观察与介入。在我看来，小说家对历史和现实的发声，完全取决于智慧和方法。或者说，当历史家无法下笔时，小说家应该承担起这个重任，并能且有足够的能力完成这一重任。记得多年前，学界在《作品与争鸣》《小说评论》等期刊曾谈到您反思历史的智慧，在我的阅读体验中，您的智慧可以用一个字来概括，即"小"，小事件、小人物、小情节。如您的《碎裂在2005年的瓦片》，就体现了这种智慧。小说的切入口很小，小到仅仅反映了一个小小乡村验粮员家的屋瓦被砸的故事。记得一位评论家在《文艺报》上撰文，标题就是《历史的碎裂声》，意即从这小小的举动诠释出绵延千年的皇粮史的终结。的确，您的小说中几乎看不到农民对体制、对伤害、对城乡"剪刀差"等问题最为直接的行为和特别激烈的反应，但从砸瓦、偷袭验粮员、全全抠破母鸡屁股以及罗万斗的一句"我日他妈的皇粮啊"中，可以真切地体会到农民中那种异乎寻常的抗争与情绪，可谓"四两拨千斤"。杨显惠先生曾针对《摸蛋的男孩》以"从鸡屁股里摸出来的历史"做评价，我觉得非常到位。您是如何"从鸡屁股里摸出"历史的呢？您的这种"以小见大"的智慧是如何激发或养成的呢？

秦岭：我必须得承认，现状或者体制因素对作家考察历史、现实的视角与方法，无疑是有影响的。但是，如果作家完全以此作为创作瓶颈的借口，则有些推卸责任。上帝赋予作家的智慧，纵非万能，却恰恰能“柳暗花明又一村”，如此获得的村庄，不比大道通衢之后来得虚妄。《碎裂在 2005 年的瓦片》是我十年前“皇粮”系列的开篇，村民为什么要砸芝麻官验粮员房顶的瓦，作为验粮员主心骨的村长为什么也要偷偷砸他家的瓦，如果说前者是底层农民对权力不满情绪的爆发，那么后者呢？权力阶层同样对权力是不满的。前者的反抗直截了当，后者的反抗掩耳盗铃，这就是民与权、权与权对立的底色。我想，读者从瓦片的碎裂声中，听到的不光是中国皇粮史的一次终结，如果小说的抵达仅限于此，我也太弱智了。在《摸蛋的男孩》里，我把这种可怕的对立延伸到了城与乡之间，男孩为了“给国家完成上缴鸡蛋任务”学会了摸蛋手艺，而享受鸡蛋美味的城里人并不买男孩的账，觉醒之后的男孩最终把鸡屁股捅出了血。如果这样的觉醒和这样的鲜血还不能说明什么，那我的小说也就白写了。媒体常报道农民工放火烧了某幢在建的大楼，多数看客在乎法律的判决，却并不在意火焰与鲜血的颜色，为何都是红的。多少年过去了，“二元结构”体制下的城乡公民在对待付出与索取、牺牲与享受的态度完全是一笔糊涂账。朦胧与唤醒、亢奋与打盹儿，十万个鲁迅能找到十万个阿 Q 来，但鲁迅早已死了。您一定注意到，社会的发展不仅没有消除中国城乡罕有的“阶层”化，反而有恶化态势。当一个国家利用农民的土地和劳动力把大量事关国计民生的社会资源集中到城市，农民的尊严在哪里呢？当有钱的农民不得不一窝蜂进城置办家业，作家该审视怎样的乡村？杨显惠是一位我尊敬的良知作家，他之所以始终关注我的创作，不光是我从“鸡屁股里摸出的历史”，我们聊天的主题之一，是如何开启我们的智慧。至于“以小见大”的问题。在我眼里，大历史和与之相关的某个小事件、小细节必然是一脉相承的，就像一次地震，死十万人和死一个人只是程度的不同，而生命的尊严是对等的。我曾以汶川地震为背景写过诸如《心震》《透明的废墟》《相思树》那样的小说。现实的地震波及面很广，死亡人数很多，但我的视角却聚焦在某个小小的废墟，或者小小的房间里，发生在一个家庭、一片邻居、几个陌路人之间的人性事件足以构成历史的明暗关系，它甚至会超越历史本身，因为小说在忠于真实的基础上会展开无限虚构和想象的翅膀，让所有的现场挟裹着历史飞翔起来。同样，《碎裂在 2005 年的瓦片》涉及中国取消农业税这一重大历史事件、《杀威棒》涉及知青生活、《女人和狐狸的一个上午》涉及中国饮水之困、《绣花鞋垫》涉及中国乡村教育。我并没有撬动“大”历史的故意，但“大”历史对我形成的冲击却无时不在挑战着我的文学神经。我对扎米亚金提出的所谓“大文学”观点表示非常赞同。因为我非常清醒，人的命运，归根到底必然是历史的命运。我的小说谈不上“四两拨千斤”，但我清醒四两和千斤的关系。我储备的这“四两”，绝不是用来过冬的。

（载《名作欣赏》2015 年第 11 期）

穿越底层人性的生命探幽

——浅析秦岭乡村题材小说创作

（代跋二）

牛广厚

在当下中国浩繁的农村题材小说叙事中，秦岭的小说以迥异的姿态和力量，构成了别具一格的景观，成为文坛研究农村叙事的重要依据之一。他的小说多以西部广大农民的生存形态为背景，穿越底层人性的生命幽微，探寻中国农民“根性”积淀的道德坚守、淳朴情怀与心性光华，同时又聚焦乡村的困境和症结，将小说事件纳入到人类历史和文化的大背景中去观照和审视，剖析农村在历史与现实交锋中人性的真善美恶，塑造了一系列令人过目难忘的典型形象，为文坛提供了新鲜而浓郁的异质气息。

一、秦岭小说的底层意识

在社会急促转型和日趋市场化的今天，现实与矛盾无意识地塑造着人们的行为与思想，生命的善念和人性的沉沦本能交织在人们的意识当中。秦岭非常清醒这一点，他的小说透过生活的真实对社会内蕴作了艺术的揭示和呈现，剖析了底层群像的人格特征与精神症状。

首先，对文学而言，最根本的还是关注人的生存及其灵魂。秦岭官场小说“直击官场看不见、摸不着的有悖一切常规的潜规则，在人性幽深之处凌迟般探询，切割开了一个又一个让我们窥视人性的窗口，无论是权力碾轧、人性冷暖、灵魂走向还是世相百态都被作者做了独具匠心的探幽和钩沉，并梳理成人生本相的图片”。从当下文学的生存环境、作家的话语空间上来看，秦岭从未“主动放弃对社会重大问题发言的权利”，也正是由于这一原因，秦岭对政治权力潜规则的集中批判，更能体现秦岭对时代的发现与思考。在《父亲之死》《断裂》等官场小说中，权力潜规则不仅扭曲了正常的官民关系，而且形成了难以挣脱的“连环套”。卞绍宗等曾经怀抱理想的大学生，从对权力潜规则的抗争、屈从，到对这些规则的熟稔玩弄，一步步改变初衷，最终走向了不能自拔的深渊。“真正的思想型作家，在进行现实批判之时，批判的立场也不可能建立在简单的道德义愤之上，其对现实的不满往往催逼着他从人类生活的历史长河中、在人类对自己生活制度的种种理想设计中评判当下。”秦岭在追问充满缺憾的历史、制度、文化根源的同时，也在审视时代、文化发展中人性的异化，他几乎在审视一切，审视被批判者，也审视被悲悯者，同时也在审视自己的观念尺度与价值立场。

其次，秦岭农村题材小说中，通过探索“皇粮”对农民精神的奴役和创伤，对“三农”问题进行了深度的思考和广度的揭示。在短篇小说《碎裂在2005年的瓦片》中，乡粮站验粮员甄大牙因坚持原则而得罪了不少乡民，为此常常付出自家屋瓦屡屡被砸的代价。2005年农业税免除了，甄大牙却亲自捡起一块砖头砸向自家房顶。“其审美根基是，浓缩了农民曲折艰难的生活史和他们真实的心灵史、精神史”。小说把具有划时代意义的农业政策，以及免征农业税这一事关农民生存、生活与发展的重大历史题材，通过“咔嚓”的一声历史声响，形象地提升到农民反思意识的觉醒上来，“使读者仿佛窥见细微的心态，听到深处的心声。这才是艺术所需要的生活写真。”同时反映出农村改革特别是解决“三农”问题的重要性、迫切性和必要性。“皇粮”情结在秦岭长篇小说《皇粮钟》中更是融合了真实性与艺术性。生活的真实使“皇粮”作为一种历史的符号永远地停留在了过去，而这一揪动着农民情结的记忆以“皇粮钟（终）”的符号真实地出现在小说中的人物面前，这就不难看出秦岭在对普通群体的关注中穿插着沉甸甸的历史情节。围绕着上缴皇粮这一主题，叙述视野从陇南的秦家坝子，到隋家坪，再到陇东地区的矿山，伴随着唐岁求“割麦、碾场、缴皇粮”等一系列行动，我们可以看到普通民众在黄土沟壑中延伸着的精神状态——曲曲折折而又自强不息。

再次，秦岭的农村教师题材小说，为同类题材注入了很多新元素，被评论界誉为“拓宽了我国农村教育文学的领域”。西部偏远地区的农村教师，是秦岭笔下塑造的又一批特殊群体，他们工作在乡村的三尺讲台，与农村、农民有着紧密的联系。作者既没有拔高，也没有贬斥，而是对乡村教师个体情感生活进行切面式的剖析。《绣花鞋垫》中的赵祖国、《烧水做饭的女人》中的王世界等民办教师形象，逼真丰满，呼之欲出。随着“知识经济崛起，信息时代到来，民办教师作为一个群体，一个概念，一段历史，已逐渐淡出人们的视野和社会的舞台，成为昨天静态的历史。”作为曾经中国基础教育的一个庞大的群体，民办教师的生存状态和喜怒哀乐，被遗落在无人过问的角落，然而秦岭又将他们的身影一一拎出来。在《烧水做饭的女人》中，王世界的妻子花儿为了能够使丈夫“民转公”，以殉道的方式向田博才主动献身。为了保住丈夫小学校长的地位，忍受了原校长张中华的侵辱。一口口吞咽屈辱、苦难与尊严，承受巨大的压力和牺牲，在中国这样一个封建文化源远流长的男权社会，在一个男性话语占绝对统治地位的语境中，花儿别无选择。她的悲剧不是她个人的，而是社会的、历史的、女性的，甚至是我们这个民族的。在《不娶你娶谁》中，校长孙留根以牺牲女儿的前途为代价，祭奠这一神圣的教育事业。小说在对人性的探析中对欲望的理解达到精神层面，超越了欲望放逐的状态，而将叙事话语探入存在的内部，拷问着生命自身的多种生存可能及精神动向，这样的人性追问，非常有穿透力。在作者眼里，赵祖国、苟大女子、花儿、赵五常、刘甜叶等底层人物并非一个个简单的被拯救对象，也不光给予了他们人道主义同情，而是跳出叙事本身，深入探究他们作为底层人的尊严和价值。

秦岭对于底层生活有着清醒的感悟和认识，他的许多小说不仅再现了人物复杂、多元的生活，更重要的是表现出对人物内心的揭示，同时还关照了主体意识和阶层意识觉醒的过程。“伟大的小说家都有一个自己的世界，人们可以从中看出这一世界和经验世界的部分重合，但是从它的自我连贯的可理解性来说，他又是一个与经验世界不同的独特世界”。秦岭小说“独特的世界”中的元素，不论是农民与教育工作者，还是教育工作者内部，抑或是乡镇官员与农民的矛盾，都充满着对民族精神和民族处境这种主流意识的独立判断与思考，这也是其小说备受社会关注的主要原因之一。

二、秦岭小说的人文关怀

人文关怀是古往今来一切优秀文学作品的重要主题。“人的一切精神创造（物质创造也是如此）都是从人的需要出发的价值活动，体现着人的尺度和目的，因而‘以人为本’的价值观念就成为人类一切创造活动的出发点和归宿点”。秦岭的小说始终将人文关怀与历史、现实相结合，这使他的小说在万般痛感中，处处有人性的暖流在缓缓涌动。

《狗坟》主动绕开许多官场和农村题材惯用的文学表现方式，通过历史与现实的交织，对基层农民人性魅力及生存状态进行了反省。同是山里的两姐妹，丽珠进城接受了高等教育，但也如同掉进了社会大染缸，情愿出卖肉体赚钱；山杏因为没有上过学而自认“死脑筋”，但却始终维护着作为普通人的道德底线。山杏纯洁的人性美让我们看到了农村那一方未被污染的处女地。抗日战争时期，山杏的祖母面对日本人的暴行及侮辱，选择了跳井，在其身上体现了巨大的人性力量和崇高的民族气节。几十年后，同样面对日本人的侮辱，山杏秉承了祖母的气节，这不得不让我们重新审视高等教育下的道德滑坡问题，价值观问题。从这个意义上看，《狗坟》无疑是一次人性善恶的大较量。“文明社会通过贬抑女性为祸害、灾难、淫乱而肯定男性的正面权威和价值，所有的善和优秀品质都属于男人；而低劣、邪恶、罪孽则是女人的天性。”通过对历史问题的深刻分析与审视，作者重新审视了改革开放背景下人性的善恶美丑。山杏之死，让我们看到了这个社会奴性、劣根性的土壤和演变，内心受到极大的震撼。人的生命本源力量都是人自身的欲望潜能，欲望本质上作为人的一种非理性的存在，它在策动人类为满足自身而不断进取的同时，又常常引发人类走向破坏、反抗与毁灭的道路，无论是钱欲、权欲，还是性欲。在《断裂》《难言之隐》《打字员盖春风的感情史》《绣花鞋垫》《红蜻蜓》《烧水做饭的女人》等小说中，主人公无论身处乡村还是城市、官场还是民间，我们看到的，都是一个个这样的灵魂底片。

《弃婴》以“三农”为背景，围绕一对青年农民夫妇进城“抛弃”残疾婴儿的事件，对社会各阶层的人们进行了人性、灵魂、道德、情感意义上的剖析与透视，在城乡时代文明的交汇处，拉开了一幕沉重、灰色的社会阴影。在这里，秦岭拓宽了新的思考空间，赋予了新的文学精神。农民夫妇之所以“弃婴”，是为了希望“让社会上的有钱人把娃儿抱去”。当面对悲剧性的结局，这对夫妇将接受抛弃婴儿致死案之罪时，妻子却说：“判我个死，我要从阴曹地府把我的娃儿抱回来。”小说对人性美的描绘在此得到了集中绽放，浓厚的人文情感合盘呈现在读者面前。到了《女人和狐狸的一个上午》，这一提升由表及里，进入精神层面，让我们感受到了人类和自然界休戚与共的强大力量。面对日渐转型的社会，人兽的困惑既客观存在，又富含主观外因。对苍生的关注，对生命的悲情，对生态的忧虑，让作者的生命意识、宗教意识、乡村人文意识永远定格在那个上午。《英雄弹球子别传》中，外号叫弹球子的农民刘爱国由英雄到小丑的变化，揭示了人际关系构成和社会评价指标中道德与精神的缺失，当世俗和利益主宰了物质世界，弹球子的“正传”必然变成“别传”。从有形和外在的角度看，弹球子的一生为农民提供了发声的机会，但是农民的发声与倾诉仍然带有其固有而鲜明的底层立场、民粹色彩、乡村道德特性甚至个人及家族诉求，它们远达不到新政治的要求。从无形和内在的角度看，弹球子的一生在改变传统农民“各安天命”的秩序观及以“和”与“仁”为核心的文化伦常的同时，也将撕裂村庄阶层、家际与人际秩序的画皮。小说中底层社会的芜杂、诡异之气，成为当时以政治运动为特征的中国农村社会的一个缩影。

赵五常父子（《不娶你娶谁》）是尖山文化的守望者和传播者，“五常”二字和父亲的谆谆教诲，让他深深扎根于农村教育——尖山中学，他具有超越于现实困境和生存逻辑的精神力量和价值追求，作为传播知识的神圣教育者，在他身上代表了人类进步与传统知识分子的一面。他在精神上、文化上、道德上体现着知识分子的勇气和良知，父亲警策般教诲的情景，让这个农村走出来的学子心理一次次受到震撼，作家情感的价值追求在富于感染力的情境中潜移默化地为读者所认同和接受。

秦岭的红军题材叙事，完全打破了革命战争主题的精神指向，《寻找》中，由于时过境迁，农民秦球球到底是为解放前的反动保安团小队长守陵？还是为牺牲的红军连长守陵，而当年唯一和他一起掩埋过红军烈士的证人——流落到天水一带改名换姓的红军战士范云清，又因背负西路军被俘人员的恶名不敢作证。于是，秦球球以寻找那个根本不存在的装有烈士衣物的坛子为名，赖以躲开专政批斗。他在范云清的暗中帮助下，看似挖山为寻，栽树为记，实际上仍然是为了给红军守陵，直至背负重重质疑了却一生。《幻想症》中，“我”这个孙子和哑巴奶奶睡在一个炕上，却屡屡被忽如其来的喊叫惊醒，于是，我被怀疑患了幻想症，爸爸不得不请来阴阳法师驱鬼，仍然无济于事。后来，“我”发现所有的“胡言乱语”居然来自奶奶，那么，患幻想症的难道是奶奶吗？最终，奶奶再也不“胡言乱语”了，全家相安无事，直至奶奶去世。而背后的故事真是让人欲哭无泪，奶奶割掉了舌头。她原本是流落到天水的西路军被俘女战士。作者给这两篇小说的主人公秦球球、奶奶注入了强大的人文力量，他们善良、坚韧、隐忍、无奈，在风云变幻的历史长河中，他们的存在与选择、坚守与妥协，处处透射着罕见的人性光芒。这种别具一格的红军题材叙事，无疑丰富了当下的战争题材主题，也可以说，弥补了战争人性领域的某种空白。

显然，用心灵关照描写对象，并为之赋予人文关怀，是秦岭自觉的价值追求。真实与真诚融为一体，文学创作必能实现其审美价值追求。

三、秦岭小说的形式创造

唐代文学家孤独及说：“志非言不形，言非文不彰”。作家对内容的孕育创造，本身也是对形式的孕育创造，优秀的文学作品，无不是内容与形式的完整统一体。秦岭小说中闪耀着丰富的思想火花，很大程度上源自形式与内容的默契与淬炼。

在秦岭具有浓郁黄土味儿的小说当中，我们可以通过其独特的艺术表现手法嗅到其深层次的精神内涵。“绣花鞋垫”（《绣花鞋垫》）传承着千年的主题与古老观念，“是一种女性化的生命哲学的物质体现”。乡村女性对于生存的恶劣环境，从来都不怨天尤人，而是乐观面对。苟大女子将自己的全部心思与感情倾注在绣花鞋垫这双信物之上，在月光下，一针针一线线都是对自己最美好的感情的编织与表达。作者对这一意象进行了巧妙构思，继而成为纯洁爱情与浓厚文化的传承者，并承担起底层苦难的存在与对美好生活的憧憬。不管是绣花鞋垫还是荷包（《皇粮钟》），秦岭均以情感为动力，充分调动自己的生活经验，在艺术想象中对素材进行生发、改造和整合，并对这种具有传承性的“内容”赋予超越生活本身的“形式”，从而获得富含文化与时代精神的审美内涵。在《女人和狐狸的一个上午》的首尾，安排了来自生活原生态中最为简单的、一字不差的对白，宛如一段首尾呼应的古老的、质朴的民谣，呼应了西部生活中最具本质的形态。《坡上的莓子红了没》一开始就给读者留下一个具有象征意义的审美符号，以雨雨回忆的口吻展现他的成长经历，并时刻让阿婆“守候希望”这种意象在故事中闪回，以诗化的意境、散文化的语言讲述了一个动人优美的故事。在阿婆歌谣般的生命空间中，莓子已远远超越了生命的意义，寄托着庄稼人的全部希望和追求，阿婆高贵的灵魂和精神姿态，向我们展示了山里人宗教般守望日子的信念以及希望不灭的顽强意志。作者在这篇“饱含了浓郁的民俗色彩、独特的文化韵味、鲜明的地域特征和绵长的乡情调，仿佛一幅浓墨重彩的乡村风俗画，透射着别具一格的艺术魅力”的小说中，一边切入现实，一边让主人公超越现实环境而指向精神领地，心灵深处衍生出一个理想的世界，并依据理想将现实事物提升、诗化，达到了一种清新、瑰丽的美好境界。

秦岭官场小说善用反讽、夸张、漫画的表现手法，语言幽默风趣，使得原本深沉的话题读来回味无穷。秦岭自己也提到，官场小说仅就叙事而言，理应更多地把视角延伸到官场那些刻板却恰到好处的微笑、僵硬却分秒不差的握手、油滑却深入浅出的交流、诡异却莫名其妙的关怀、暧昧却温暖如春的感情上来，如此，小说叙事才会显得饱满丰盈，回味悠远。他的众多农村题材作品中，也体现了这一点。“十七岁是什么样的年龄，从她的身体上就看出来了，胸是高的，腰是窄的，屁股却是大的，整个一个人儿就立体化得非同小可。”（《绣花鞋垫》）这就是秦岭的语言，寥寥数语，苟大女子的形象叫人过目不忘。《风雪凌晨的一声狗叫》以其独特的视角、敏锐的思维和生动的笔触描绘了在 90 年代最显著的社会问题——计划生育。就计划生育本身而言，它与中国一定历史阶段的国情有关，控制人口有其合理的一面，但在具体的操作层面引发的各种社会矛盾，也构成了中国乡村罕见的另一种“生活”。小说中，突击队在线人的指引下，连夜装扮，准备在进村之后突然袭击。一场险象环生的伏击战中，展开了各方的矛盾冲突，“狗”成了妇女董爱萍的救命恩人。反讽的叙述对于问题的描写和揭露极为深刻，通过小说的故事化、真实性和悲剧结尾等精巧的结构方式，成功地将传统的小说结构方式与大众普遍接受的审美习惯融合起来。小说中何之为人何之为狗，层层设伏，剥茧抽丝，为风雪凌晨的那声“狗叫”罩上了神秘的、神奇的人性色彩，而曲折迷离的情节，使得小说在形式上显得更有创造力。有论者认为，这是视野里看到的第一部成功反映计划生育的小说，可见，秦岭在不断地创造与独行，对一个作家而言，这一点非常宝贵。

宗白华说："对强大者发现它的渺小，对渺小者见出它的尊严，在圆满里见出它的缺失，但在贫乏里也找出它的完善。"秦岭小说中将审美需要作为主人公所独有的一种本质力量，赋予其无限的意蕴，形成特定历史条件下独特的精神要求，唤起人对自身价值的强烈激情。不管是他的农村题材小说，还是其他题材小说，始终在社会伦理、人性和精神层面寻求着人文精神和人文理想，始终没有离开人道主义立场，时刻保持一个"健康生态"，鞭挞精神的堕落，铸造高尚灵魂，在反思中寻找安慰、默契与光芒。

不难看出，秦岭是位崇尚深度、思辨和信仰的小说家，正如他在创作谈中所言："在心灵的崖畔，我常站成自己的模样，把村庄眺望。"崖畔，是秦岭精神的制高点，他所观望到的，对于读者，就是一种虔诚和圣心的精神洗礼。

2016年7月25日于甘肃会宁